HONORÉ DE BALZAC

Honoré de Balzac est né à Tours en 1799. Après des études de droit, il décide d'abandonner une carrière d'avoué pour se consacrer à la littérature. Il ne signe toutefois sa première œuvre, *Les Chouans*, qu'en 1829. Deux ans plus tard, *La Peau de chagrin* confirme son talent et, en 1833, il conçoit le projet d'un « grand roman de la société » dont chaque titre formerait un chapitre où réapparaîtraient certains personnages. À cette même période, il écrit *Le Lys dans la vallée*, *Le Colonel Chabert*, *Le Médecin de campagne* et *Eugénie Grandet* puis esquisse le plan des *Études sociales* qui prend en 1840 le titre de *Comédie humaine*.

À partir de 1847, sa santé décline rapidement. Il s'éteint en 1850 à Paris, laissant derrière lui une œuvre colossale.

DU MÊME AUTEUR
CHEZ POCKET

DANS LA COLLECTION « CLASSIQUES »

POCKET CLASSIQUES

collection créée par Claude AZIZA

HONORÉ DE BALZAC

EUGÉNIE GRANDET

Préface et commentaires de
Pierre-Louis REY

Pocket, une marque d'Univers Poche,
est un éditeur qui s'engage pour la
préservation de son environnement et
qui utilise du papier fabriqué à partir
de bois provenant de forêts gérées de
manière responsable.

© Pocket, 1989, pour la préface, les commentaires
et le dossier historique et littéraire.

© Pocket, 1998, pour « Au fil du texte » *in* « Les clés de l'œuvre ».

ISBN 978-2-266-19927-8

SOMMAIRE

* Pour approfondir votre lecture, *Au fil du texte* vous propose une sélection commentée :
- de morceaux « classiques » devenus incontournables, signalés par ●◆ (droit au but).
- d'extraits représentatifs de l'œuvre, signalés par ↪ (en flânant).

PRÉFACE

On s'étonne qu'un court roman comme *Eugénie Grandet* soit devenu l'une des œuvres phares d'un auteur mieux reconnu pour son souffle que pour ses qualités de style. D'autant que Balzac a imposé comme une singulière nouveauté le principe du retour des personnages ; or les protagonistes d'*Eugénie Grandet* n'apparaîtront plus guère dans la suite de *La Comédie humaine*. La brièveté même de l'œuvre ne peut lui être comptée comme un mérite : après s'être attardée dans de ténébreuses questions domestiques, l'intrigue se résout par un dénouement brutal et édifiant ; du moment où il en a fini avec la figure de l'avare, Balzac expédie en effet comme une formalité la destinée d'Eugénie, que le titre de l'œuvre prédestinait au rôle d'héroïne. *Le Père Goriot*, dont la célébrité est égale, offre un dessin plus ample et plus harmonieux, des ressources de suspens supérieures, tout en amorçant la destinée de deux des héros de *La Comédie humaine* : Vautrin et Rastignac. Chacun

5

connaît le « A nous deux maintenant » lancé pour finir par Rastignac au Paris qu'il va conquérir. Qui citera par cœur les dernières lignes d'*Eugénie Grandet* ?

Aux arguments qui rendent une renommée paradoxale, il faut souvent opposer, non d'autres arguments, mais les mêmes. La taille d'*Eugénie Grandet* lui a valu de figurer dans les programmes scolaires, qui consacrent bien des chefs-d'œuvre. Parce qu'elle n'a ni racines ni prolongements dans les autres parties de l'édifice, on peut aisément ne lire de *La Comédie humaine* qu'*Eugénie Grandet*. Mais le rapprochement avec *Le Père Goriot* met encore sur la meilleure voie : l'un et l'autre roman parlent d'argent. Tandis que Grandet le fait fructifier, Goriot le dilapide. L'argent passant pour le motif majeur de *La Comédie humaine*, les deux vieillards se sont imposés comme des types de personnages balzaciens. Les désirs de puissance de Rastignac ou d'absolu de Balthazar Claës n'ont pas moins de force, aux yeux de Balzac, que la passion de s'enrichir. Mais l'argent demeure le moteur d'ambitions qui le dépassent. Sans lui, pas de pouvoir, d'influence, ni même d'absolu (on ironisera, au besoin, sur l'élévation spirituelle d'un auteur qui, dans *La Recherche de l'Absolu*, symbolise l'idéal par un diamant...). Surtout, au thème de la dépense et de l'accumulation, qui est au centre de la pensée de Balzac, l'or offre la plus brillante métaphore. L'avarice ou l'intempérance concernent aussi bien les activités mentales ou sexuelles, mais tandis que l'aventure de l'esprit expose le romancier à l'abstraction et celle du sexe au scabreux, l'or parle librement à l'imagination. Balzac eut lui-même souci de canaliser son énergie : il rêvait de mariage, d'un travail régulier et d'un sage investissement de ses capitaux. Spéculateur malheureux, il n'épousera Mme Hanska qu'à l'extrême fin de sa vie après avoir ruiné sa santé pour satisfaire ses éditeurs. Au reste, le goût du luxe influença largement ses projets matrimoniaux et littéraires. On ne jugera donc pas immérité que l'argent ait consacré aux yeux du public les chefs-d'œuvre de *La Comédie humaine*.

Le père Grandet est, après l'Harpagon de Molière, l'avare le plus illustre de la littérature française. Mais où le théâtre appelle caricature, le roman exige nuances et réalisme. Zulma Carraud, qui connaissait la province, juge même que Balzac n'a pas suffisamment forcé le trait : un vrai avare, dit-elle, ne laisse pas sa femme manger le pâté, même si cela ne lui coûte rien ; il le laisse moisir [1]. On pourrait s'ingénier à compter les détails qui atténuent la monstruosité du personnage. Ainsi, s'il est vrai que donner des pièces à sa fille est une forme différée d'avarice du moment qu'on lui interdit de les dépenser, du moins Grandet renonce-t-il à caresser quotidiennement l'or qu'il lui confie, comme le ferait un parfait maniaque. Mais avant de mourir, seul le spectacle de l'or parviendra à lui réchauffer le cœur.

Pourtant, on qualifiera à peine Grandet d'avare si l'on nomme avarice l'attachement pathologique aux symboles de la richesse. Plus avare, Grandet serait moins riche. Telles sont en effet les lois économiques du capitalisme naissant que les investissements autorisent seuls, désormais, un véritable accroissement de la fortune. La même nuit où Grandet part en cachette vendre son or parce que

1. Voir lettre de Zulma Carraud à Balzac du 8 février 1834.

le prix en a doublé, Eugénie contemple amoureusement les pièces qui lui permettront de secourir Charles ; par un curieux renversement, tandis que la fille, dans sa générosité, chérit les symboles de sa fortune, le père transporte hardiment la sienne en vue d'un meilleur profit. Loin d'Harpagon et de sa cassette, Grandet préfigure les spéculateurs intraitables de la société industrielle. Sans doute l'appât du gain étouffe-t-il chez lui tout autre sentiment ; mais son avarice n'est jamais un fétichisme qui le conduirait à serrer ses pièces d'or dans un bas de laine.

Si Zulma Carraud trouve Grandet insuffisamment avare, elle le juge en revanche trop riche. « En France, aucune épargne, aucune avarice ne peut amener en vingt ans, en cinquante, à une pareille fortune. » Surtout, le secret dans lequel cette fortune a été amassée lui semble peu plausible. Peut-être ignore-t-elle que la spéculation, mieux que l'épargne, bâtit désormais les fortunes ? Comme Goriot, dont il est le contemporain, Grandet s'est enrichi pendant la Révolution. Mais tandis que le premier, pauvre d'origine, doit son trésor à la chance, le second, déjà aisé en 1789, a su mener sa barque en se rendant, comme tant d'autres, acquéreur de biens du clergé. Balzac décrit avec précision les mécanismes de sa fortune ; au lecteur qui se perd dans ces détails trop techniques, la démonstration faite par Grandet à Cruchot « comme quoi c'est une bêtise de planter des peupliers dans de bonnes terres » offre du moins, en deux pages étonnamment didactiques, une belle leçon d'économie pratique. Balzac a-t-il exagéré le total de la fortune de son personnage ? On cite souvent l'exemple de Gabriel Ouvrard, banquier enrichi lui aussi pendant la Révolution et qui, dans ses *Mémoires* parus en 1826, s'avouait incapable d'évaluer son avoir. Qu'un lieu aussi répertorié et modeste que Saumur ait pu cacher un tel Crésus a pourtant de quoi choquer les tenants du réalisme. Balzac répond à Zulma Carraud en lui citant la fabuleuse fortune d'un colporteur et d'un épicier tourangeaux. Mais il écrit aussi de façon plus significative : « Chaque département a son Grandet. Seulement le Grandet de Mayenne ou de Lille est moins riche que ne l'était l'ancien maire de Saumur. » Superbe affirmation qui fraie la voie au dictionnaire des personnages de *La Comédie humaine* en entraînant, sous couleur de vrai, l'adhésion au vraisemblable.

De l'avarice de Grandet, il faut dire encore qu'elle n'est pas une monstruosité qui détacherait sa figure dans un monde innocent. Avec un brin de cynisme, on a envie de se demander si le vieillard est plus avare que ses contemporains ou seulement plus habile. Le jeune Charles semble bien parti pour développer un égal appétit, et, aux dernières lignes du roman, la famille du marquis de Froidfond « commence à cerner la riche veuve comme jadis avaient fait les Cruchot ». Il n'est pas sûr que ces vautours inspirent au lecteur plus de sympathie que celui à qui on reconnaîtra au moins l'énergie de son ambition. *L'Avare* de Molière fait rire parce que, du moment où Harpagon est mis hors d'état de nuire, les sentiments retrouvent droit de cité. Dans *Eugénie Grandet*, l'avarice du héros symbolise une société gangrenée par l'argent.

Si tant de critiques ont répété que le personnage principal du roman était Eugénie, c'est qu'ils avaient conscience, nonobstant le titre, d'aller à contre-courant d'une évidence. A s'imposer comme un type, Grandet fait de l'ombre à sa fille. Eugénie traverse le récit, souvent silencieuse et toujours incomprise. A la dernière page de l'œuvre s'ébauche le déclin de sa beauté, sans que soit fixé un terme à son histoire. Mais le présent où se situe le narrateur n'ouvre la voie d'aucune aventure. Le « nouveau mariage » dont il est « depuis quelques jours » question est, par avance, un non-événement. Condamnée par sa pureté de cœur et sa médiocrité sociale, Eugénie ne verra pas sa destinée rebondir dans la suite de *La Comédie humaine*. Pourtant, à sa façon, elle est aussi un type. Ainsi l'a comprise Zulma Carraud : « Si ce n'est pas la femme séduisante, c'est la femme vraie, dévouée, comme beaucoup le sont, sans éclat. » Mais pour émouvoir, les âmes simples de *La Comédie humaine* doivent être broyées, tels le père Goriot ou le cousin Pons, par la machine sociale, à moins de se changer en figures de comédie comme la « vieille fille » d'Alençon, sorte de négatif grotesque d'Eugénie. Moins édifiants, Flaubert ou Maupassant réussiront mieux dans ce registre ; les tons neutres, chez Balzac, virent facilement au terne. L'amour de la jeune fille pour son cousin ne rachète qu'imparfaitement le portrait, tant les épanchements des amoureux tournent à la mièvrerie. On en déduirait trop vite que Balzac ne s'entend à dépeindre l'amour qu'à condition d'y mêler l'argent : les sentiments de Coralie pour Lucien de Rubempré, dans *Illusions perdues*, pour être aussi naïfs que ceux d'Eugénie, touchent davantage. Charles lui-même, qu'on prendrait pour l'illustration d'une physiologie de dandy ou du *Traité de la vie élégante*, sort affadi de ce duo. Ses dons d'arriviste auraient pu lui valoir une brillante carrière dans la galerie des personnages de *La Comédie humaine* ; mais comme s'il ne croyait pas lui-même à son ébauche, Balzac élira d'autres figures pour assumer les premiers rôles de la fresque. En fin de compte, comme il arrive au théâtre, quand à un maître tyrannique fait équilibre le pittoresque de son valet, le personnage le plus marquant du roman est avec Grandet celui de la vieille Nanon. Monstrueux de naïveté et d'aveuglement, le dévouement de la servante donne plus de relief au roman que l'angélique bonté d'Eugénie.

*

* * *

« Je vais lire *Eugénie Grandet*. Ce n'est pas que j'y trouve grand plaisir : mais il faut bien faire quelque chose. J'ouvre le livre au hasard : la mère et la fille parlent de l'amour naissant d'Eugénie. » Suit une longue citation du roman [1].

En prêtant ces mots à Roquentin, Sartre traduit son propre ennui, la scène du roman de Balzac servant de repoussoir à une scène similaire de *La Nausée*. Œuvre phare de *La Comédie humaine*, *Eugénie Grandet* suscite normalement l'agressivité de ceux qui écrivent des romans contre le modèle balzacien — ou ce qui est sommairement présenté comme tel. Au premier plan des griefs : l'abondance, ou plutôt la surenchère de la description. Mais la philosophie de Balzac implique cette surenchère puisque la vestignomonie (science du vêtement) et la physiognomonie enseignent que l'apparence de l'individu présage son caractère, son comportement et parfois ses discours. En 1833, année où il compose *Eugénie Grandet*, Balzac

1. Jean-Paul Sartre, *La Nausée*, in *Œuvres romanesques*, « Bibliothèque de la Pléiade », Gallimard, p. 58.

conçoit cette « Scène de la vie de province » comme une illustration d'un système dont les développements philosophiques et historiques doivent constituer les pièces maîtresses. Le succès croissant de ces illustrations autant que sa peine à soutenir l'inspiration d'œuvres plus spéculatives vont inciter Balzac à favoriser la veine du romancier aux dépens de celle du penseur. Il est vrai que le récit d'*Eugénie Grandet* est partiellement contenu dans les trois pages initiales où se lit l'âme de la province, la « biographie » de l'avare étant elle-même présentée par le narrateur comme le moyen d'éclairer cette simple expression : « la maison à monsieur Grandet ». La découverte de la « physionomie » de Saumur, puis de la maison de l'avare, n'est pas focalisée par un personnage du récit ou, à la rigueur, comme l'imagine artificieusement Stendhal pour présenter Verrières dans *Le Rouge et le Noir*, par un voyageur qui s'effacera bientôt de l'intrigue : même si elle *promène* le lecteur dans Saumur jusqu'au théâtre du drame, la description, dans *Eugénie Grandet*, est prise en charge par un écrivain qui tire, de Paris ou de la province, du passé ou du présent, des enseignements dont l'accumulation ou les rapprochements lui permettront d'explorer l'âme humaine. Rien de plus archaïque, aux yeux des précurseurs du « nouveau roman », qu'un tel préambule. Il a failli être plus long : « La description des autres portions du logis se trouvera liée aux événements de cette histoire ; mais d'ailleurs le croquis de la salle où éclatait tout le luxe du ménage peut faire soupçonner par avance la nudité des étages supérieurs », écrit Balzac au terme de dix-huit pages de présentation. Cette réflexion, où le narrateur est identifié sans ambages au romancier, diffère les descriptions qui eussent encore retardé le démarrage de l'action ; mais c'est parce que la « salle » est à elle seule significative de la physionomie de la maison entière qu'il est enfin permis d'entamer l'histoire. Un tel mode de présentation est constant chez Balzac. « Vous connaissez la cage, voici l'oiseau », lira-t-on par exemple dans *Modeste Mignon*.

Mais les scènes qui ennuient Roquentin sont surtout dialoguées. Les dialogues de *La Comédie humaine* ont été jugés redondants, les propos des personnages confirmant des traits de caractère que Balzac a, systématiquement, laissé deviner d'après leur physique ou leur cadre de vie. Mais, qu'on en juge d'après la scène de la fête d'Eugénie ou ses entretiens avec sa mère, les paroles convenues des invités ou des deux femmes sont moins une maladresse du romancier qu'une illustration de la société mièvre ou guindée où sont confinés les personnages. Toutefois, à côté de ceux qui s'expriment selon leur cœur (et courent à leur perte) ou selon les convenances (seconds rôles de la scène), *La Comédie humaine* offre des acteurs consommés qui excellent à déguiser leurs pensées. Seul, à Saumur, le père Grandet a compris que le silence est d'or. Le bégaiement auquel il s'applique dès qu'il est question d'argent est une matoiserie paysanne qui lui donne le temps de réfléchir à ses intérêts ; mais, s'opposant au babil sincère ou étourdi d'autres personnages, il range aussi Grandet, sur un mode rustique et parfois comique, parmi ces grands masques de *La Comédie humaine* que sont Vautrin ou l'abbé Troubert.

*

* *

1. La liste de Proust dans l'article « Balzac », *C.P.B.*, 1952, p. 146 et suiv.

2. Très justement l'ait remarqué « ... » à l'Occasion » ... pour bâti une action de 1931 entre les caractères qui, se prenant d'une Eau et à Jours, Méamie et l'en à l'Occasion.

Feignant de croire à l'existence d'un vrai Grandet, Balzac donne consistance à son personnage. On en dirait presque autant du cadre choisi. La description de Saumur a souvent été lue comme un document. Qu'un Tourangeau connût en détail une ville de l'Anjou, quoi de plus naturel ? Nicole Mozet [1] a pourtant établi qu'à l'époque où il écrit *Eugénie Grandet*, Balzac ne s'est sans doute pas rendu à Saumur depuis plus de dix ans. Encore avait-il dû à peine y séjourner. D'autres ont nettement reconnu des paysages tourangeaux derrière la fiction saumuroise. Tel est l'un des malentendus fréquents du réalisme en littérature : pour décrire un cadre où « l'Histoire de France » fût « tout entière », il fallait à Balzac des lieux où pût jouer son imagination plutôt qu'un relevé précis dont la contingence eût détruit la valeur d'exemple.

Les traits de Saumur ont donc eu le temps de s'estomper dans l'esprit de Balzac quand il écrit le 19 août 1833 à Mme Hanska : « [...] à la fin du mois, il y aura une *Scène de la vie de province*, dans le genre des *Célibataires* [2], et intitulée *Eugénie Grandet* qui sera mieux. » Par le même courrier, il envoie à sa correspondante un exemplaire de *Louis Lambert* et le premier tome du *Médecin de campagne*. Le premier chapitre d'*Eugénie Grandet* paraît dans *L'Europe littéraire* du 19 septembre. A Laure Surville, Balzac annonce le 12 octobre son intention de finir son roman pendant la deuxième quinzaine du mois. Il est en cours d'impression à la mi-novembre lorsque Balzac écrit

---

1. *La Ville de province dans l'œuvre de Balzac*, S.E.D.E.S., 1982, p. 146 et suiv.
2. Titre définitif : *Le Curé de Tours*. « Les Célibataires » seront pour finir une section de *La Comédie humaine*, qui comprendra, outre *Le Curé de Tours*, *Pierrette* et *La Rabouilleuse*.

à Zulma Carraud : « *Eugénie Grandet* vous étonnera. » Le 1ᵉʳ décembre, il promet à Mᵐᵉ Hanska de lui envoyer le manuscrit du roman ; sans doute y renonce-t-il au dernier moment, pour l'apporter à sa bien-aimée à Genève. Sur la page de garde du manuscrit, conservé à la Pierpont Morgan Library de New York, on lit :

> *Offert par l'auteur*
> *à Madame de Hanska*
> *comme un témoignage*
> *de son respectueux attachement.*
> *24 décembre 1833. Genève.*
> *H. de Balzac*

Publiée dès la mi-décembre chez Mᵐᵉ Charles Béchet, après que le directeur de *L'Europe littéraire* eut délié Balzac de ses engagements, *Eugénie Grandet* est présentée comme le premier volume d'une série de quatre intitulée « Scènes de la vie de province ». Le succès est foudroyant : « Cela se vend comme du pain », dit-on à Balzac chez le libraire dès le mois de février 1834[1].

Le premier enthousiasme passé, Balzac recevra comme des cadeaux empoisonnés les éloges dont on couvre *Eugénie Grandet*. C'est à ses yeux une « bonne petite nouvelle, facile à vendre », indigne d'être comparée à *Louis Lambert*[2]. A l'automne qui suit la parution du roman, il est surtout préoccupé par la mise en vente de *La Recherche de l'Absolu*. « *L'Absolu* dix fois grand selon moi, comme *E[ugénie] Grandet*, va rester sans succès », déplore-t-il dans une lettre à Mᵐᵉ Hanska[3].

---

1. D'après une lettre à Mᵐᵉ Hanska du 13 février 1834.
2. D'après André Maurois, *Prométhée ou la vie de Balzac*, Hachette, 1965, p. 241.
3. Lettre des 18-19 octobre 1834.

« *Eugénie Grandet*, avec laquelle on a assassiné tant de choses de moi », dit-il enfin à la même le 10 février 1838. L'échec de *Louis Lambert* est significatif : imaginant l'itinéraire intellectuel d'un philosophe de génie, Balzac est incapable de donner au sein du roman la matière de son œuvre. Les brouillons où Louis, à peine enfant, ébauche son système lui sont opportunément confisqués par un surveillant. Lorsque, environ quinze ans plus tard, son condisciple le revoit, il a en face de lui un jeune vieillard que sa dépense d'énergie a conduit au bord de la folie et de l'aphasie ; pour fruit de son génie il ne recueillera que d'illisibles bribes d'un ouvrage dont la profondeur l'a anéanti. L'échec de Louis fait celui du roman. Faute de concevoir un système philosophique, Balzac frappe son héros de la même impuissance. Quand, quelques mois plus tard, il imagine *Eugénie Grandet*, on le trouve plus à son aise : il s'entend mieux à jongler avec la rente qu'avec des concepts. Cette année 1833 est en fait décisive pour l'avenir de l'œuvre qu'il baptisera plus tard *La Comédie humaine* : poursuivant sur la lancée du roman de mœurs plutôt que du roman philosophique, il s'imposera comme le type même du romancier du XIXe siècle. Ce renoncement fera sa fortune, dans tous les sens du terme. Au moins les regrets que lui inspire un succès jugé trop facile témoignent-ils de la hauteur de ses ambitions déçues.

EUGÉNIE GRANDET

A Maria[1]

Que votre nom, vous dont le portrait est le plus bel ornement de cet ouvrage, soit ici comme une branche de buis bénit, prise on ne sait à quel arbre, mais certainement sanctifiée par la religion et renouvelée, toujours verte, par des mains pieuses, pour protéger la maison.

De Balzac.

1. La dédicace « A Maria » a été éclairée par A. Chancerel et R. Pierrot (« La Véritable Eugénie Grandet », *Revue des Sciences humaines*, 1955). Elle s'adresse à Maria Du Fresnay (fille de la roman-cière Adèle Daminois) qui fut la maîtresse de Balzac en 1833 et lui donna une fille. Cette dédicace apparaît pour la première fois dans l'édition Charpentier de 1839.

Il se trouve dans certaines villes de province des maisons dont la vue inspire une mélancolie égale à celle que provoquent les cloîtres les plus sombres, les landes les plus ternes ou les ruines les plus tristes. Peut-être y a-t-il à la fois dans ces maisons et le silence du cloître et l'aridité des landes et les ossements des ruines : la vie et le mouvement y sont si tranquilles qu'un étranger les croirait inhabitées, s'il ne rencontrait tout à coup le regard pâle et froid d'une personne immobile dont la figure à demi monastique dépasse l'appui de la croisée, au bruit d'un pas inconnu. Ces principes de mélancolie existent dans la physionomie d'un logis situé à Saumur, au bout de la rue montueuse qui mène au château, par le haut de la ville. Cette rue, maintenant peu fréquentée, chaude en été, froide en hiver, obscure en quelques endroits, est remarquable par la sonorité de son petit pavé caillouteux, toujours propre et sec, par l'étroitesse de sa voie tortueuse, par la paix de ses maisons qui appartiennent à la vieille ville, et que dominent les remparts. Des habitations trois fois séculaires y sont encore solides, quoique construites en bois, et leurs divers aspects contribuent à l'originalité qui recommande cette partie de Saumur à l'attention des antiquaires et des artistes. Il est difficile de passer devant ces maisons, sans admirer les énormes madriers dont les bouts sont taillés en figures bizarres et qui couronnent d'un bas-relief noir le rez-de-chaussée de la plupart d'entre elles. Ici, des pièces de bois transversales sont couvertes en ardoises et dessinent des lignes bleues sur les frêles murailles d'un logis terminé par un toit en colombage que les ans ont fait plier, dont les bardeaux pourris ont été tordus par l'action alternative de la pluie et du soleil. Là se présentent des appuis de fenêtre usés, noircis, dont les délicates sculptures se voient à peine, et qui semblent trop légers pour le pot d'argile brune d'où s'élancent les œillets ou les rosiers d'une pauvre ouvrière. Plus loin, c'est des portes garnies de clous énormes où le génie de nos ancêtres a tracé des hiéroglyphes domestiques dont le sens ne se retrouvera jamais. Tantôt un protestant y a signé sa foi, tantôt un ligueur y a maudit Henri IV. Quelque bourgeois y a gravé les insignes de sa *noblesse de cloches*[1], la gloire de son échevinage oublié. L'Histoire de France est là tout entière. A côté de la tremblante maison à pans hourdés où l'artisan a déifié son rabot, s'élève l'hôtel d'un gentilhomme où sur le plein cintre de la porte en pierre se voient encore quelques vestiges de ses armes, brisées par les diverses révolutions qui depuis 1789 ont agité le pays. Dans cette rue, les rez-de-chaussée commerçants ne sont ni des boutiques ni des magasins, les amis du Moyen Age y retrouveraient l'ouvrouère[2] de nos pères en toute sa naïve simplicité. Ces salles basses, qui n'ont ni devanture, ni montre, ni vitrages, sont profondes, obscures et sans ornements extérieurs ou intérieurs. Leur porte est ouverte en deux parties pleines, grossièrement ferrées, dont la supérieure se replie intérieurement, et dont l'inférieure, armée d'une sonnette à ressort, va et vient constamment. L'air et le jour arrivent à cette espèce d'antre humide, ou par le haut de la porte, ou par l'espace qui se trouve entre la voûte, le plancher et le petit mur à hauteur d'appui dans lequel

---

1. On appelait « gentilshommes de la cloche » les descendants de maires et d'échevins de certaines villes. Leur charge leur conférait la noblesse. Les assemblées où ces officiers étaient élus étaient appelées par une cloche.
2. Ouvrouère : orthographe phonétique du mot « ouvroir ».

s'encastrent de solides volets, ôtés le matin, remis et maintenus le soir avec des bandes de fer boulonnées. Ce mur sert à étaler les marchandises du négociant. Là, nul charlatanisme. Suivant la nature du commerce, les échantillons consistent en deux ou trois baquets pleins de sel et de morue, en quelques paquets de toile à voile, des cordages, du laiton pendu aux solives du plancher, des cercles le long des murs, ou quelques pièces de drap sur des rayons. Entrez ? Une fille propre, pimpante de jeunesse, au blanc fichu, aux bras rouges, quitte son tricot, appelle son père ou sa mère qui vient et vous vend à vos souhaits, flegmatiquement, complaisamment, arrogamment, selon son caractère, soit pour deux sous, soit pour vingt mille francs de marchandise. Vous verrez un marchand de merrain[1] assis à sa porte et qui tourne ses pouces en causant avec un voisin, il ne possède en apparence que de mauvaises planches à bouteilles et deux ou trois paquets de lattes ; mais sur le port son chantier plein fournit tous les tonneliers de l'Anjou ; il sait, à une planche près, combien il *peut* de tonneaux si la récolte est bonne ; un coup de soleil l'enrichit, un temps de pluie le ruine : en une seule matinée, les poinçons[2] valent onze francs ou tombent à six livres. Dans ce pays, comme en Touraine, les vicissitudes de l'atmosphère dominent la vie commerciale. Vignerons, propriétaires, marchands de bois, tonneliers, aubergistes, mariniers, sont tous à l'affût d'un rayon de soleil ; ils tremblent en se couchant le soir d'apprendre le lendemain matin qu'il a gelé pendant la nuit ; ils redoutent la pluie, le vent, la sécheresse et veulent de

---

1. Merrain : planche de chêne destinée à la fabrication des tonneaux.
2. Poinçon : tonneau d'une contenance d'environ 185 litres.

l'eau, du chaud, des nuages, à leur fantaisie. Il y a un duel constant entre le ciel et les intérêts terrestres. Le baromètre attriste, déride, égaie tour à tour les physionomies. D'un bout à l'autre de cette rue, l'ancienne Grand-rue de Saumur, ces mots : « Voilà un temps d'or ! » se chiffrent de porte en porte. Aussi chacun répond-il au voisin : « Il pleut des louis », en sachant ce qu'un rayon de soleil, ce qu'une pluie opportune lui en apporte. Le samedi, vers midi, dans la belle saison, vous n'obtiendriez pas pour un sou de marchandise chez ces braves industriels. Chacun a sa vigne, sa closerie, et va passer deux jours à la campagne. Là, tout étant prévu, l'achat, la vente, le profit, les commerçants se trouvent avoir dix heures sur douze à employer en joyeuses parties, en observations, commentaires, espionnages continuels. Une ménagère n'achète pas une perdrix sans que les voisins demandent au mari si elle était cuite à point. Une jeune fille ne met pas la tête à sa fenêtre sans y être vue par tous les groupes inoccupés. Là donc les consciences sont à jour, de même que ces maisons impénétrables, noires et silencieuses n'ont point de mystères. La vie est presque toujours en plein air : chaque ménage s'assied à sa porte, y déjeune, y dîne, s'y dispute. Il ne passe personne dans la rue qui ne soit étudié. Aussi, jadis, quand un étranger arrivait dans une ville de province, était-il gaussé de porte en porte. De là les bons contes, de là le surnom de *copieux*[1] donné aux habitants d'Angers qui excellaient à ces railleries urbaines. Les anciens hôtels de la vieille ville sont situés en haut de cette rue jadis habitée par les gentilshommes du pays. La maison pleine

1. Copieux : copieur, qui se moque.

de mélancolie où se sont accomplis les événements de cette histoire était précisément un de ces logis, restes vénérables d'un siècle où les choses et les hommes avaient ce caractère de simplicité que les mœurs françaises perdent de jour en jour. Après avoir suivi les détours de ce chemin pittoresque dont les moindres accidents réveillent des souvenirs et dont l'effet général tend à plonger dans une sorte de rêverie machinale, vous apercevez un renfoncement assez sombre, au centre duquel est cachée la porte de la maison à monsieur Grandet. Il est impossible de comprendre la valeur de cette expression provinciale sans donner la biographie de monsieur Grandet.

Monsieur Grandet jouissait à Saumur d'une réputation dont les causes et les effets ne seront pas entièrement compris par les personnes qui n'ont point, peu ou prou, vécu en province. Monsieur Grandet, encore nommé par certaines gens le père Grandet, mais le nombre de ces vieillards diminuait sensiblement, était en 1789 un maître-tonnelier fort à son aise, sachant lire, écrire et compter. Dès que la République française mit en vente, dans l'arrondissement de Saumur, les biens du clergé, le tonnelier, alors âgé de quarante ans, venait d'épouser la fille d'un riche marchand de planches. Grandet alla, muni de sa fortune liquide et de la dot, muni de deux mille louis d'or, au district, où, moyennant deux cents doubles louis offerts par son beau-père au farouche républicain qui surveillait la vente des domaines nationaux, il eut pour un morceau de pain, légalement, sinon légitimement, les plus beaux vignobles de l'arrondissement, une vieille abbaye et quelques métairies. Les habitants de Saumur étant peu révolutionnaires, le père Grandet passa pour un homme hardi, un républicain, un patriote, pour un esprit qui donnait dans les nouvelles idées, tandis que le tonnelier donnait tout bonnement dans les vignes. Il fut nommé membre de l'administration du district de Saumur, et son influence pacifique s'y fit sentir politiquement et commercialement. Politiquement, il protégea les ci-devant et empêcha de tout son pouvoir la vente des biens des émigrés ; commercialement, il fournit aux armées républicaines un ou deux milliers de pièces de vin blanc, et se fit payer en superbes prairies dépendant d'une communauté de femmes que l'on avait réservée pour un dernier lot. Sous le Consulat, le bonhomme Grandet devint maire, administra sagement, vendangea mieux encore ; sous l'Empire, il fut monsieur Grandet. Napoléon n'aimait pas les républicains : il remplaça monsieur Grandet, qui passait pour avoir porté le bonnet rouge, par un grand propriétaire, un homme à particule, un futur baron de l'Empire. Monsieur Grandet quitta les honneurs municipaux sans aucun regret. Il avait fait faire dans l'intérêt de la ville d'excellents chemins qui menaient à ses propriétés. Sa maison et ses biens, très avantageusement cadastrés, payaient des impôts modérés. Depuis le classement de ses différents clos, ses vignes, grâce à des soins constants, étaient devenues la tête du pays, mot technique en usage pour indiquer les vignobles qui produisent la première qualité de vin. Il aurait pu demander la croix de la Légion d'honneur. Cet événement eut lieu en 1806. Monsieur Grandet avait alors cinquante-sept ans, et sa femme environ trente-six. Une fille unique, fruit de leurs légitimes amours, était âgée de dix ans. Monsieur Grandet, que la providence voulut sans doute consoler de sa disgrâce administrative, hérita successivement pendant cette année de madame de La Gaudinière, née de La Bertellière, mère de madame Grandet ; puis du vieux monsieur La Bertellière, père de la défunte ; et encore de madame Gentillet, grand-mère du côté maternel : trois successions dont l'importance ne fut connue de personne. L'avarice de ces trois vieillards était si passionnée que depuis longtemps ils entassaient leur argent pour pouvoir le contempler secrètement. Le vieux monsieur La Bertellière appelait un placement une prodigalité, trouvant de plus gros intérêts dans l'aspect de l'or que dans les bénéfices de l'usure. La ville de Saumur présuma donc la valeur des économies d'après les revenus des biens au soleil. Monsieur Grandet obtint alors le nouveau titre de noblesse que notre manie d'égalité n'effacera jamais, il devint *le plus imposé* de l'arrondissement. Il exploitait cent arpents de vignes[1], qui, dans les années plantureuses, lui donnaient sept à huit cents poinçons de vin. Il possédait treize métairies, une vieille abbaye, où, par économie[2], il avait muré les croisées, les ogives, les vitraux, ce qui les conserva ; et cent vingt-sept arpents de prairies où croissaient et grossissaient trois mille peupliers plantés en 1793. Enfin la maison dans laquelle il demeurait était la sienne. Ainsi établissait-on sa fortune visible. Quant à ses capitaux, deux seules personnes pouvaient vaguement en présumer l'importance : l'une était monsieur Cruchot, notaire chargé des placements usuraires de monsieur Grandet ; l'autre, monsieur des Grassins, le plus riche banquier de Saumur, aux bénéfices duquel le vigneron participait à sa convenance et

1. En Touraine, l'arpent représente environ deux tiers d'hectare.
2. Par économie : un impôt, depuis 1799, taxait les portes et fenêtres.

secrètement. Quoique le vieux Cruchot et monsieur des Grassins possédassent cette profonde discrétion qui engendre en province la confiance et la fortune, ils témoignaient publiquement à monsieur Grandet un si grand respect que les observateurs pouvaient mesurer l'étendue des capitaux de l'ancien maire d'après la portée de l'obséquieuse considération dont il était l'objet. Il n'y avait dans Saumur personne qui ne fût persuadé que monsieur Grandet n'eût un trésor particulier, une cachette pleine de louis, et ne se donnât nuitamment les ineffables jouissances que procure la vue d'une grande masse d'or. Les avaricieux en avaient une sorte de certitude en voyant les yeux du bonhomme, auxquels le métal jaune semblait avoir communiqué ses teintes. Le regard d'un homme accoutumé à tirer de ses capitaux un intérêt énorme contracte nécessairement, comme celui du voluptueux, du joueur ou du courtisan, certaines habitudes indéfinissables, des mouvements furtifs, avides, mystérieux, qui n'échappent point à ses coreligionnaires. Ce langage secret forme en quelque sorte la franc-maçonnerie des passions. Monsieur Grandet inspirait donc l'estime respectueuse à laquelle avait droit un homme qui ne devait jamais rien à personne, qui, vieux tonnelier, vieux vigneron, devinait avec la précision d'un astronome quand il fallait fabriquer pour sa récolte mille poinçons ou seulement cinq cents ; qui ne manquait pas une seule spéculation, avait toujours des tonneaux à vendre alors que le tonneau valait plus cher que la denrée à recueillir, pouvait mettre sa vendange dans ses celliers et attendre le moment de livrer son poinçon à deux cents francs quand les petits propriétaires donnaient le leur à cinq louis. Sa fameuse récolte de 1811, sagement serrée, lentement vendue, lui avait rapporté plus de deux cent quarante mille livres. Financièrement parlant, monsieur Grandet tenait du tigre et du boa : il savait se coucher, se blottir, envisager long-temps sa proie, sauter dessus, puis il ouvrait la gueule de sa bourse, y engloutissait une charge d'écus, et se couchait tranquillement, comme le serpent qui digère, impassible, froid, méthodique. Personne ne le voyait passer sans éprouver un sen-timent d'admiration mélangé de respect et de ter-reur. Chacun dans Saumur n'avait-il pas senti le déchirement poli de ses griffes d'acier ? A celui-ci maître Cruchot avait procuré l'argent nécessaire à l'achat d'un domaine, mais à onze pour cent ; à celui-là monsieur des Grassins avait escompté des traites, mais avec un effroyable prélèvement d'inté-rêts. Il s'écoulait peu de jours sans que le nom de monsieur Grandet fût prononcé soit au marché, soit pendant les soirées dans les conversations de la ville. Pour quelques personnes, la fortune du vieux vigneron était l'objet d'un orgueil patriotique. Aussi plus d'un négociant, plus d'un auber-giste disait-il aux étrangers avec un certain con-tentement : « Monsieur, nous avons ici deux ou trois maisons millionnaires ; mais, quant à mon-sieur Grandet, il ne connaît pas lui-même sa for-tune ! » En 1816 les plus habiles calculateurs de Saumur estimaient les biens territoriaux du bon-homme à près de quatre millions ; mais, comme terme moyen, il avait dû tirer par an, depuis 1793 jusqu'en 1817, cent mille francs de ses propriétés, il était présumable qu'il possédait en argent une somme presque égale à celle de ses biens-fonds. Aussi, lorsqu'après une partie de boston, ou quel-que entretien sur les vignes, on venait à parler de monsieur Grandet, les gens capables disaient-ils :

« Le père Grandet ?... le père Grandet doit avoir cinq à six millions. — Vous êtes plus habile que je ne le suis, je n'ai jamais pu savoir le total », répondaient monsieur Cruchot ou monsieur des Grassins s'ils entendaient le propos. Quelque Parisien parlait-il des Rothschild ou de monsieur Laffitte, les gens de Saumur demandaient s'ils étaient aussi riches que monsieur Grandet. Si le Parisien leur jetait en souriant une dédaigneuse affirmation, ils se regardaient en hochant la tête d'un air d'incrédulité. Une si grande fortune couvrait d'un manteau d'or toutes les actions de cet homme. Si d'abord quelques particularités de sa vie donnèrent prise au ridicule et à la moquerie, la moquerie et le ridicule s'étaient usés. En ses moindres actes, monsieur Grandet avait pour lui l'autorité de la chose jugée. Sa parole, son vêtement, ses gestes, le clignement de ses yeux faisaient loi dans le pays, où chacun, après l'avoir étudié comme un naturaliste étudie les effets de l'instinct chez les animaux, avait pu reconnaître la profonde et muette sagesse de ses plus légers mouvements. « L'hiver sera rude, disait-on, le père Grandet a mis ses gants fourrés : il faut vendanger. — Le père Grandet prend beaucoup de merrain, il y aura du vin cette année. » Monsieur Grandet n'achetait jamais ni viande ni pain. Ses fermiers lui apportaient par semaine une provision suffisante de chapons, de poulets, d'œufs, de beurre et de blé de rente. Il possédait un moulin dont le locataire devait, en sus du bail, venir chercher une certaine quantité de grains et lui en rapporter le son et la farine. La Grande Nanon, son unique servante, quoiqu'elle ne fût plus jeune, boulangeait elle-même tous les samedis le pain de la maison. Monsieur Grandet s'était arrangé avec les maraîchers, ses locataires, pour qu'ils le fournissent de légumes. Quant aux fruits, il en récoltait une telle quantité qu'il en faisait vendre une grande partie au marché. Son bois de chauffage était coupé dans ses haies ou pris dans les vieilles truisses[1] à moitié pourries qu'il enlevait au bord de ses champs, et ses fermiers le lui charroyaient en ville tout débité, le rangeaient par complaisance dans son bûcher et recevaient ses remercîments. Ses seules dépenses connues étaient le pain bénit, la toilette de sa femme, celle de sa fille, et le paiement de leurs chaises à l'église ; la lumière, les gages de la Grande Nanon, l'étamage de ses casseroles ; l'acquittement des impositions, les réparations de ses bâtiments et les frais de ses exploitations. Il avait six cents arpents de bois récemment achetés qu'il faisait surveiller par le garde d'un voisin, auquel il promettait une indemnité. Depuis cette acquisition seulement, il mangeait du gibier. Les manières de cet homme étaient fort simples. Il parlait peu. Généralement, il exprimait ses idées par de petites phrases sentencieuses et dites d'une voix douce. Depuis la Révolution, époque à laquelle il attira les regards, le bonhomme bégayait d'une manière fatigante aussitôt qu'il avait à discourir longuement ou à soutenir une discussion. Ce bredouillement, l'incohérence de ses paroles, le flux de mots où il noyait sa pensée, son manque apparent de logique attribués à un défaut d'éducation étaient affectés et seront suffisamment expliqués par quelques événements de cette histoire. D'ailleurs, quatre phrases exactes autant que des formules algébriques lui servaient habituellement à

1. Truisse : tronc d'arbre coupé pour lui faire reproduire des branches.

embrasser, à résoudre toutes les difficultés de la vie et du commerce : « Je ne sais pas, je ne puis pas, je ne veux pas, nous verrons cela. » Il ne disait jamais ni *oui* ni *non*, et n'écrivait point. Lui parlait-on ? il écoutait froidement, se tenait le menton dans la main droite en appuyant son coude droit sur le revers de la main gauche, et se formait en toute affaire des opinions desquelles il ne revenait point. Il méditait longuement les moindres marchés. Quand, après une savante conversation, son adversaire lui avait livré le secret de ses prétentions en croyant le tenir, il lui répondait : « Je ne puis rien conclure sans avoir consulté ma femme. » Sa femme, qu'il avait réduite à un ilotisme complet, était en affaires son paravent le plus commode. Il n'allait jamais chez personne, ne voulait ni recevoir ni donner à dîner ; il ne faisait jamais de bruit, et semblait économiser tout, même le mouvement. Il ne dérangeait rien chez les autres par un respect constant de la propriété. Néanmoins, malgré la douceur de sa voix, malgré sa tenue circonspecte, le langage et les habitudes du tonnelier perçaient, surtout quand il était au logis, où il se contraignait moins que partout ailleurs. Au physique, Grandet était un homme de cinq pieds[1], trapu, carré, ayant des mollets de douze pouces de circonférence, des rotules noueuses et de larges épaules, son visage était rond, tanné, marqué de petite vérole ; son menton était droit, ses lèvres n'offraient aucune sinuosité, et ses dents étaient blanches ; ses yeux avaient l'expression calme et dévoratrice que le peuple accorde au basilic ; son front, plein de rides transversales, ne manquait pas de protubérances significatives ; ses che-

1. Cinq pieds : un peu plus d'un mètre soixante.

veux jaunâtres et grisonnants étaient blanc et or, disaient quelques jeunes gens qui ne connaissaient pas la gravité d'une plaisanterie faite sur monsieur Grandet. Son nez, gros par le bout, supportait une loupe veinée que le vulgaire disait, non sans raison, pleine de malice. Cette figure annonçait une finesse dangereuse, une probité sans chaleur, l'égoïsme d'un homme habitué à concentrer ses sentiments dans la jouissance de l'avarice et sur le seul être qui lui fût réellement de quelque chose, sa fille Eugénie, sa seule héritière. Attitude, manières, démarche, tout en lui, d'ailleurs, attestait cette croyance en soi que donne l'habitude d'avoir toujours réussi dans ses entreprises. Aussi, quoique de mœurs faciles et molles en apparence, monsieur Grandet avait-il un caractère de bronze. Toujours vêtu de la même manière, qui le voyait aujourd'hui le voyait tel qu'il était depuis 1791. Ses forts souliers se nouaient avec des cordons de cuir ; il portait en tout temps des bas de laine drapés, une culotte courte de gros drap marron à boucles d'argent, un gilet de velours à raies alternativement jaunes et puce, boutonné carrément, un large habit marron, à grands pans, une cravate noire et un chapeau de quaker. Ses gants, aussi solides que ceux des gendarmes, lui duraient vingt mois et, pour les conserver propres, il les posait sur le bord de son chapeau à la même place, par un geste méthodique. Saumur ne savait rien de plus sur ce personnage.

Six habitants seulement avaient le droit de venir dans cette maison. Le plus considérable des trois premiers était le neveu de monsieur Cruchot. Depuis sa nomination de président au tribunal de Première Instance de Saumur, ce jeune homme avait joint au nom de Cruchot celui de Bonfons, et travaillait à faire prévaloir Bonfons sur Cruchot. Il signait déjà C. de Bonfons. Le plaideur assez mal avisé pour l'appeler monsieur Cruchot s'apercevait bientôt à l'audience de sa sottise. Le magistrat protégeait ceux qui le nommaient monsieur le président, mais il favorisait de ses plus gracieux sourires les flatteurs qui lui disaient monsieur de Bonfons. Monsieur le président était âgé de trente-trois ans, possédait le domaine de Bonfons *(Boni Fontis)*, valant sept mille livres de rente ; il attendait la succession de son oncle le notaire et celle de son oncle l'abbé Cruchot, dignitaire du chapitre de Saint-Martin-de-Tours, qui tous deux passaient pour être assez riches. Ces trois Cruchot, soutenus par bon nombre de cousins, alliés à vingt maisons de la ville, formaient un parti, comme jadis à Florence les Médicis ; et, comme les Médicis, les Cruchot avaient leurs Pazzi[1]. Madame des Grassins, mère d'un fils de vingt-trois ans, venait très assidûment faire la partie de madame Grandet, espérant marier son cher Adolphe avec mademoiselle Eugénie. Monsieur des Grassins le banquier favorisait rigoureusement les manœuvres de sa femme par de constants services secrètement rendus au vieil avare, et arrivait toujours à temps sur le champ de bataille. Ces trois des Grassins avaient également leurs adhérents, leurs cousins, leurs alliés fidèles. Du côté des Cruchot, l'abbé, le Talleyrand de la famille, bien appuyé par son frère le notaire, disputait vivement le terrain à la financière et tentait de réserver le riche héritage à son neveu le président. Ce combat secret entre les Cruchot et les des Grassins, dont le prix était la main d'Eugénie Grandet, occupait passionné-

1. Pazzi : famille florentine ennemie des Médicis.

ment les diverses sociétés de Saumur. Mademoiselle Grandet épousera-t-elle monsieur le président ou monsieur Adolphe des Grassins ? A ce problème, les uns répondaient que monsieur Grandet ne donnerait sa fille ni à l'un ni à l'autre. L'ancien tonnelier rongé d'ambition cherchait, disaient-ils, pour gendre quelque pair de France, à qui trois cent mille livres de rente feraient accepter tous les tonneaux passés, présents et futurs des Grandet. D'autres répliquaient que monsieur et madame des Grassins étaient nobles, puissamment riches, qu'Adolphe était un bien gentil cavalier, et qu'à moins d'avoir un neveu du pape dans sa manche, une alliance si convenable devait satisfaire des gens de rien, un homme que tout Saumur avait vu la doloire[1] en main, et qui, d'ailleurs, avait porté le bonnet rouge. Les plus sensés faisaient observer que monsieur Cruchot de Bonfons avait ses entrées à toute heure au logis, tandis que son rival n'y était reçu que les dimanches. Ceux-ci soutenaient que madame des Grassins, plus liée avec les femmes de la maison Grandet que les Cruchot, pouvait leur inculquer certaines idées qui la feraient, tôt ou tard, réussir. Ceux-là répliquaient que l'abbé Cruchot était l'homme le plus insinuant du monde, et que femme contre moine la partie se trouvait égale. « Ils sont manche à manche », disait un bel esprit de Saumur. Plus instruits, les anciens du pays prétendaient que les Grandet étaient trop avisés pour laisser sortir les biens de leur famille, mademoiselle Eugénie Grandet de Saumur serait mariée au fils de monsieur Grandet de Paris, riche marchand de vin en gros. A cela les Cruchotins et les Grassinistes répondaient : « D'abord les deux

---

1. Doloire : hache de tonnelier.

frères ne se sont pas vus deux fois depuis trente ans. Puis, monsieur Grandet de Paris a de hautes prétentions pour son fils. Il est maire d'un arrondissement, député, colonel de la garde nationale, juge au tribunal de commerce ; il renie les Grandet de Saumur, et prétend s'allier à quelque famille ducale par la grâce de Napoléon. » Que ne disait-on pas d'une héritière dont on parlait à vingt lieues à la ronde et jusque dans les voitures publiques, d'Angers à Blois inclusivement ? Au commencement de 1818, les Cruchotins remportèrent un avantage signalé sur les Grassinistes. La terre de Froidfond, remarquable par son parc, son admirable château, ses fermes, rivière, étangs, forêts, et valant trois millions, fut mise en vente par le jeune marquis de Froidfond obligé de réaliser ses capitaux. Maître Cruchot, le président Cruchot, l'abbé Cruchot, aidés par leurs adhérents, surent empêcher la vente par petits lots. Le notaire conclut avec le jeune homme un marché d'or en lui persuadant qu'il y aurait des poursuites sans nombre à diriger contre les adjudicataires avant de rentrer dans le prix des lots ; il valait mieux vendre à monsieur Grandet, homme solvable, et capable d'ailleurs de payer la terre en argent comptant. Le beau marquisat de Froidfond fut alors convoyé vers l'œsophage de monsieur Grandet, qui, au grand étonnement de Saumur, le paya, sous escompte, après les formalités. Cette affaire eut du retentissement à Nantes et à Orléans. Monsieur Grandet alla voir son château par l'occasion d'une charrette qui y retournait. Après avoir jeté sur sa propriété le coup d'œil du maître, il revint à Saumur, certain d'avoir placé ses fonds à cinq, et saisi de la magnifique pensée d'arrondir le marquisat de Froidfond en y réunissant tous ses biens. Puis, pour remplir de nouveau son trésor presque vide, il décida de couper à blanc ses bois, ses forêts, et d'exploiter les peupliers de ses prairies.

Il est maintenant facile de comprendre toute la valeur de ce mot : la maison à monsieur Grandet, cette maison pâle, froide, silencieuse, située en haut de la ville, et abritée par les ruines des remparts. Les deux piliers et la voûte formant la baie de la porte avaient été, comme la maison, construits en tuffeau, pierre blanche particulière au littoral de la Loire, et si molle que sa durée moyenne est à peine de deux cents ans. Les trous inégaux et nombreux que les intempéries du climat y avaient bizarrement pratiqués donnaient au cintre et aux jambages de la baie l'apparence des pierres vermiculées[1] de l'architecture française et quelque ressemblance avec le porche d'une geôle. Au-dessus du cintre régnait un long bas-relief de pierre dure sculptée, représentant les quatre Saisons, figures déjà rongées et toutes noires. Ce bas-relief était surmonté d'une plinthe saillante, sur laquelle s'élevaient plusieurs de ces végétations dues au hasard, des pariétaires jaunes, des liserons, des convolvulus, du plantain, et un petit cerisier assez haut déjà. La porte, en chêne massif, brune, desséchée, fendue de toutes parts, frêle en apparence, était solidement maintenue par le système de ses boulons qui figuraient des dessins symétriques. Une grille carrée, petite, mais à barreaux serrés et rouges de rouille, occupait le milieu de la porte bâtarde et servait, pour ainsi dire, de motif à un marteau qui s'y rattachait par un anneau, et frappait sur la tête grimaçante d'un maître-clou. Ce marteau, de

1. Vermiculé : « Terme d'architecture. Il se dit d'un travail en figure de vers qui a lieu dans les bâtiments en pierre, sur des bossages auxquels on prétend donner une apparence rustique » (Littré).

forme oblongue et du genre de ceux que nos ancêtres nommaient jacquemart, ressemblait à un gros
point d'admiration[1] ; en l'examinant avec attention, un antiquaire y aurait retrouvé quelques indi-
ces de la figure essentiellement bouffonne qu'il
représentait jadis, et qu'un long usage avait effacée. Par la petite grille, destinée à reconnaître les
amis, au temps des guerres civiles, les curieux pouvaient apercevoir, au fond d'une voûte obscure et
verdâtre, quelques marches dégradées par lesquelles on montait dans un jardin que bornaient pit-
toresquement des murs épais, humides, pleins de
suintements et de touffes d'arbustes malingres. Ces
murs étaient ceux du rempart sur lequel s'élevaient
les jardins de quelques maisons voisines. Au rez-
de-chaussée de la maison, la pièce la plus considérable était une *salle* dont l'entrée se trouvait sous
la voûte de la porte cochère. Peu de personnes connaissent l'importance d'une salle dans les petites
villes de l'Anjou, de la Touraine et du Berry. La
salle est à la fois l'antichambre, le salon, le cabinet, le boudoir, la salle à manger ; elle est le théâtre de la vie domestique, le foyer commun ; là, le
coiffeur du quartier venait couper deux fois l'an
les cheveux de monsieur Grandet ; là entraient les
fermiers, le curé, le sous-préfet, le garçon meu-
nier. Cette pièce, dont les deux croisées donnaient
sur la rue, était planchéiée ; des panneaux gris, à
moulures antiques, la boisaient de haut en bas ;
son plafond se composait de poutres apparentes
également peintes en gris, dont les entre-deux
étaient remplis de blanc en bourre[2] qui avait
jauni. Un vieux cartel de cuivre incrusté d'arabes-

---

1. Point d'admiration : ancien nom du point d'exclamation.
2. Blanc en bourre : mortier de chaux et de sable.

ques en écaille ornait le manteau de la cheminée en pierre blanche, mal sculpté, sur lequel était une glace verdâtre dont les côtés, coupés en biseau pour en montrer l'épaisseur, reflétaient un filet de lumière le long d'un trumeau gothique en acier damasquiné. Les deux girandoles de cuivre doré qui décoraient chacun des coins de la cheminée étaient à deux fins, en enlevant les roses qui leur servaient de bobèches, et dont la maîtresse-branche s'adaptait au piédestal de marbre bleuâtre agencé de vieux cuivre, ce piédestal formait un chandelier pour les petits jours. Les sièges de forme antique étaient garnis en tapisseries représentant les fables de La Fontaine ; mais il fallait le savoir pour en reconnaître les sujets, tant les couleurs passées et les figures criblées de reprises se voyaient difficilement. Aux quatre angles de cette salle se trouvaient des encoignures, espèces de buffets terminés par de crasseuses étagères. Une vieille table à jouer en marqueterie, dont le dessus faisait échiquier, était placée dans le tableau qui séparait les deux fenêtres. Au-dessus de cette table, il y avait un baromètre ovale, à bordure noire, enjolivé par des rubans de bois doré, où les mouches avaient si silencieusement folâtré que la dorure en était un problème. Sur la paroi opposée à la cheminée, deux portraits au pastel étaient censés représenter l'aïeul de madame Grandet, le vieux monsieur de La Bertellière, en lieutenant des gardes françaises, et défunt madame Gentillet en bergère. Aux deux fenêtres étaient drapés des rideaux en gros de Tours rouge, relevés par des cordons de soie à glands d'église. Cette luxueuse décoration, si peu en harmonie avec les habitudes de Grandet, avait été comprise dans l'achat de la maison, ainsi que le trumeau, le cartel, le meuble en tapisserie et les encoignures en bois de rose. Dans la croisée la plus rapprochée de la porte, se trouvait une chaise de paille dont les pieds étaient montés sur des patins, afin d'élever madame Grandet à une hauteur qui lui permît de voir les passants. Une travailleuse en bois de merisier déteint remplissait l'embrasure, et le petit fauteuil d'Eugénie Grandet était placé tout auprès. Depuis quinze ans, toutes les journées de la mère et de la fille s'étaient paisiblement écoulées à cette place, dans un travail constant, à compter du mois d'avril jusqu'au mois de novembre. Le premier de ce dernier mois elles pouvaient prendre leur station d'hiver à la cheminée. Ce jour-là seulement Grandet permettait qu'on allumât du feu dans la salle, et il le faisait éteindre au trente et un mars, sans avoir égard ni aux premiers froids du printemps ni à ceux de l'automne. Une chaufferette, entretenue avec la braise provenant du feu de la cuisine que la Grande Nanon leur réservait en usant d'adresse, aidait madame et mademoiselle Grandet à passer les matinées ou les soirées les plus fraîches des mois d'avril et d'octobre. La mère et la fille entretenaient tout le linge de la maison, et employaient si consciencieusement leurs journées à ce véritable labeur d'ouvrière, que, si Eugénie voulait broder une collerette à sa mère, elle était forcée de prendre sur ses heures de sommeil en trompant son père pour avoir de la lumière. Depuis longtemps l'avare distribuait la chandelle à sa fille et à la Grande Nanon, de même qu'il distribuait dès le matin le pain et les denrées nécessaires à la consommation journalière.

☞   La Grande Nanon était peut-être la seule créature humaine capable d'accepter le despotisme de son maître. Toute la ville l'enviait à monsieur et à madame Grandet. La Grande Nanon, ainsi nommée à cause de sa taille haute de cinq pieds huit pouces[1], appartenait à Grandet depuis trente-cinq ans. Quoiqu'elle n'eût que soixante livres de gages, elle passait pour une des plus riches servantes de Saumur. Ces soixante livres, accumulées depuis trente-cinq ans, lui avaient permis de placer récemment quatre mille livres en viager chez maître Cruchot. Ce résultat des longues et persistantes économies de la Grande Nanon parut gigantesque. Chaque servante, voyant à la pauvre sexagénaire du pain pour ses vieux jours, était jalouse d'elle sans penser au dur servage par lequel il avait été acquis. A l'âge de vingt-deux ans, la pauvre fille n'avait pu se placer chez personne, tant sa figure semblait repoussante ; et certes ce sentiment était bien injuste : sa figure eût été fort admirée sur les épaules d'un grenadier de la garde ; mais en tout il faut, dit-on, l'à-propos. Forcée de quitter une ferme incendiée où elle gardait les vaches, elle vint à Saumur, où elle chercha du service, animée de ce robuste courage qui ne se refuse à rien. Le père Grandet pensait alors à se marier, et voulait déjà monter son ménage. Il avisa cette fille rebutée de porte en porte. Juge de la force corporelle en sa qualité de tonnelier, il devina le parti qu'on pouvait tirer d'une créature femelle taillée en Hercule, plantée sur ses pieds comme un chêne de soixante ans sur ses racines, forte des hanches, carrée du dos, ayant des mains de charretier et une probité vigoureuse comme l'était son intacte vertu. Ni les verrues qui ornaient ce visage martial, ni le teint de brique, ni les bras nerveux, ni les haillons de la Nanon n'épouvantèrent le tonnelier, qui se trou-

1. Cinq pieds huit pouces : plus d'un mètre quatre-vingts.

vait encore dans l'âge où le cœur tressaille. Il vêtit alors, chaussa, nourrit la pauvre fille, lui donna des gages, et l'employa sans trop la rudoyer. En se voyant ainsi accueillie, la Grande Nanon pleura secrètement de joie, et s'attacha sincèrement au tonnelier, qui d'ailleurs l'exploita féodalement. Nanon faisait tout : elle faisait la cuisine, elle faisait les buées[1], elle allait laver le linge à la Loire, le rapportait sur ses épaules ; elle se levait au jour, se couchait tard ; faisait à manger à tous les vendangeurs pendant les récoltes, surveillait les halleboteurs[2] ; défendait, comme un chien fidèle, le bien de son maître ; enfin, pleine d'une confiance aveugle en lui, elle obéissait sans murmure à ses fantaisies les plus saugrenues. Lors de la fameuse année de 1811, dont la récolte coûta des peines inouïes, après vingt ans de service, Grandet résolut de donner sa vieille montre à Nanon, seul présent qu'elle reçut jamais de lui. Quoiqu'il lui abandonnât ses vieux souliers (elle pouvait les mettre), il est impossible de considérer le profit trimestriel des souliers de Grandet comme un cadeau, tant ils étaient usés. La nécessité rendit cette pauvre fille si avare que Grandet avait fini par l'aimer comme on aime un chien, et Nanon s'était laissé mettre au cou un collier garni de pointes dont les piqûres ne la piquaient plus. Si Grandet coupait le pain avec un peu trop de parcimonie, elle ne s'en plaignait pas ; elle participait gaiement aux profits hygiéniques que procurait le régime sévère de la maison où jamais personne n'était malade. Puis la Nanon faisait partie de la famille : elle riait quand riait Grandet, s'attristait, gelait, se chauf-

1. Les buées : les lessives.
2. Les halleboteurs : ceux qui cherchent des grappes oubliées dans la vigne après les récoltes.

40

fait, travaillait avec lui. Combien de douces compensations dans cette égalité ! Jamais le maître n'avait reproché à la servante ni l'alberge[1] ou la pêche de vigne, ni les prunes ou les brugnons mangés sous l'arbre. « Allons, régale-toi, Nanon », lui disait-il dans les années où les branches pliaient sous les fruits que les fermiers étaient obligés de donner aux cochons. Pour une fille des champs qui dans sa jeunesse n'avait récolté que de mauvais traitements, pour une pauvresse recueillie par charité, le rire équivoque du père Grandet était un vrai rayon de soleil. D'ailleurs le cœur simple, la tête étroite de Nanon ne pouvaient contenir qu'un sentiment et une idée. Depuis trente-cinq ans, elle se voyait toujours arrivant devant le chantier du père Grandet, pieds nus, en haillons, et entendait toujours le tonnelier lui disant : « Que voulez-vous, ma mignonne ? » Et sa reconnaissance était toujours jeune. Quelquefois Grandet, songeant que cette pauvre créature n'avait jamais entendu le moindre mot flatteur, qu'elle ignorait tous les sentiments doux que la femme inspire, et pouvait comparaître un jour devant Dieu plus chaste que ne l'était la Vierge Marie elle-même, Grandet, saisi de pitié, disait en la regardant : « Cette pauvre Nanon ! » Son exclamation était toujours suivie d'un regard indéfinissable que lui jetait la vieille servante. Ce mot, dit de temps à autre, formait depuis longtemps une chaîne d'amitié non interrompue, et à laquelle chaque exclamation ajoutait un chaînon. Cette pitié, placée au cœur de Grandet et prise tout en gré par la vieille fille, avait je ne sais quoi d'horrible. Cette atroce pitié d'avare, qui réveillait mille plaisirs au cœur du

1. Alberge : sorte d'abricot.

vieux tonnelier, était pour Nanon sa somme de bonheur. Qui ne dira pas aussi : « Pauvre Nanon ! » Dieu reconnaîtra ses anges aux inflexions de leur voix et à leurs mystérieux regrets. Il y avait dans Saumur une grande quantité de ménages où les domestiques étaient mieux traités, mais où les maîtres n'en recevaient néanmoins aucun contentement. De là cette autre phrase : « Qu'est-ce que les Grandet font donc à leur Grande Nanon pour qu'elle leur soit si attachée ? Elle passerait dans le feu pour eux ! » Sa cuisine, dont les fenêtres grillées donnaient sur la cour, était toujours propre, nette, froide, véritable cuisine d'avare où rien ne devait se perdre. Quand Nanon avait lavé sa vaisselle, serré les restes du dîner, éteint son feu, elle quittait sa cuisine, séparée de la salle par un couloir, et venait filer du chanvre auprès de ses maîtres. Une seule chandelle suffisait à la famille pour la soirée. La servante couchait au fond de ce couloir, dans un bouge éclairé par un jour de souffrance[1]. Sa robuste santé lui permettait d'habiter impunément cette espèce de trou, d'où elle pouvait entendre le moindre bruit par le silence profond, qui régnait nuit et jour dans la maison. Elle devait, comme un dogue chargé de la police, ne dormir que d'une oreille et se reposer en veillant.

La description des autres portions du logis se trouvera liée aux événements de cette histoire ; mais d'ailleurs le croquis de la salle où éclatait tout le luxe du ménage peut faire soupçonner par avance la nudité des étages supérieurs.

En 1819, vers le commencement de la soirée, au milieu du mois de novembre, la Grande Nanon

1. Jour de souffrance : fenêtre donnant sur la propriété d'un voisin.

alluma du feu pour la première fois. L'automne avait été très beau. Ce jour était un jour de fête bien connu des Cruchotins et des Grassinistes. Aussi les six antagonistes se préparaient-ils à venir armés de toutes pièces, pour se rencontrer dans la salle et s'y surpasser en preuves d'amitié. Le matin, tout Saumur avait vu madame et mademoiselle Grandet, accompagnées de Nanon, se rendant à l'église paroissiale pour y entendre la messe, et chacun se souvint que ce jour était l'anniversaire de la naissance de mademoiselle Eugénie. Aussi, calculant l'heure où le dîner devait finir, maître Cruchot, l'abbé Cruchot et monsieur C. de Bonfons s'empressaient-ils d'arriver avant les des Grassins pour fêter mademoiselle Grandet. Tous trois apportaient d'énormes bouquets cueillis dans leurs petites serres. La queue des fleurs que le président voulait présenter était ingénieusement enveloppée d'un ruban de satin blanc, orné de franges d'or. Le matin, monsieur Grandet, suivant sa coutume pour les jours mémorables de la naissance et de la fête d'Eugénie, était venu la surprendre au lit, et lui avait solennellement offert son présent paternel, consistant, depuis treize années, en une curieuse pièce d'or. Madame Grandet donnait ordinairement à sa fille une robe d'hiver ou d'été, selon la circonstance. Ces deux robes, les pièces d'or qu'elle récoltait au premier jour de l'an et à la fête de son père, lui composaient un petit revenu de cent écus environ, que Grandet aimait à lui voir entasser. N'était-ce pas mettre son argent d'une caisse dans une autre, et, pour ainsi dire, élever à la brochette[1] l'avarice de son héritière, à

1. Elever à la brochette : élever avec beaucoup de soins, comme un oisillon auquel on donne la becquée.

laquelle il demandait parfois compte de son trésor, autrefois grossi par les La Bertellière, en lui disant : « Ce sera ton *douzain* de mariage. » Le douzain est un antique usage encore en vigueur et saintement conservé dans quelques pays situés au centre de la France. En Berry, en Anjou, quand une jeune fille se marie, sa famille ou celle de l'époux doit lui donner une bourse où se trouvent, suivant les fortunes, douze pièces ou douze douzaines de pièces ou douze cents pièces d'argent ou d'or. La plus pauvre des bergères ne se marierait pas sans son douzain, ne fût-il composé que de gros sous. On parle encore à Issoudun de je ne sais quel douzain offert à une riche héritière et qui contenait cent quarante-quatre portugaises d'or. Le pape Clément VII, oncle de Catherine de Médicis, lui fit présent, en la mariant à Henri II, d'une douzaine de médailles d'or antiques de la plus grande valeur. Pendant le dîner, le père tout joyeux de voir son Eugénie plus belle dans une robe neuve, s'était écrié : « Puisque c'est la fête d'Eugénie, faisons du feu ! ce sera de bon augure. »

— Mademoiselle se mariera dans l'année, c'est sûr, dit la Grande Nanon en remportant les restes d'une oie, ce faisan des tonneliers.

— Je ne vois point de partis pour elle à Saumur, répondit madame Grandet en regardant son mari d'un air timide qui, vu son âge, annonçait l'entière servitude conjugale sous laquelle gémissait la pauvre femme.

Grandet contempla sa fille, et s'écria gaiement : « Elle a vingt-trois ans aujourd'hui, l'enfant, il faudra bientôt s'occuper d'elle. »

Eugénie et sa mère se jetèrent silencieusement un coup d'œil d'intelligence.

Madame Grandet était une femme sèche et maigre, jaune comme un coing, gauche, lente ; une de ces femmes qui semblent faites pour être tyrannisées. Elle avait de gros os, un gros nez, un gros front, de gros yeux, et offrait, au premier aspect, une vague ressemblance avec ces fruits cotonneux qui n'ont plus ni saveur ni suc. Ses dents étaient noires et rares, sa bouche était ridée, et son menton affectait la forme dite en galoche. C'était une excellente femme, une vraie La Bertellière. L'abbé Cruchot savait trouver quelques occasions de lui dire qu'elle n'avait pas été trop mal, et elle le croyait. Une douceur angélique, une résignation d'insecte tourmenté par des enfants, une piété rare, une inaltérable égalité d'âme, un bon cœur, la faisaient universellement plaindre et respecter. Son mari ne lui donnait jamais plus de six francs à la fois pour ses menues dépenses. Quoique ridicule en apparence, cette femme qui, par sa dot et ses successions, avait apporté au père Grandet plus de trois cent mille francs, s'était toujours sentie si profondément humiliée d'une dépendance et d'un ilotisme contre lequel la douceur de son âme lui interdisait de se révolter, qu'elle n'avait jamais demandé un sou, ni fait une observation sur les actes que maître Cruchot lui présentait à signer. Cette fierté sotte et secrète, cette noblesse d'âme constamment méconnue et blessée par Grandet, dominaient la conduite de cette femme. Madame Grandet mettait constamment une robe de levantine[1] verdâtre, qu'elle s'était accoutumée à faire durer près d'une année ; elle portait un grand fichu de cotonnade blanche, un chapeau de paille cousue, et gardait presque toujours un tablier de taffetas noir. Sortant peu du logis, elle usait peu de

1. Levantine : étoffe de soie unie.

45

souliers. Enfin, elle ne voulait jamais rien pour elle. Aussi Grandet, saisi parfois d'un remords en se rappelant le long temps écoulé depuis le jour où il avait donné six francs à sa femme, stipulait-il toujours des épingles pour elle en vendant ses récoltes de l'année. Les quatre ou cinq louis offerts par le Hollandais ou le Belge acquéreur de la vendange Grandet formaient le plus clair des revenus annuels de madame Grandet. Mais, quand elle avait reçu ses cinq louis, son mari lui disait souvent, comme si leur bourse était commune : « As-tu quelques sous à me prêter ? » et la pauvre femme, heureuse de pouvoir faire quelque chose pour un homme que son confesseur lui représentait comme son seigneur et maître, lui rendait, dans le courant de l'hiver, quelques écus sur l'argent des épingles. Lorsque Grandet tirait de sa poche la pièce de cent sous allouée par mois pour les menues dépenses, le fil, les aiguilles et la toilette de sa fille, il ne manquait jamais, après avoir boutonné son gousset, de dire à sa femme : « Et toi, la mère, veux-tu quelque chose ? »

— Mon ami, répondait madame Grandet animée par un sentiment de dignité maternelle, nous verrons cela.

Sublimité perdue ! Grandet se croyait très généreux envers sa femme. Les philosophes qui rencontrent des Nanon, des madame Grandet, des Eugénie ne sont-ils pas en droit de trouver que l'ironie est le fond du caractère de la Providence ? Après ce dîner, où, pour la première fois, il fut question du mariage d'Eugénie, Nanon alla chercher une bouteille de cassis dans la chambre de monsieur Grandet, et manqua de tomber en descendant.

— Grande bête, lui dit son maître, est-ce que tu te laisserais choir comme une autre, toi ?

— Monsieur, c'est cette marche de votre escalier qui ne tient pas.

— Elle a raison, dit madame Grandet. Vous auriez dû la faire raccommoder depuis longtemps. Hier, Eugénie a failli s'y fouler le pied.

— Tiens, dit Grandet à Nanon en la voyant toute pâle, puisque c'est la naissance d'Eugénie, et que tu as manqué de tomber, prends un petit verre de cassis pour te remettre.

— Ma foi, je l'ai bien gagné, dit Nanon. A ma place, il y a bien des gens qui auraient cassé la bouteille ; mais je me serais plutôt cassé le coude pour la tenir en l'air.

— C'te pauvre Nanon ! dit Grandet en lui versant le cassis.

— T'es-tu fait mal ? lui dit Eugénie en la regardant avec intérêt.

— Non, puisque je me suis retenue en me fichant sur mes reins.

— Hé ! bien, puisque c'est la naissance d'Eugénie, dit Grandet, je vais vous raccommoder votre marche. Vous ne savez pas, vous autres, mettre le pied dans le coin, à l'endroit où elle est encore solide.

Grandet prit la chandelle, laissa sa femme, sa fille et sa servante, sans autre lumière que celle du foyer qui jetait de vives flammes, et alla dans le fournil chercher des planches, des clous et ses outils.

— Faut-il vous aider ? lui cria Nanon en l'entendant frapper dans l'escalier.

— Non ! non ! ça me connaît, répondit l'ancien tonnelier.

Au moment où Grandet raccommodait lui-même son escalier vermoulu, et sifflait à tue-tête en souvenir de ses jeunes années, les trois Cruchot frappèrent à la porte.

— C'est-y vous, monsieur Cruchot ? demanda Nanon en regardant par la petite grille.

— Oui, répondit le président.

Nanon ouvrit la porte, et la lueur du foyer, qui se reflétait sous la voûte, permit aux trois Cruchot d'apercevoir l'entrée de la salle.

— Ah ! vous êtes des fêteux, leur dit Nanon en sentant les fleurs.

— Excusez, messieurs, cria Grandet en reconnaissant la voix de ses amis, je suis à vous ! Je ne suis pas fier, je rafistole moi-même une marche de mon escalier.

— Faites, faites, monsieur Grandet, *Charbonnier est maire chez lui*, dit sentencieusement le président en riant tout seul de son allusion que personne ne comprit.

Madame et mademoiselle Grandet se levèrent. Le président, profitant de l'obscurité, dit alors à Eugénie : « Me permettez-vous, mademoiselle, de vous souhaiter, aujourd'hui que vous venez de naître, une suite d'années heureuses, et la continuation de la santé dont vous jouissez ? »

Il offrit un gros bouquet de fleurs rares à Saumur ; puis, serrant l'héritière par les coudes, il l'embrassa des deux côtés du cou, avec une complaisance qui rendit Eugénie honteuse. Le président, qui ressemblait à un grand clou rouillé, croyait ainsi faire sa cour.

— Ne vous gênez pas, dit Grandet en rentrant. Comme vous y allez les jours de fête, monsieur le président !

— Mais, avec mademoiselle, répondit l'abbé Cruchot armé de son bouquet, tous les jours seraient pour mon neveu des jours de fête.

L'abbé baisa la main d'Eugénie. Quant à maître Cruchot, il embrassa la jeune fille tout bonnement sur les deux joues, et dit : « Comme ça nous pousse, ça ! Tous les ans douze mois. »

En replaçant la lumière devant le cartel, Grandet, qui ne quittait jamais une plaisanterie et la répétait à satiété quand elle lui semblait drôle, dit : « Puisque c'est la fête d'Eugénie, allumons les flambeaux ! »

Il ôta soigneusement les branches des candélabres, mit la bobèche à chaque piédestal, prit des mains de Nanon une chandelle neuve entortillée d'un bout de papier, la ficha dans le trou, l'assura, l'alluma, et vint s'asseoir à côté de sa femme, en regardant alternativement ses amis, sa fille et les deux chandelles. L'abbé Cruchot, petit homme dodu, grassouillet, à perruque rousse et plate, à figure de vieille femme joueuse, dit en avançant ses pieds bien chaussés dans de forts souliers à agrafes d'argent : « Les des Grassins ne sont pas venus ? »

— Pas encore, dit Grandet.

— Mais doivent-ils venir ? demanda le vieux notaire en faisant grimacer sa face trouée comme une écumoire.

— Je le crois, répondit madame Grandet.

— Vos vendanges sont-elles finies ? demanda le président de Bonfons à Grandet.

— Partout ! lui dit le vieux vigneron en se levant pour se promener de long en long dans la salle et se haussant le thorax par un mouvement plein d'orgueil comme son mot, partout ! Par la porte du couloir qui allait à la cuisine, il vit alors la Grande Nanon, assise à son feu, ayant une lumière et se préparant à filer là, pour ne pas se mêler à la fête.

— Nanon, dit-il, en s'avançant dans le couloir, veux-tu bien éteindre ton feu, ta lumière, et venir avec nous ? Pardieu ! la salle est assez grande pour nous tous.

— Mais, monsieur, vous aurez du beau monde.

— Ne les vaux-tu pas bien ? Ils sont de la côte d'Adam tout comme toi.

Grandet revint vers le président et lui dit : « Avez-vous vendu votre récolte ? »

— Non, ma foi, je la garde. Si maintenant le vin est bon, dans deux ans il sera meilleur. Les propriétaires, vous le savez bien, se sont juré de tenir les prix convenus, et cette année les Belges ne l'emporteront pas sur nous. S'ils s'en vont, hé bien, ils reviendront.

— Oui, mais tenons-nous bien, dit Grandet d'un ton qui fit frémir le président.

— Serait-il en marché ? pensa Cruchot.

En ce moment, un coup de marteau annonça la famille des Grassins, et leur arrivée interrompit une conversation commencée entre madame Grandet et l'abbé.

Madame des Grassins était une de ces petites femmes vives, dodues, blanches et roses, qui, grâce au régime claustral des provinces et aux habitudes d'une vie vertueuse, se sont conservées jeunes encore à quarante ans. Elles sont comme ces dernières roses de l'arrière-saison, dont la vue fait plaisir, mais dont les pétales ont je ne sais quelle froideur, et dont le parfum s'affaiblit. Elle se mettait assez bien, faisait venir ses modes de Paris, donnait le ton à la ville de Saumur, et avait des soirées. Son mari, ancien quartier-maître dans la garde impériale, grièvement blessé à Austerlitz et retraité, conservait malgré sa considération pour Grandet, l'apparente franchise des militaires.

— Bonjour, Grandet, dit-il au vigneron en lui tenant la main et affectant une sorte de supériorité sous laquelle il écrasait toujours les Cruchot.

— Mademoiselle, dit-il à Eugénie après avoir salué madame Grandet, vous êtes toujours belle et sage, je ne sais en vérité ce que l'on peut vous souhaiter. Puis il présenta une petite caisse que son domestique portait, et qui contenait une bruyère du Cap, fleur nouvellement apportée en Europe et fort rare.

Madame des Grassins embrassa très affectueusement Eugénie, lui serra la main, et lui dit : « Adolphe s'est chargé de vous présenter mon petit souvenir. »

Un grand jeune homme blond, pâle et frêle, ayant d'assez bonnes façons, timide en apparence, mais qui venait de dépenser à Paris, où il était allé faire son Droit, huit ou dix mille francs en sus de sa pension, s'avança vers Eugénie, l'embrassa sur les deux joues, et lui offrit une boîte à ouvrage dont tous les ustensiles étaient en vermeil, véritable marchandise de pacotille, malgré l'écusson sur lequel un E. G. gothique assez bien gravé pouvait faire croire à une façon très soignée. En l'ouvrant, Eugénie eut une de ces joies inespérées et complètes qui font rougir, tressaillir, trembler d'aise les jeunes filles. Elle tourna les yeux sur son père, comme pour savoir s'il lui était permis d'accepter, et monsieur Grandet dit un « Prends, ma fille ! » dont l'accent eût illustré un acteur. Les trois Cruchot restèrent stupéfaits en voyant le regard joyeux et animé lancé sur Adolphe des Grassins par l'héritière à qui de semblables richesses parurent inouïes. Monsieur des Grassins offrit à Grandet une prise de tabac, en saisit une, secoua les grains tombés sur le ruban de la Légion d'honneur attaché à la boutonnière de son habit bleu, puis il regarda les Cruchot d'un air qui semblait dire : « Parez-moi cette botte-là ! » Madame des Grassins jeta les yeux sur les bocaux bleus où étaient les bouquets des Cruchot, en cherchant leurs cadeaux avec la bonne foi jouée d'une femme moqueuse. Dans cette conjoncture délicate, l'abbé Cruchot laissa la société s'asseoir en cercle devant le feu et alla se promener au fond de la salle avec Grandet. Quand ces deux vieillards furent dans l'embrasure de la fenêtre la plus éloignée des des Grassins : « Ces gens-là, dit le prêtre à l'oreille de l'avare, jettent l'argent par les fenêtres. »

— Qu'est-ce que cela fait, s'il rentre dans ma cave ? répliqua le vigneron.

— Si vous vouliez donner des ciseaux d'or à votre fille, vous en auriez bien le moyen, dit l'abbé.

— Je lui donne mieux que des ciseaux, répondit Grandet.

— Mon neveu est une cruche, pensa l'abbé en regardant le président dont les cheveux ébouriffés ajoutaient encore à la mauvaise grâce de sa physionomie brune. Ne pouvait-il inventer une petite bêtise qui eût du prix ?

— Nous allons faire votre partie, madame Grandet, dit madame des Grassins.

— Mais nous sommes tous réunis, *nous pouvons* deux tables...

— Puisque c'est la fête d'Eugénie, faites votre loto général, dit le père Grandet, ces deux enfants en seront. L'ancien tonnelier, qui ne jouait jamais à aucun jeu, montra sa fille et Adolphe. — Allons, Nanon, mets les tables.

— Nous allons vous aider, mademoiselle Nanon, dit gaiement madame des Grassins toute joyeuse de la joie qu'elle avait causée à Eugénie.

— Je n'ai jamais de ma vie été si contente, lui dit l'héritière. Je n'ai rien vu de si joli nulle part.

— C'est Adolphe qui l'a rapportée de Paris et qui l'a choisie, lui dit madame des Grassins à l'oreille.

— Va, va ton train, damnée intrigante ! se disait le président ; si tu es jamais en procès, toi ou ton mari, votre affaire ne sera jamais bonne.

Le notaire, assis dans son coin, regardait l'abbé d'un air calme en se disant : « Les des Grassins ont beau faire, ma fortune, celle de mon frère et celle de mon neveu montent en somme à onze cent mille francs. Les des Grassins en ont tout au plus la moitié, et ils ont une fille : ils peuvent offrir ce qu'ils voudront ! héritière et cadeaux, tout sera pour nous un jour. »

A huit heures et demie du soir, deux tables étaient dressées. La jolie madame des Grassins avait réussi à mettre son fils à côté d'Eugénie. Les acteurs de cette scène pleine d'intérêt, quoique vulgaire en apparence, munis de cartons bariolés, chiffrés, et de jetons en verre bleu, semblaient écouter les plaisanteries du vieux notaire, qui ne tirait pas un numéro sans faire une remarque ; mais tous pensaient aux millions de monsieur Grandet. Le vieux tonnelier contemplait vaniteusement les plumes roses, la toilette fraîche de madame des Grassins, la tête martiale du banquier, celle d'Adolphe, le président, l'abbé, le notaire, et se disait intérieurement : « Ils sont là pour mes écus. Ils viennent s'ennuyer ici pour ma fille. Hé ! ma fille ne sera ni pour les uns ni pour les autres, et tous ces gens-là me servent de harpons pour pêcher ! »

Cette gaieté de famille, dans ce vieux salon gris, mal éclairé par deux chandelles ; ces rires, accompagnés par le bruit du rouet de la Grande Nanon, et qui n'étaient sincères que sur les lèvres d'Eugénie ou de sa mère ; cette petitesse jointe à de si grands intérêts ; cette jeune fille qui, semblable à ces oiseaux victimes du haut prix auquel on les met et qu'ils ignorent, se trouvait traquée, serrée par des preuves d'amitié dont elle était la dupe ; tout contribuait à rendre cette scène tristement comique. N'est-ce pas d'ailleurs une scène de tous les temps et de tous les lieux, mais ramenée à sa plus simple expression ? La figure de Grandet exploitant le faux attachement des deux familles, en tirant d'énormes profits, dominait ce drame et l'éclairait. N'était-ce pas le seul dieu moderne auquel on ait foi, l'Argent dans toute sa puissance, exprimé par une seule physionomie ? Les doux sentiments de la vie n'occupaient là qu'une place secondaire, ils animaient trois cœurs purs, ceux de Nanon, d'Eugénie et de sa mère. Encore, combien d'ignorance dans leur naïveté ! Eugénie et sa mère ne savaient rien de la fortune de Grandet, elles n'estimaient les choses de la vie qu'à la lueur de leurs pâles idées, et ne prisaient ni ne méprisaient l'argent, accoutumées qu'elles étaient à s'en passer. Leurs sentiments, froissés à leur insu, mais vivaces, le secret de leur existence, en faisaient des exceptions curieuses dans cette réunion de gens dont la vie était purement matérielle. Affreuse condition de l'homme ! il n'y a pas un de ses bonheurs qui ne vienne d'une ignorance quelconque. Au moment où madame Grandet gagnait un lot de seize sous, le plus considérable qui eût jamais été ponté dans cette salle, et que la Grande Nanon riait d'aise en voyant madame empochant cette riche somme, un coup de marteau retentit à la porte de la maison, et y fit un si grand tapage que les femmes sautèrent sur leurs chaises.

— Ce n'est pas un homme de Saumur qui frappe ainsi, dit le notaire.

— Peut-on cogner comme ça, dit Nanon. Veulent-ils casser notre porte ?

— Quel diable est-ce ? s'écria Grandet.

Nanon prit une des deux chandelles, et alla ouvrir accompagnée de Grandet.

— Grandet, Grandet ! s'écria sa femme qui, poussée par un vague sentiment de peur, s'élança vers la porte de la salle.

Tous les joueurs se regardèrent.

— Si nous y allions, dit monsieur des Grassins. Ce coup de marteau me paraît malveillant.

A peine fut-il permis à monsieur des Grassins d'apercevoir la figure d'un jeune homme accompagné du facteur des Messageries, qui portait deux malles énormes et traînait des sacs de nuit. Grandet se retourna brusquement vers sa femme, et lui dit : « Madame Grandet, allez à votre loto. Laissez-moi m'entendre avec monsieur. » Puis il tira vivement la porte de la salle, où les joueurs agités reprirent leurs places, mais sans continuer le jeu. — Est-ce quelqu'un de Saumur, monsieur des Grassins ? lui dit sa femme.

— Non, c'est un voyageur.

— Il ne peut venir que de Paris. En effet, dit le notaire en tirant sa vieille montre épaisse de deux doigts et qui ressemblait à un vaisseau hollandais, il est *neuffe-s-heures*. Peste ! la diligence du Grand Bureau n'est jamais en retard.

— Et ce monsieur est-il jeune ? demanda l'abbé Cruchot.

— Oui, répondit monsieur des Grassins. Il apporte des paquets qui doivent peser au moins trois cents kilos.

— Nanon ne revient pas, dit Eugénie.

— Ce ne peut être qu'un de vos parents, dit le président.

— Faisons les mises, s'écria doucement madame Grandet. A sa voix, j'ai vu que monsieur Grandet était contrarié, peut-être ne serait-il pas content de s'apercevoir que nous parlons de ses affaires.

— Mademoiselle, dit Adolphe à sa voisine, ce sera sans doute votre cousin Grandet, un bien joli jeune homme que j'ai vu au bal de monsieur de Nucingen. Adolphe ne continua pas, sa mère lui marcha sur le pied, puis, en lui demandant à haute voix deux sous pour sa mise : « Veux-tu te taire, grand nigaud ! » lui dit-elle à l'oreille.

En ce moment, Grandet rentra sans la Grande Nanon, dont le pas et celui du facteur retentirent dans les escaliers ; il était suivi du voyageur qui depuis quelques instants excitait tant de curiosités et préoccupait si vivement les imaginations, que son arrivée en ce logis et sa chute au milieu de ce monde peut être comparée à celle d'un colimaçon dans une ruche, ou à l'introduction d'un paon dans quelque obscure basse-cour de village.

— Asseyez-vous auprès du feu, lui dit Grandet.

Avant de s'asseoir, le jeune étranger salua très gracieusement l'assemblée. Les hommes se levèrent pour répondre par une inclination polie, et les femmes firent une révérence cérémonieuse.

— Vous avez sans doute froid, monsieur, dit madame Grandet, vous arrivez peut-être de...

— Voilà bien les femmes ! dit le vieux vigneron en quittant la lecture d'une lettre qu'il tenait à la main, laissez donc monsieur se reposer.

— Mais, mon père, monsieur a peut-être besoin de quelque chose, dit Eugénie.

— Il a une langue, répondit sévèrement le vigneron.

L'inconnu fut seul surpris de cette scène. Les

autres personnes étaient faites aux façons despotiques du bonhomme. Néanmoins, quand ces deux demandes et ces deux réponses furent échangées, l'inconnu se leva, présenta le dos au feu, leva l'un de ses pieds pour chauffer la semelle de ses bottes, et dit à Eugénie : « Ma cousine, je vous remercie, j'ai dîné à Tours. Et, ajouta-t-il en regardant Grandet, je n'ai besoin de rien, je ne suis même point fatigué. »

— Monsieur vient de la Capitale ? demanda madame des Grassins.

Monsieur Charles, ainsi se nommait le fils de monsieur Grandet de Paris, en s'entendant interpeller, prit un petit lorgnon suspendu par une chaîne à son col, l'appliqua sur son œil droit pour examiner et ce qu'il y avait sur la table et les personnes qui y étaient assises, lorgna fort impertinemment madame des Grassins, et lui dit après avoir tout vu : « Oui, madame. Vous jouez au loto, ma tante, ajouta-t-il, je vous en prie, continuez votre jeu, il est trop amusant pour le quitter... »

— J'étais sûre que c'était le cousin, pensait madame des Grassins en lui jetant de petites œillades.

— Quarante-sept, cria le vieil abbé. Marquez donc, madame des Grassins, n'est-ce pas votre numéro ?

Monsieur des Grassins mit un jeton sur le carton de sa femme, qui, saisie par de tristes pressentiments, observa tour à tour le cousin de Paris et Eugénie, sans songer au loto. De temps en temps, la jeune héritière lança de furtifs regards à son cousin, et la femme du banquier put facilement y découvrir un *crescendo* d'étonnement ou de curiosité.

↬ Monsieur Charles Grandet, beau jeune homme de vingt-deux ans, produisait en ce moment un singulier contraste avec les bons provinciaux que déjà ses manières aristocratiques révoltaient passablement, et que tous étudiaient pour se moquer de lui. Ceci veut une explication. A vingt-deux ans, les jeunes gens sont encore assez voisins de l'enfance pour se laisser aller à des enfantillages. Aussi, peut-être, sur cent d'entre eux, s'en rencontrait-il bien quatre-vingt-dix-neuf qui se seraient conduits comme se conduisait Charles Grandet. Quelques jours avant cette soirée, son père lui avait dit d'aller pour quelques mois chez son frère de Saumur. Peut-être monsieur Grandet de Paris pensait-il à Eugénie, Charles, qui tombait en province pour la première fois, eut la pensée d'y paraître avec la supériorité d'un jeune homme à la mode, de désespérer l'arrondissement par son luxe, d'y faire époque, et d'y importer les inventions de la vie parisienne. Enfin, pour tout expliquer d'un mot, il voulait passer à Saumur plus de temps qu'à Paris à se brosser les ongles, et y affecter l'excessive recherche de mise que parfois un jeune homme élégant abandonne pour une négligence qui ne manque pas de grâce. Charles emporta donc le plus joli costume de chasse, le plus joli fusil, le plus joli couteau, la plus jolie gaine de Paris. Il emporta sa collection de gilets les plus ingénieux : il y en avait de gris, de blancs, de noirs, de couleur scarabée, à reflets d'or, de pailletés, de chinés, de doubles, à châle ou droits de col, à col renversé, de boutonnés jusqu'en haut, à boutons d'or. Il emporta toutes les variétés de cols et de cravates en faveur à cette époque. Il emporta deux habits de Buisson et son linge le plus fin. Il emporta sa jolie toilette d'or, présent de sa mère. Il emporta

↬ Voir *Au fil du texte*, p. XI.

58

ses colifichets de dandy, sans oublier une ravissante petite écritoire donnée par la plus aimable des femmes, pour lui du moins, par une grande dame qu'il nommait Annette, et qui voyageait maritalement, ennuyeusement, en Ecosse, victime de quelques soupçons auxquels besoin était de sacrifier momentanément son bonheur ; puis force joli papier pour lui écrire une lettre par quinzaine. Ce fut enfin une cargaison de futilités parisiennes aussi complète qu'il était possible de la faire, et où, depuis la cravache qui sert à commencer un duel, jusqu'aux beaux pistolets ciselés qui le terminent, se trouvaient tous les instruments aratoires dont se sert un jeune homme oisif pour labourer la vie. Son père lui ayant dit de voyager seul et modestement, il était venu dans le coupé de la diligence retenu pour lui seul, assez content de ne pas gâter une délicieuse voiture de voyage commandée pour aller au-devant de son Annette, la grande dame que... etc., et qu'il devait rejoindre en juin prochain aux Eaux de Baden. Charles comptait rencontrer cent personnes chez son oncle, chasser à courre dans les forêts de son oncle, y vivre enfin de la vie de château ; il ne savait pas le trouver à Saumur, où il ne s'était informé de lui que pour demander le chemin de Froidfond ; mais, en le sachant en ville, il crut l'y voir dans un grand hôtel. Afin de débuter convenablement chez son oncle, soit à Saumur, soit à Froidfond, il avait fait la toilette de voyage la plus coquette, la plus simplement recherchée, la plus adorable, pour employer le mot qui dans ce temps résumait les perfections spéciales d'une chose ou d'un homme. A Tours, un coiffeur venait de lui refriser ses beaux cheveux châtains ; il y avait changé de linge, et mis une cravate de satin noir combinée avec un col rond, de manière à encadrer agréablement sa blanche et rieuse figure. Une redingote de voyage à demi boutonnée lui pinçait la taille, et laissait voir un gilet de cachemire à châle sous lequel était un second gilet blanc. Sa montre, négligemment abandonnée au hasard dans une poche, se rattachait par une courte chaîne d'or à l'une des boutonnières. Son pantalon gris se boutonnait sur les côtés, où des dessins brodés en soie noire enjolivaient les coutures. Il maniait agréablement une canne dont la pomme d'or sculpté n'altérait point la fraîcheur de ses gants gris. Enfin, sa casquette était d'un goût excellent. Un Parisien, un Parisien de la sphère la plus élevée pouvait seul et s'agencer ainsi sans paraître ridicule, et donner une harmonie de fatuité à toutes ces niaiseries, que soutenait d'ailleurs un air brave, l'air d'un jeune homme qui a de beaux pistolets, le coup sûr et Annette. Maintenant, si vous voulez bien comprendre la surprise respective des Saumurois et du jeune Parisien, voir parfaitement le vif éclat que l'élégance du voyageur jetait au milieu des ombres grises de la salle et des figures qui composaient le tableau de famille, essayez de vous représenter les Cruchot. Tous les trois prenaient du tabac, et ne songeaient plus depuis longtemps à éviter ni les roupies, ni les petites galettes noires qui parsemaient le jabot de leurs chemises rousses, à cols recroquevillés et à plis jaunâtres. Leurs cravates molles se roulaient en corde aussitôt qu'ils se les étaient attachées au cou. L'énorme quantité de linge qui leur permettait de ne faire la lessive que tous les six mois, et de le garder au fond de leurs armoires, laissait le temps y imprimer ses teintes grises et vieilles. Il y avait en eux une parfaite entente de mauvaise grâce et de sénilité. Leurs figures, aussi flétries que l'étaient leurs habits râpés, aussi plissées que leurs pantalons, semblaient usées, racornies, et grimaçaient. La négligence générale des autres costumes, tous incomplets, sans fraîcheur, comme le sont les toilettes de province, où l'on arrive insensiblement à ne plus s'habiller les uns pour les autres, et à prendre garde au prix d'une paire de gants, s'accordait avec l'insouciance des Cruchot. L'horreur de la mode était le seul point sur lequel les Grassinistes et les Cruchotins s'entendissent parfaitement. Le Parisien prenait-il son lorgnon pour examiner les singuliers accessoires de la salle, les solives du plancher, le ton des boiseries ou les points que les mouches y avaient imprimés et dont le nombre aurait suffi pour ponctuer l'*Encyclopédie méthodique* et le *Moniteur*, aussitôt les joueurs de loto levaient le nez et le considéraient avec autant de curiosité qu'ils en eussent manifesté pour une girafe. Monsieur des Grassins et son fils, auxquels la figure d'un homme à la mode n'était pas inconnue, s'associèrent néanmoins à l'étonnement de leurs voisins, soit qu'ils éprouvassent l'indéfinissable influence d'un sentiment général, soit qu'ils l'approuvassent en disant à leurs compatriotes par des œillades pleines d'ironie : « Voilà comme *ils* sont à Paris. » Tous pouvaient d'ailleurs observer Charles à loisir, sans craindre de déplaire au maître du logis. Grandet était absorbé dans la longue lettre qu'il tenait, et avait pris pour la lire l'unique flambeau de la table, sans se soucier de ses hôtes ni de leur plaisir. Eugénie à qui le type d'une perfection semblable, soit dans la mise, soit dans la personne, était entièrement inconnu, crut voir en son cousin une créature descendue de quelque région séraphique. Elle respirait avec délices les parfums exhalés par cette chevelure si brillante, si gracieusement bouclée. Elle aurait voulu pouvoir toucher la peau blanche de ces jolis gants fins. Elle enviait les petites mains de Charles, son teint, la fraîcheur et la délicatesse de ses traits. Enfin, si toutefois cette image peut résumer les impressions que le jeune élégant produisit sur une ignorante fille sans cesse occupée à rapetasser des bas, à ravauder la garde-robe de son père, et dont la vie s'était écoulée sous ces crasseux lambris sans voir dans cette rue silencieuse plus d'un passant par heure, la vue de son cousin fit sourdre en son cœur les émotions de fine volupté que causent à un jeune homme les fantastiques figures de femmes dessinées par Westall dans les Keepsake anglais, et gravées par les Finden d'un burin si habile, qu'on a peur, en soufflant sur le vélin, de faire envoler ces apparitions célestes. Charles tira de sa poche un mouchoir brodé par la grande dame qui voyageait en Ecosse. En voyant ce joli ouvrage fait avec amour pendant les heures perdues pour l'amour, Eugénie regarda son cousin pour savoir s'il allait bien réellement s'en servir. Les manières de Charles, ses gestes, la façon dont il prenait son lorgnon, son impertinence affectée, son mépris pour le coffret qui venait de faire tant de plaisir à la riche héritière et qu'il trouvait évidemment ou sans valeur ou ridicule ; enfin, tout ce qui choquait les Cruchot et les des Grassins lui plaisait si fort, qu'avant de s'endormir elle dut rêver longtemps à ce phénix des cousins.

Les numéros se tiraient fort lentement, mais bientôt le loto fut arrêté. La Grande Nanon entra et dit tout haut : « Madame, va falloir me donner des draps pour faire le lit à ce monsieur. » Madame Grandet suivit Nanon. Madame des

Grassins dit alors à voix basse : « Gardons nos sous et laissons le loto. » Chacun reprit ses deux sous dans la vieille soucoupe écornée où il les avait mis ; puis l'assemblée se remua en masse et fit un quart de conversion vers le feu.

— Vous avez donc fini ? dit Grandet sans quitter sa lettre.

— Oui, oui, répondit madame des Grassins en venant prendre place près de Charles.

Eugénie, mue par une de ces pensées qui naissent au cœur des jeunes filles quand un sentiment s'y loge pour la première fois, quitta la salle pour aller aider sa mère et Nanon. Si elle avait été questionnée par un confesseur habile, elle lui eût sans doute avoué qu'elle ne songeait ni à sa mère ni à Nanon, mais qu'elle était travaillée par un poignant désir d'inspecter la chambre de son cousin pour s'y occuper de son cousin, pour y placer quoi que ce fût, pour obvier à un oubli, pour y tout prévoir, afin de la rendre, autant que possible, élégante et propre. Eugénie se croyait déjà seule capable de comprendre les goûts et les idées de son cousin. En effet, elle arriva fort heureusement pour prouver à sa mère et à Nanon, qui revenaient pensant avoir tout fait, que tout était à faire. Elle donna l'idée à la Grande Nanon de bassiner les draps avec la braise du feu ; elle couvrit elle-même la vieille table d'un napperon, et recommanda bien à Nanon de changer le napperon tous les matins. Elle convainquit sa mère de la nécessité d'allumer un bon feu dans la cheminée, et détermina Nanon à monter, sans en rien dire à son père, un gros tas de bois dans le corridor. Elle courut chercher dans une des encoignures de la salle un plateau de vieux laque qui venait de la succession de feu le vieux monsieur de La Bertellière, y prit également un verre de cristal à six pans, une petite cuiller dédorée, un flacon antique où étaient gravés des amours, et mit triomphalement le tout sur un coin de la cheminée. Il lui avait plus surgi d'idées en un quart d'heure qu'elle n'en avait eu depuis qu'elle était au monde.

— Maman, dit-elle, jamais mon cousin ne supportera l'odeur d'une chandelle. Si nous achetions de la bougie ?... Elle alla, légère comme un oiseau, tirer de sa bourse l'écu de cent sous qu'elle avait reçu pour ses dépenses du mois. — Tiens, Nanon, dit-elle, va vite.

— Mais, que dira ton père ? Cette objection terrible fut proposée par madame Grandet en voyant sa fille armée d'un sucrier de vieux Sèvres rapporté du château de Froidfond par Grandet — Et où prendras-tu donc du sucre ? Es-tu folle ?

— Maman, Nanon achètera aussi bien du sucre que de la bougie.

— Mais ton père ?

— Serait-il convenable que son neveu ne pût boire un verre d'eau sucrée ? D'ailleurs, il n'y fera pas attention.

— Ton père voit tout, dit madame Grandet en hochant la tête.

Nanon hésitait, elle connaissait son maître.

— Mais va donc, Nanon, puisque c'est ma fête !

Nanon laissa échapper un gros rire en entendant la première plaisanterie que sa jeune maîtresse eût jamais faite, et lui obéit. Pendant qu'Eugénie et sa mère s'efforçaient d'embellir la chambre destinée par monsieur Grandet à son neveu, Charles se trouvait l'objet des attentions de madame des Grassins, qui lui faisait des agaceries.

— Vous êtes bien courageux, monsieur, lui dit-elle, de quitter les plaisirs de la capitale pendant l'hiver pour venir habiter Saumur. Mais si nous ne vous faisons pas trop peur, vous verrez que l'on peut encore s'y amuser.

Elle lui lança une véritable œillade de province, où, par habitude, les femmes mettent tant de réserve et de prudence dans leurs yeux qu'elles leur communiquent la friande concupiscence particulière à ceux des ecclésiastiques, pour qui tout plaisir semble ou un vol ou une faute. Charles se trouvait si dépaysé dans cette salle, si loin du vaste château et de la fastueuse existence qu'il supposait à son oncle, qu'en regardant attentivement madame des Grassins, il aperçut enfin une image à demi effacée des figures parisiennes. Il répondit avec grâce à l'espèce d'invitation qui lui était adressée, et il s'engagea naturellement une conversation dans laquelle madame des Grassins baissa graduellement sa voix pour la mettre en harmonie avec la nature de ses confidences. Il existait chez elle et chez Charles un même besoin de confiance. Aussi, après quelques moments de causerie coquette et de plaisanteries sérieuses, l'adroite provinciale put-elle lui dire sans se croire entendue des autres personnes qui parlaient de la vente des vins, dont s'occupait en ce moment tout le Saumurois : « Monsieur, si vous voulez nous faire l'honneur de venir nous voir, vous ferez très certainement autant de plaisir à mon mari qu'à moi. Notre salon est le seul dans Saumur où vous trouverez réunis le haut commerce et la noblesse : nous appartenons aux deux sociétés, qui ne veulent se rencontrer que là parce qu'on s'y amuse. Mon mari, je le dis avec orgueil, est également considéré par les uns et par les autres. Ainsi, nous tâcherons de faire diversion à l'ennui de votre séjour ici. Si vous restiez chez monsieur Grandet, que deviendriez-vous, bon

Dieu ! Votre oncle est un grigou qui ne pense qu'à ses provins[1], votre tante est une dévote qui ne sait pas coudre deux idées, et votre cousine est une petite sotte, sans éducation, commune, sans dot, et qui passe sa vie à raccommoder des torchons. »

« Elle est très bien, cette femme », se dit en lui-même Charles Grandet en répondant aux minauderies de madame des Grassins.

— Il me semble, ma femme, que tu veux accaparer monsieur, dit en riant le gros et grand banquier.

A cette observation, le notaire et le président dirent des mots plus ou moins malicieux ; mais l'abbé les regarda d'un air fin et résuma leurs pensées en prenant une pincée de tabac, et offrant sa tabatière à la ronde : « Qui mieux que madame, dit-il, pourrait faire à monsieur les honneurs de Saumur ? »

— Ha ! çà, comment l'entendez-vous, monsieur l'abbé ? demanda monsieur des Grassins.

— Je l'entends, monsieur, dans le sens le plus favorable pour vous, pour madame, pour la ville de Saumur et pour monsieur, ajouta le rusé vieillard en se tournant vers Charles.

Sans paraître y prêter la moindre attention, l'abbé Cruchot avait su deviner la conversation de Charles et de madame des Grassins.

— Monsieur, dit enfin Adolphe à Charles d'un air qu'il aurait voulu rendre dégagé, je ne sais si vous avez conservé quelque souvenir de moi ; j'ai eu le plaisir d'être votre vis-à-vis à un bal donné par monsieur le baron de Nucingen, et...

— Parfaitement, monsieur, parfaitement,

1. Provin : cep qu'on retourne pour le fixer en terre et obtenir ainsi un nouveau plant.

répondit Charles, surpris de se voir l'objet des attentions de tout le monde.

— Monsieur est votre fils ? demanda-t-il à madame des Grassins.

L'abbé regarda malicieusement la mère.

— Oui, monsieur, dit-elle.

— Vous étiez donc bien jeune à Paris ? reprit Charles en s'adressant à Adolphe.

— Que voulez-vous, monsieur, dit l'abbé, nous les envoyons à Babylone aussitôt qu'ils sont sevrés.

Madame des Grassins interrogea l'abbé par un regard d'une étonnante profondeur. — Il faut venir en province, dit-il en continuant, pour trouver des femmes de trente et quelques années aussi fraîches que l'est madame, après avoir eu des fils bientôt licenciés en droit. Il me semble être encore au jour où les jeunes gens et les dames montaient sur des chaises pour vous voir danser au bal, madame, ajouta l'abbé en se tournant vers son adversaire femelle. Pour moi, vos succès sont d'hier...

— Oh ! le vieux scélérat ! se dit en elle-même madame des Grassins, me devinerait-il donc ?

— Il paraît que j'aurai beaucoup de succès à Saumur, se disait Charles en déboutonnant sa redingote, se mettant la main dans son gilet, et jetant son regard à travers les espaces pour imiter la pose donnée à lord Byron par Chantrey.

L'inattention du père Grandet, ou, pour mieux dire, la préoccupation dans laquelle le plongeait la lecture de sa lettre, n'échappèrent ni au notaire ni au président, qui tâchaient d'en conjecturer le contenu par les imperceptibles mouvements de la figure du bonhomme, alors fortement éclairée par la chandelle. Le vigneron maintenait difficilement le calme habituel de sa physionomie. D'ailleurs, chacun pourra se peindre la contenance affectée par cet homme en lisant la fatale lettre que voici :

« Mon frère, voici bientôt vingt-trois ans que nous ne nous sommes vus. Mon mariage a été l'objet de notre dernière entrevue, après laquelle nous nous sommes quittés joyeux l'un et l'autre. Certes je ne pouvais guère prévoir que tu serais un jour le seul soutien de la famille, à la prospérité de laquelle tu applaudissais alors. Quand tu tiendras cette lettre en tes mains, je n'existerai plus. Dans la position où j'étais, je n'ai pas voulu survivre à la honte d'une faillite. Je me suis tenu sur le bord du gouffre jusqu'au dernier moment, espérant surnager toujours. Il faut y tomber. Les banqueroutes réunies de mon agent de change et de Roguin, mon notaire, m'emportent mes dernières ressources et ne me laissent rien. J'ai la douleur de devoir près de quatre millions sans pouvoir offrir plus de vingt-cinq pour cent d'actif. Mes vins emmagasinés éprouvent en ce moment la baisse ruineuse que causent l'abondance et la qualité de vos récoltes. Dans trois jours, Paris dira : « Monsieur Grandet était un fripon ! » Je me coucherai, moi probe, dans un linceul d'infamie. Je ravis à mon fils et son nom que j'entache et la fortune de sa mère. Il ne sait rien de cela, ce malheureux enfant que j'idolâtre. Nous nous sommes dit adieu tendrement. Il ignorait, par bonheur, que les derniers flots de ma vie s'épanchaient dans cet adieu. Ne me maudira-t-il pas un jour ? Mon frère, mon frère, la malédiction de nos enfants est épouvantable ; ils peuvent appeler de la nôtre, mais la leur est irrévocable. Grandet, tu es mon aîné, tu me dois ta protection : fais que Charles ne jette aucune parole amère sur ma tombe ! Mon frère, si je t'écrivais avec mon sang et mes larmes, il n'y aurait pas autant de douleurs que j'en mets dans cette lettre ; car je pleurerais, je saignerais, je serais mort, je ne souffrirais plus ; mais je souffre et vois la mort d'un œil sec. Te voilà donc le père de Charles ! il n'a point de parents du côté maternel, tu sais pourquoi. Pourquoi n'ai-je pas obéi aux préjugés sociaux ? Pourquoi ai-je cédé à l'amour ? Pourquoi ai-je épousé la fille naturelle d'un grand seigneur ? Charles n'a plus de famille. O mon malheureux fils ! mon fils ! Ecoute, Grandet, je ne suis pas venu t'implorer pour moi ; d'ailleurs tes biens ne sont peut-être pas assez considérables pour supporter une hypothèque de trois millions ; mais pour mon fils ! Sache-le bien, mon frère, mes mains suppliantes se sont jointes en pensant à toi. Grandet, je te confie Charles en mourant. Enfin je regarde mes pistolets sans douleur en pensant que tu lui serviras de père. Il m'aimait bien, Charles ; j'étais si bon pour lui, je ne le contrariais jamais : il ne me maudira pas. D'ailleurs, tu verras ; il est doux, il tient de sa mère, il ne te donnera jamais de chagrin. Pauvre enfant ! accoutumé aux jouissances du luxe, il ne connaît aucune des privations auxquelles nous a condamnés l'un et l'autre notre première misère... Et le voilà ruiné, seul. Oui, tous ses amis le fuiront, et c'est moi qui serai la cause de ses humiliations. Ah ! je voudrais avoir le bras assez fort pour l'envoyer d'un seul coup dans les cieux près de sa mère. Folie ! je reviens à mon malheur, à celui de Charles. Je te l'ai donc envoyé pour que tu lui apprennes convenablement et ma mort et son sort à venir. Sois un père pour lui, mais un bon père. Ne l'arrache pas tout à coup à sa vie oisive, tu le tuerais. Je lui demande à genoux de renoncer aux créances qu'en qualité d'héritier de sa mère il pourrait exercer contre moi. Mais c'est une prière superflue ; il a de l'honneur, et sentira bien qu'il ne doit pas se joindre à mes créanciers. Fais-le renoncer à ma succession en temps utile. Révèle-lui les dures conditions de la vie que je lui fais ; et, s'il me conserve sa tendresse, dis-lui bien en mon nom que tout n'est pas perdu pour lui. Oui, le travail, qui nous a sauvés tous deux, peut lui rendre la fortune que je lui emporte ; et, s'il veut écouter la voix de son père, qui pour lui voudrait sortir un moment du tombeau, qu'il parte, qu'il aille aux Indes ! Mon frère, Charles est un jeune homme probe et courageux : tu lui feras une pacotille, il mourrait plutôt que de ne pas te rendre les premiers fonds que tu lui prêteras ; car tu lui en prêteras, Grandet ! sinon tu te créerais des remords. Ah ! si mon enfant ne trouvait ni secours ni tendresse en toi, je demanderais éternellement vengeance à Dieu de ta dureté. Si j'avais pu sauver quelques valeurs, j'avais bien le droit de lui remettre une somme sur le bien de sa mère ; mais les paiements de ma fin du mois avaient absorbé toutes mes ressources. Je n'aurais pas voulu mourir dans le doute sur le sort de mon enfant ; j'aurais voulu sentir de saintes promesses dans la chaleur de ta main, qui m'eût réchauffé ; mais le temps me manque. Pendant que Charles voyage, je suis obligé de dresser mon bilan. Je tâche de prouver par la bonne foi qui préside à mes affaires qu'il n'y a dans mes désastres ni faute ni improbité. N'est-ce pas m'occuper de Charles ? Adieu, mon frère. Que toutes les bénédictions de Dieu te soient acquises pour la généreuse tutelle que je te confie, et que tu acceptes, je n'en doute pas. Il y aura sans cesse une voix qui priera pour toi dans le monde où nous devons aller tous un jour, et où je suis déjà.

« Victor-Ange-Guillaume GRANDET. »

— Vous causez donc ? dit le père Grandet en pliant avec exactitude la lettre dans les mêmes plis et la mettant dans la poche de son gilet. Il regarda son neveu d'un air humble et craintif sous lequel il cacha ses émotions et ses calculs. — Vous êtes-vous réchauffé ?

— Très bien, mon cher oncle !

— Hé ! bien, où sont donc nos femmes ? dit l'oncle oubliant déjà que son neveu couchait chez lui. En ce moment Eugénie et madame Grandet rentrèrent. — Tout est-il arrangé là-haut ? leur demanda le bonhomme en retrouvant son calme.

— Oui, mon père.

— Hé ! bien, mon neveu, si vous êtes fatigué, Nanon va vous conduire à votre chambre. Dame, ce ne sera pas un appartement de *mirliflor* ! mais vous excuserez de pauvres vignerons qui n'ont jamais le sou. Les impôts nous avalent tout.

— Nous ne voulons pas être indiscrets, Grandet, dit le banquier. Vous pouvez avoir à jaser avec votre neveu, nous vous souhaitons le bonsoir. A demain.

A ces mots, l'assemblée se leva, et chacun fit la révérence suivant son caractère. Le vieux notaire alla chercher sous la porte sa lanterne, et vint l'allumer en offrant aux des Grassins de les reconduire. Madame des Grassins n'avait pas prévu l'incident qui devait faire finir prématurément la soirée, et son domestique n'était pas arrivé.

— Voulez-vous me faire l'honneur d'accepter mon bras, madame ? dit l'abbé Cruchot à madame des Grassins.

— Merci, monsieur l'abbé. J'ai mon fils, répondit-elle sèchement.

— Les dames ne sauraient se compromettre avec moi, dit l'abbé.

— Donne donc le bras à monsieur Cruchot, lui dit son mari.

L'abbé emmena la jolie dame assez lestement pour se trouver à quelques pas en avant de la caravane.

— Il est très bien, ce jeune homme, madame, lui dit-il en lui serrant le bras. *Adieu, paniers, vendanges sont faites*[1] ! Il vous faut dire adieu à mademoiselle Grandet, Eugénie sera pour le Parisien. A moins que ce cousin ne soit amouraché d'une Parisienne, votre fils Adolphe va rencontrer en lui le rival le plus...

— Laissez donc, monsieur l'abbé. Ce jeune homme ne tardera pas à s'apercevoir qu'Eugénie est une niaise, une fille sans fraîcheur. L'avez-vous examinée ? elle était, ce soir, jaune comme un coing.

— Vous l'avez peut-être déjà fait remarquer au cousin.

— Et je ne m'en suis pas gênée...

— Mettez-vous toujours auprès d'Eugénie, madame, et vous n'aurez pas grand'chose à dire à ce jeune homme contre sa cousine, il fera de lui-même une comparaison qui...

— D'abord, il m'a promis de venir dîner après-demain chez moi.

— Ah ! si vous vouliez, madame... dit l'abbé.

— Et que voulez-vous que je veuille, monsieur l'abbé ? Entendez-vous ainsi me donner de mauvais conseils ? Je ne suis pas arrivée à l'âge de trente-neuf ans, avec une réputation sans tache, Dieu merci, pour la compromettre, même quand il s'agirait de l'empire du Grand Mogol. Nous sommes à un âge, l'un et l'autre, auquel on sait ce que parler veut dire. Pour un ecclésiastique, vous avez

1. Ce dicton se trouve dans *Gargantua*, de Rabelais.

en vérité des idées bien incongrues. Fi ! cela est digne de *Faublas*.

— Vous avez donc lu *Faublas* ?

— Non, monsieur l'abbé, je voulais dire les *Liaisons Dangereuses*.

— Ah ! ce livre est infiniment plus moral, dit en riant l'abbé. Mais vous me faites aussi pervers que l'est un jeune homme d'aujourd'hui. Je voulais simplement vous...

— Osez me dire que vous ne songiez pas à me conseiller de vilaines choses. Cela n'est-il pas clair ? Si ce jeune homme, qui est très bien, j'en conviens, me faisait la cour, il ne penserait pas à sa cousine. A Paris, je le sais, quelques bonnes mères se dévouent ainsi pour le bonheur et la fortune de leurs enfants ; mais nous sommes en province, monsieur l'abbé.

— Oui, madame.

— Et, reprit-elle, je ne voudrais pas, ni Adolphe lui-même ne voudrait pas de cent millions achetés à ce prix...

— Madame, je n'ai point parlé de cent millions. La tentation eût été peut-être au-dessus de nos forces à l'un et à l'autre. Seulement, je crois qu'une honnête femme peut se permettre, en tout bien tout honneur, de petites coquetteries sans conséquence, qui font partie de ses devoirs en société, et qui...

— Vous croyez ?

— Ne devons-nous pas, madame, tâcher de nous être agréables les uns aux autres... Permettez que je me mouche. — Je vous assure, madame, reprit-il, qu'il vous lorgnait d'un air un peu plus flatteur que celui qu'il avait en me regardant ; mais je lui pardonne d'honorer préférablement à la vieillesse la beauté...

— Il est clair, disait le président de sa grosse

voix, que monsieur Grandet de Paris envoie son fils à Saumur dans des intentions extrêmement matrimoniales...

— Mais, alors, le cousin ne serait pas tombé comme une bombe, répondait le notaire.

— Cela ne dirait rien, dit monsieur des Grassins, le bonhomme est *cachottier*.

— Des Grassins, mon ami, je l'ai invité à dîner, ce jeune homme. Il faudra que tu ailles prier monsieur et madame de Larsonnière, et les du Hautoy, avec la belle demoiselle du Hautoy, bien entendu ; pourvu qu'elle se mette bien ce jour-là ! Par jalousie, sa mère la fagote si mal ! J'espère, messieurs, que vous nous ferez l'honneur de venir, ajouta-t-elle en arrêtant le cortège pour se retourner vers les deux Cruchot.

— Vous voilà chez vous, madame, dit le notaire.

Après avoir salué les trois des Grassins, les trois Cruchot s'en retournèrent chez eux, en se servant de ce génie d'analyse que possèdent les provinciaux pour étudier sous toutes ses faces le grand événement de cette soirée, qui changeait les positions respectives des Cruchotins et des Grassinistes. L'admirable bon sens qui dirigeait les actions de ces grands calculateurs leur fit sentir aux uns et aux autres la nécessité d'une alliance momentanée contre l'ennemi commun. Ne devaient-ils pas mutuellement empêcher Eugénie d'aimer son cousin, et Charles de penser à sa cousine ? Le Parisien pourrait-il résister aux insinuations perfides, aux calomnies doucereuses, aux médisances pleines d'éloges, aux dénégations naïves qui allaient constamment tourner autour de lui pour le tromper ?

Lorsque les quatre parents se trouvèrent seuls dans la salle, monsieur Grandet dit à son neveu :

« Il faut se coucher. Il est trop tard pour causer des affaires qui vous amènent ici, nous prendrons demain un moment convenable. Ici, nous déjeunons à huit heures. A midi, nous mangeons un fruit, un rien de pain sur le pouce, et nous buvons un verre de vin blanc ; puis nous dînons, comme les Parisiens, à cinq heures. Voilà l'ordre. Si vous voulez voir la ville ou les environs, vous serez libre comme l'air. Vous m'excuserez si mes affaires ne me permettent pas toujours de vous accompagner. Vous les entendrez peut-être tous ici vous disant que je suis riche : monsieur Grandet par-ci, monsieur Grandet par-là ! Je les laisse dire, leurs bavardages ne nuisent point à mon crédit. Mais je n'ai pas le sou, et je travaille à mon âge comme un jeune compagnon, qui n'a pour tout bien qu'une mauvaise plaine[1] et deux bons bras. Vous verrez peut-être bientôt par vous-même ce que coûte un écu quand il faut le suer. Allons, Nanon, les chandelles ? »

— J'espère, mon neveu, que vous trouverez tout ce dont vous aurez besoin, dit madame Grandet ; mais s'il vous manquait quelque chose, vous pourrez appeler Nanon.

— Ma chère tante, ce serait difficile, j'ai, je crois, emporté toutes mes affaires ! Permettez-moi de vous souhaiter une bonne nuit, ainsi qu'à ma jeune cousine.

Charles prit des mains de Nanon une bougie allumée, une bougie d'Anjou, bien jaune de ton, vieillie en boutique et si pareille à de la chandelle, que monsieur Grandet, incapable d'en soupçon-

1. Plaine (ou plane) : outil de tonnelier, composé d'une lame et de deux poignées.

ner l'existence au logis, ne s'aperçut pas de cette magnificence.

— Je vais vous montrer le chemin, dit le bonhomme.

Au lieu de sortir par la porte de la salle qui donnait sous la voûte, Grandet fit la cérémonie de passer par le couloir qui séparait la salle de la cuisine. Une porte battante garnie d'un grand carreau de verre ovale fermait ce couloir du côté de l'escalier afin de tempérer le froid qui s'y engouffrait. Mais en hiver la bise n'en sifflait pas moins par là très rudement, et, malgré les bourrelets mis aux portes de la salle, à peine la chaleur s'y maintenait-elle à un degré convenable. Nanon alla verrouiller la grande porte, ferma la salle, et détacha dans l'écurie un chien-loup dont la voix était cassée comme s'il avait une laryngite. Cet animal d'une notable férocité ne connaissait que Nanon. Ces deux créatures champêtres s'entendaient.

Quand Charles vit les murs jaunâtres et enfumés de la cage où l'escalier à rampe vermoulue tremblait sous le pas pesant de son oncle, son dégrisement alla *rinforzando*. Il se croyait dans un juchoir à poules. Sa tante et sa cousine, vers lesquelles il se retourna pour interroger leurs figures, étaient si bien façonnées à cet escalier, que, ne devinant pas la cause de son étonnement, elles le prirent pour une expression amicale, et y répondirent par un sourire agréable qui le désespéra.

— Que diable mon père m'envoie-t-il faire ici ? se disait-il. Arrivé sur le premier palier, il aperçut trois portes peintes en rouge étrusque et sans chambranles, des portes perdues dans la muraille poudreuse et garnies de bandes en fer boulonnées, apparentes, terminées en façon de flammes comme l'était à chaque bout la longue entrée de la serrure.

Celle de ces portes qui se trouvait en haut de l'escalier et qui donnait entrée dans la pièce située au-dessus de la cuisine, était évidemment murée. On n'y pénétrait en effet que par la chambre de Grandet, à qui cette pièce servait de cabinet. L'unique croisée d'où elle tirait son jour était défendue sur la cour par d'énormes barreaux en fer grillagés. Personne, pas même madame Grandet, n'avait la permission d'y venir, le bonhomme voulait y rester seul comme un alchimiste à son fourneau. Là, sans doute, quelque cachette avait été très habilement pratiquée, là s'emmagasinaient les titres de propriété, là pendaient les balances à peser les louis, là se faisaient nuitamment et en secret les quittances, les reçus, les calculs ; de manière que les gens d'affaires, voyant toujours Grandet prêt à tout, pouvaient imaginer qu'il avait à ses ordres une fée ou un démon. Là, sans doute, quand Nanon ronflait à ébranler les planchers, quand le chien-loup veillait et bâillait dans la cour, quand madame et mademoiselle Grandet étaient bien endormies, venait le vieux tonnelier choyer, caresser, couver, cuver, cercler son or. Les murs étaient épais, les contrevents discrets. Lui seul avait la clef de ce laboratoire, où, dit-on, il consultait des plans sur lesquels ses arbres à fruits étaient désignés et où il chiffrait ses produits à un pro-vin, à une bourrée[1] près. L'entrée de la chambre d'Eugénie faisait face à cette porte murée. Puis, au bout du palier, était l'appartement des deux époux qui occupaient tout le devant de la maison. Madame Grandet avait une chambre contiguë à celle d'Eugénie, chez qui l'on entrait par une porte vitrée. La chambre du maître était séparée de celle

1. Bourrée : fagot composé de petites branches.

de sa femme par une cloison, et du mystérieux cabinet par un gros mur. Le père Grandet avait logé son neveu au second étage, dans la haute mansarde située au-dessus de sa chambre, de manière à pouvoir l'entendre, s'il lui prenait fantaisie d'aller et de venir. Quand Eugénie et sa mère arrivèrent au milieu du palier, elles se donnèrent le baiser du soir ; puis, après avoir dit à Charles quelques mots d'adieu, froids sur les lèvres mais certes chaleureux au cœur de la fille, elles rentrèrent dans leurs chambres.

— Vous voilà chez vous, mon neveu, dit le père Grandet à Charles en lui ouvrant sa porte. Si vous aviez besoin de sortir, vous appelleriez Nanon. Sans elle, votre serviteur ! le chien vous mangerait sans vous dire un seul mot. Dormez bien. Bonsoir. Ha ! ha ! ces dames vous ont fait du feu, reprit-il. En ce moment la Grande Nanon apparut, armée d'une bassinoire. — En voilà bien d'une autre ! dit monsieur Grandet. Prenez-vous mon neveu pour une femme en couches ? Veux-tu bien remporter ta braise, Nanon.

— Mais, monsieur, les draps sont humides, et ce monsieur est vraiment mignon comme une femme.

— Allons, va, puisque tu l'as dans la tête, dit Grandet en la poussant par les épaules, mais prends garde de mettre le feu. Puis l'avare descendit en grommelant de vagues paroles.

Charles demeura pantois au milieu de ses malles. Après avoir jeté les yeux sur les murs d'une chambre en mansarde tendue de ce papier jaune à bouquets de fleurs qui tapisse les guinguettes, sur une cheminée en pierre de liais[1] cannelée dont

---

1. Pierre de liais : variété de calcaire.

le seul aspect donnait froid, sur des chaises de bois jaune garnies en canne vernissée et qui semblaient avoir plus de quatre angles, sur une table de nuit ouverte dans laquelle aurait pu tenir un petit sergent de voltigeurs, sur le maigre tapis de lisière placé au bas d'un lit à ciel dont les pentes en drap tremblaient comme si elles allaient tomber, achevées par les vers, il regarda sérieusement la Grande Nanon et lui dit : « Ah çà ! ma chère enfant, suis-je bien chez monsieur Grandet, l'ancien maire de Saumur, frère de monsieur Grandet de Paris ? »

— Oui, monsieur, chez un ben aimable, un ben doux, un ben parfait monsieur. Faut-il que je vous aide à défaire vos malles ?

— Ma foi, je le veux bien, mon vieux troupier ! N'avez-vous pas servi dans les marins de la garde impériale ?

— Oh ! oh ! oh ! oh ! dit Nanon, quoi que c'est que ça, les marins de la garde ? C'est-y salé ? Ça va-t-il sur l'eau ?

— Tenez, cherchez ma robe de chambre qui est dans cette valise. En voici la clef.

Nanon fut tout émerveillée de voir une robe de chambre en soie verte à fleurs d'or et à dessins antiques.

— Vous allez mettre ça pour vous coucher, dit-elle.

— Oui.

— Sainte Vierge ! le beau devant d'autel que ça ferait pour la paroisse. Mais mon cher mignon monsieur, donnez donc ça à l'église, vous sauverez votre âme, tandis que ça vous la fera perdre. Oh ! que vous êtes donc gentil comme ça. Je vais appeler mademoiselle pour qu'elle vous regarde.

— Allons, Nanon, puisque Nanon y a, voulez-vous vous taire ! Laissez-moi coucher, j'arrangerai mes affaires demain ; et si ma robe vous plaît tant, vous sauverez votre âme. Je suis trop bon chrétien pour vous la refuser en m'en allant, et vous pourrez en faire ce que vous voudrez.

Nanon resta plantée sur ses pieds, contemplant Charles, sans pouvoir ajouter foi à ses paroles.

— Me donner ce bel atour ! dit-elle en s'en allant. Il rêve déjà ce monsieur. Bonsoir.

— Bonsoir, Nanon.

— Qu'est-ce que je suis venu faire ici ? se dit Charles en s'endormant. Mon père n'est pas un niais, mon voyage doit avoir un but. Psch ! à demain les affaires sérieuses, disait je ne sais quelle ganache grecque[1].

— Sainte Vierge ! qu'il est gentil, mon cousin, se dit Eugénie en interrompant ses prières qui ce soir-là ne furent pas finies.

Madame Grandet n'eut aucune pensée en se couchant. Elle entendait, par la porte de communication qui se trouvait au milieu de la cloison, l'avare se promenant de long en long dans sa chambre. Semblable à toutes les femmes timides, elle avait étudié le caractère de son seigneur. De même que la mouette prévoit l'orage, elle avait, à d'imperceptibles signes, pressenti la tempête intérieure qui agitait Grandet, et, pour employer l'expression dont elle se servait, elle faisait alors la morte. Grandet regardait la porte intérieurement doublée en tôle qu'il avait fait mettre à son cabinet, et se disait : « Quelle idée bizarre a eue mon frère de me léguer son enfant ? Jolie succession ! Je n'ai pas vingt écus à donner. Mais qu'est-ce que

1. Cette « ganache » est Archias, tyran de Thèbes (378 av. J.-C.). Averti au cours d'un festin du complot qui se tramait contre lui, il jeta la lettre sur un coussin sans même l'ouvrir. Peu après, les conjurés pénétraient dans la salle et le massacraient.

vingt écus pour ce mirliflor qui lorgnait mon baromètre comme s'il avait voulu en faire du feu ? »

En songeant aux conséquences de ce testament
de douleur, Grandet était peut-être plus agité que
ne l'était son frère au moment où il le traça.

— J'aurais cette robe d'or ?... disait Nanon qui
s'endormit habillée de son devant d'autel, rêvant
de fleurs, de tabis[1], de damas, pour la première
fois de sa vie, comme Eugénie rêva d'amour.

Dans la pure et monotone vie des jeunes filles, ◆◆
il vient une heure délicieuse où le soleil leur épanche ses rayons dans l'âme, où la fleur leur exprime
des pensées, où les palpitations du cœur communiquent au cerveau leur chaude fécondance, et fondent les idées en un vague désir ; jour d'innocente
mélancolie et de suaves joyeusetés ! Quand les
enfants commencent à voir, ils sourient ; quand
une fille entrevoit le sentiment de la nature, elle
sourit comme elle souriait enfant. Si la lumière est
le premier amour de la vie, l'amour n'est-il pas
la lumière du cœur ? Le moment de voir clair aux
choses d'ici-bas était arrivé pour Eugénie. Matinale comme toutes les filles de province, elle se leva
de bonne heure, fit sa prière, et commença l'œuvre
de sa toilette, occupation qui désormais allait avoir
un sens. Elle lissa d'abord ses cheveux châtains,
tordit leurs grosses nattes au-dessus de sa tête avec
le plus grand soin, en évitant que les cheveux ne
s'échappassent de leurs tresses, et introduisit dans
sa coiffure une symétrie qui rehaussa la timide candeur de son visage, en accordant la simplicité des
accessoires à la naïveté des lignes. En se lavant plusieurs fois les mains dans de l'eau pure qui lui dur-
cissait et rougissait la peau, elle regarda ses beaux

1. Tabis : étoffe de soie.

◆◆ Voir *Au fil du texte*, p. IX.

bras ronds, et se demanda ce que faisait son cousin pour avoir les mains si mollement blanches, les ongles si bien façonnés. Elle mit des bas neufs et ses plus jolis souliers. Elle se laça droit, sans passer d'œillets. Enfin souhaitant, pour la première fois de sa vie, de paraître à son avantage, elle connut le bonheur d'avoir une robe fraîche, bien faite, et qui la rendait attrayante. Quand sa toilette fut achevée, elle entendit sonner l'horloge de la paroisse, et s'étonna de ne compter que sept heures. Le désir d'avoir tout le temps nécessaire pour se bien habiller l'avait fait lever trop tôt. Ignorant l'art de remanier dix fois une boucle de cheveux et d'en étudier l'effet, Eugénie se croisa bonnement les bras, s'assit à sa fenêtre, contempla la cour, le jardin étroit et les hautes terrasses qui le dominaient ; vue mélancolique, bornée, mais qui n'était pas dépourvue des mystérieuses beautés particulières aux endroits solitaires ou à la nature inculte. Auprès de la cuisine se trouvait un puits entouré d'une margelle, et à poulie maintenue dans une branche de fer courbée, qu'embrassait une vigne aux pampres flétris, rougis, brouis[1] par la saison. De là, le tortueux sarment gagnait le mur, s'y attachait, courait le long de la maison et finissait sur un bûcher où le bois était rangé avec autant d'exactitude que peuvent l'être les livres d'un bibliophile. Le pavé de la cour offrait ces teintes noirâtres produites avec le temps par les mousses, par les herbes, par le défaut de mouvement. Les murs épais présentaient leur chemise verte, ondée de longues traces brunes. Enfin les huit marches qui régnaient au fond de la cour et menaient à la porte du jardin, étaient disjointes et enseve-

1. Brouis : desséchés.

lies sous de hautes plantes comme le tombeau d'un chevalier enterré par sa veuve au temps des croisades. Au-dessus d'une assise de pierres toutes rongées s'élevait une grille de bois pourri, à moitié tombée de vétusté, mais à laquelle se mariaient à leur gré des plantes grimpantes. De chaque côté de la porte à claire-voie s'avançaient les rameaux tortus de deux pommiers rabougris. Trois allées parallèles, sablées et séparées par des carrés dont les terres étaient maintenues au moyen d'une bordure en buis, composaient ce jardin que terminait, au bas de la terrasse, un couvert de tilleuls. A un bout, des framboisiers ; à l'autre, un immense noyer qui inclinait ses branches jusque sur le cabinet du tonnelier. Un jour pur et le beau soleil des automnes naturels aux rives de la Loire commençaient à dissiper le glacis imprimé par la nuit aux pittoresques objets, aux murs, aux plantes qui meublaient ce jardin et la cour. Eugénie trouva des charmes tout nouveaux dans l'aspect de ces choses, auparavant si ordinaires pour elle. Mille pensées confuses naissaient dans son âme, et y croissaient à mesure que croissaient au dehors les rayons du soleil. Elle eut enfin ce mouvement de plaisir vague, inexplicable, qui enveloppe l'être moral, comme un nuage envelopperait l'être physique. Ses réflexions s'accordaient avec les détails de ce singulier paysage, et les harmonies de son cœur firent alliance avec les harmonies de la nature. Quand le soleil atteignit un pan de mur, d'où tombaient des Cheveux de Vénus aux feuilles épaisses à couleurs changeantes comme la gorge des pigeons, de célestes rayons d'espérance illuminèrent l'avenir pour Eugénie, qui désormais se plut à regarder ce pan de mur, ses fleurs pâles, ses clochettes bleues et ses herbes fanées, auxquelles se mêla un souvenir gracieux comme ceux de l'enfance. Le bruit que chaque feuille produisait dans cette cour sonore, en se détachant de son rameau, donnait une réponse aux secrètes interrogations de la jeune fille, qui serait restée là, pendant toute la journée, sans s'apercevoir de la fuite des heures. Puis vinrent de tumultueux mouvements d'âme. Elle se leva brusquement, se mit devant son miroir, et s'y regarda comme un auteur de bonne foi contemple son œuvre pour se critiquer, et se dire des injures à lui-même.

— Je ne suis pas assez belle pour lui. Telle était la pensée d'Eugénie, pensée humble et fertile en souffrances. La pauvre fille ne se rendait pas justice ; mais la modestie, ou mieux la crainte, est une des premières vertus de l'amour. Eugénie appartenait bien à ce type d'enfants fortement constitués, comme ils le sont dans la petite bourgeoisie, et dont les beautés paraissent vulgaires ; mais, si elle ressemblait à la Vénus de Milo, ses formes étaient ennoblies par cette suavité du sentiment chrétien qui purifie la femme et lui donne une distinction inconnue aux sculpteurs anciens. Elle avait une tête énorme, le front masculin mais délicat du Jupiter de Phidias, et des yeux gris auxquels sa chaste vie, en s'y portant tout entière, imprimait une lumière jaillissante. Les traits de son visage rond, jadis frais et rose, avaient été grossis par une petite vérole assez clémente pour n'y point laisser de traces, mais qui avait détruit le velouté de la peau, néanmoins si douce et si fine encore que le pur baiser de sa mère y traçait passagèrement une marque rouge. Son nez était un peu trop fort, mais il s'harmoniait avec une bouche d'un rouge de minium, dont les lèvres à mille raies étaient pleines d'amour et de bonté. Le col avait une rondeur parfaite. Le corsage bombé, soigneusement voilé, attirait le regard et faisait rêver ; il manquait sans doute un peu de la grâce due à la toilette ; mais, pour les connaisseurs, la non-flexibilité de cette haute taille devait être un charme. Eugénie, grande et forte, n'avait donc rien du joli qui plaît aux masses ; mais elle était belle de cette beauté si facile à reconnaître, et dont s'éprennent seulement les artistes. Le peintre qui cherche ici-bas un type à la céleste pureté de Marie, qui demande à toute la nature féminine ces yeux modestement fiers devinés par Raphaël, ces lignes vierges souvent dues aux hasards de la conception, mais qu'une vie chrétienne et pudique peut seule conserver ou faire acquérir ; ce peintre, amoureux d'un si rare modèle, eût trouvé tout à coup dans le visage d'Eugénie la noblesse innée qui s'ignore ; il eût vu sous un front calme un monde d'amour ; et, dans la coupe des yeux, dans l'habitude[1] des paupières, le je ne sais quoi divin. Ses traits, les contours de sa tête que l'expression du plaisir n'avait jamais ni altérés ni fatigués, ressemblaient aux lignes d'horizon si doucement tranchées dans le lointain des lacs tranquilles. Cette physionomie calme, colorée, bordée de lueur comme une jolie fleur éclose, reposait l'âme, communiquait le charme de la conscience qui s'y reflétait, et commandait le regard. Eugénie était encore sur la rive de la vie où fleurissent les illusions enfantines, où se cueillent les marguerites avec des délices plus tard inconnues. Aussi se dit-elle en se mirant, sans savoir encore ce qu'était l'amour : « Je suis trop laide, il ne fera pas attention à moi. »

Puis elle ouvrit la porte de sa chambre qui don-

1. Habitude (de *habitus,* latin) : apparence, comportement.

naît sur l'escalier, et tendit le cou pour écouter les bruits de la maison. — Il ne se lève pas, pensa-t-elle en entendant la tousserie matinale de Nanon, et la bonne fille allant, venant, balayant la salle, allumant son feu, enchaînant le chien et parlant à ses bêtes dans l'écurie. Aussitôt Eugénie descendit, et courut à Nanon qui trayait la vache.

— Nanon, ma bonne Nanon, fais donc de la crème pour le café de mon cousin.

— Mais, mademoiselle, il aurait fallu s'y prendre hier, dit Nanon qui partit d'un gros éclat de rire. Je ne peux pas faire de la crème. Votre cousin est mignon, mignon, mais vraiment mignon. Vous ne l'avez pas vu dans sa chambrelouque[1] de soie et d'or. Je l'ai vu, moi. Il porte du linge fin comme celui du surplis à monsieur le curé.

— Nanon, fais-nous donc de la galette.

— Et qui me donnera du bois pour le four, et de la farine, et du beurre ? dit Nanon, laquelle en sa qualité de premier ministre de Grandet prenait parfois une importance énorme aux yeux d'Eugénie et de sa mère. Faut-il pas le voler, cet homme, pour fêter votre cousin ? Demandez-lui du beurre, de la farine, du bois, il est votre père, il peut vous en donner. Tenez, le voilà qui descend pour voir aux provisions...

Eugénie se sauva dans le jardin, tout épouvantée en entendant trembler l'escalier sous le pas de son père. Elle éprouvait déjà les effets de cette profonde pudeur et de cette conscience particulière de notre bonheur qui nous fait croire, non sans raison peut-être, que nos pensées sont gravées sur notre front et sautent aux yeux d'autrui. En s'apercevant enfin du froid dénûment de la maison pater-

---

1. Chambrelouque : robe de chambre.

nelle, la pauvre fille concevait une sorte de dépit de ne pouvoir la mettre en harmonie avec l'élégance de son cousin. Elle éprouva un besoin passionné de faire quelque chose pour lui : quoi ? elle n'en savait rien. Naïve et vraie, elle se laissait aller à sa nature angélique sans se défier ni de ses impressions, ni de ses sentiments. Le seul aspect de son cousin avait éveillé chez elle les penchants naturels de la femme, et ils durent se déployer d'autant plus vivement, qu'ayant atteint sa vingt-troisième année, elle se trouvait dans la plénitude de son intelligence et de ses désirs. Pour la première fois, elle eut dans le cœur de la terreur à l'aspect de son père, vit en lui le maître de son sort, et se crut coupable d'une faute en lui taisant quelques pensées. Elle se mit à marcher à pas précipités en s'étonnant de respirer un air plus pur, de sentir les rayons du soleil plus vivifiants, et d'y puiser une chaleur morale, une vie nouvelle. Pendant qu'elle cherchait un artifice pour obtenir la galette, il s'élevait entre la Grande Nanon et Grandet une de ces querelles aussi rares entre eux que le sont les hirondelles en hiver. Muni de ses clefs, le bonhomme était venu pour mesurer les vivres nécessaires à la consommation de la journée.

— Reste-t-il du pain d'hier ? dit-il à Nanon.

— Pas une miette, monsieur.

Grandet prit un gros pain rond, bien enfariné, moulé dans un de ces paniers plats qui servent à boulanger en Anjou, et il allait le couper, quand Nanon lui dit : « Nous sommes cinq aujourd'hui, monsieur. »

— C'est vrai, répondit Grandet, mais ton pain pèse six livres, il en restera. D'ailleurs, ces jeunes gens de Paris, tu verras que ça ne mange point de pain.

— Ça mangera donc de la *frippe*, dit Nanon.

En Anjou, la frippe, mot du lexique populaire, exprime l'accompagnement du pain, depuis le beurre étendu sur la tartine, frippe vulgaire, jusqu'aux confitures d'alberge, la plus distinguée des frippes ; et tous ceux qui, dans leur enfance, ont léché la frippe et laissé le pain, comprendront la portée de cette locution.

— Non, répondit Grandet, ça ne mange ni frippe, ni pain. Ils sont quasiment comme des filles à marier.

Enfin, après avoir parcimonieusement ordonné le menu quotidien, le bonhomme allait se diriger vers son fruitier, en fermant néanmoins les armoires de sa *Dépense*, lorsque Nanon l'arrêta pour lui dire : Monsieur, donnez-moi donc alors de la farine et du beurre, je ferai une galette aux enfants.

— Ne vas-tu pas mettre la maison au pillage à cause de mon neveu ?

— Je ne pensais pas plus à votre neveu qu'à votre chien, pas plus que vous n'y pensez vous-même. Ne voilà-t-il pas que vous ne m'avez *aveint*[1] que six morceaux de sucre, m'en faut huit.

— Ha ! çà, Nanon, je ne t'ai jamais vue comme ça. Qu'est-ce qui te passe donc par la tête ? Es-tu la maîtresse ici ? Tu n'auras que six morceaux de sucre.

— Eh ! bien, votre neveu, avec quoi donc qu'il sucrera son café ?

— Avec deux morceaux, je m'en passerai, moi.

— Vous vous passerez de sucre, à votre âge ! J'aimerais mieux vous en acheter de ma poche.

— Mêle-toi de ce qui te regarde.

1. *Aveint* : du verbe *aveindre*, « aller prendre un objet pour l'apporter à la personne qui le demande » (Littré).

Malgré la baisse du prix, le sucre était toujours, aux yeux du tonnelier, la plus précieuse des denrées coloniales, il valait toujours six francs la livre, pour lui. L'obligation de le ménager, prise sous l'Empire, était devenue la plus indélébile de ses habitudes. Toutes les femmes, même la plus niaise, savent ruser pour arriver à leurs fins. Nanon abandonna la question du sucre pour obtenir la galette.

— Mademoiselle, cria-t-elle par la croisée, est-ce pas que vous voulez de la galette ?

— Non, non, répondit Eugénie.

— Allons, Nanon, dit Grandet en entendant la voix de sa fille, tiens. Il ouvrit la *mette*[1] où était la farine, lui en donna une mesure, et ajouta quelques onces de beurre au morceau qu'il avait déjà coupé.

— Il faudra du bois pour chauffer le four, dit l'implacable Nanon.

— Eh ! bien, tu en prendras à ta suffisance, répondit-il mélancoliquement, mais alors tu nous feras une tarte aux fruits, et tu nous cuiras au four tout le dîner ; par ainsi, tu n'allumeras pas deux feux.

— Quien ! s'écria Nanon, vous n'avez pas besoin de me le dire. Grandet jeta sur son fidèle ministre un coup d'œil presque paternel. — Mademoiselle, cria la cuisinière, nous aurons une galette. Le père Grandet revint chargé de ses fruits, et en rangea une première assiettée sur la table de la cuisine. — Voyez donc, monsieur, lui dit Nanon, les jolies bottes qu'a votre neveu. Quel cuir, et qui sent bon. Avec quoi que ça se nettoie donc ? Faut-il y mettre de votre cirage à l'œuf ?

— Nanon, je crois que l'œuf gâterait ce cuir-

1. *Mette* : grand coffre en bois.

là. D'ailleurs, dis-lui que tu ne connais point la manière de cirer le maroquin, oui, c'est du maroquin, il achètera lui-même à Saumur et t'apportera de quoi illustrer[1] ses bottes. J'ai entendu dire qu'on fourre du sucre dans leur cirage pour le rendre brillant.

— C'est donc bon à manger, dit la servante en portant les bottes à son nez. Tiens, tiens, elles sentent l'eau de Cologne de madame. Ah ! c'est-il drôle.

— Drôle ! dit le maître, tu trouves drôle de mettre à des bottes plus d'argent que n'en vaut celui qui les porte.

— Monsieur, dit-elle au second voyage de son maître qui avait fermé le fruitier, est-ce que vous ne mettrez pas une ou deux fois le pot-au-feu par semaine à cause de votre...?

— Oui.

— Faudra que j'aille à la boucherie.

— Pas du tout ; tu nous feras du bouillon de volaille, les fermiers ne t'en laisseront pas chômer. Mais je vais dire à Cornoiller de me tuer des corbeaux. Ce gibier-là donne le meilleur bouillon de la terre.

— C'est-y vrai, monsieur, que ça mange les morts ?

— Tu es bête, Nanon ! ils mangent, comme tout le monde, ce qu'ils trouvent. Est-ce que nous ne vivons pas de morts ? Qu'est-ce donc que les successions ? Le père Grandet n'ayant plus d'ordre à donner, tira sa montre ; et, voyant qu'il pouvait encore disposer d'une demi-heure avant le déjeuner, il prit son chapeau, vint embrasser sa fille, et lui dit : « Veux-tu te promener au bord de la Loire sur mes prairies ? j'ai quelque chose à y faire. »

1. Illustrer : donner du lustre à, faire briller.

Eugénie alla mettre son chapeau de paille cousue, doublé de taffetas rose ; puis, le père et la fille descendirent la rue tortueuse jusqu'à la place.

— Où dévalez-vous donc si matin ? dit le notaire Cruchot qui rencontra Grandet.

— Voir quelque chose, répondit le bonhomme sans être la dupe de la promenade matinale de son ami.

Quand le père Grandet allait voir quelque chose, le notaire savait par expérience qu'il y avait toujours quelque chose à gagner avec lui. Donc il l'accompagna.

— Venez, Cruchot ! dit Grandet au notaire. Vous êtes de mes amis, je vais vous démontrer comme quoi c'est une bêtise de planter des peupliers dans de bonnes terres...

— Vous comptez donc pour rien les soixante mille francs que vous avez palpés pour ceux qui étaient dans vos prairies de la Loire, dit maître Cruchot en ouvrant des yeux hébétés. Avez-vous eu du bonheur ?... Couper vos arbres au moment où l'on manquait de bois blanc à Nantes, et les vendre trente francs !

Eugénie écoutait sans savoir qu'elle touchait au moment le plus solennel de sa vie, et que le notaire allait faire prononcer sur elle un arrêt paternel et souverain. Grandet était arrivé aux magnifiques prairies qu'il possédait au bord de la Loire, et où trente ouvriers s'occupaient à déblayer, combler, niveler les emplacements autrefois pris par les peupliers.

— Maître Cruchot, voyez ce qu'un peuplier prend de terrain, dit-il au notaire. Jean, cria-t-il à un ouvrier, me... me... mesure avec ta toise dans tou... tou... tous les sens !

— Quatre fois huit pieds, répondit l'ouvrier après avoir fini.

— Trente-deux pieds de perte, dit Grandet à Cruchot. J'avais sur cette ligne trois cents peupliers, pas vrai ? Or... trois ce... ce... ce... cent fois trente-d...eux pie... pieds me man... man... mangeaient cinq... inq cents de foin ; ajoutez deux fois autant sur les côtés, quinze cents ; les rangées du milieu autant. Alors, mé... mé... mettons mille bottes de foin.

— Eh ! bien, dit Cruchot pour aider son ami, mille bottes de ce foin-là valent environ six cents francs.

— Di... di... dites dou... ou... ouze cents à cause des trois à quatre cents francs de regain. Eh ! bien, ca... ca... ca... calculez ce que que que dou... ouze cents francs par an pen... pen... pendant quarante ans do... donnent a... a... avec les in... in... intérêts com... com... composés que que que vouous saaavez.

— Va pour soixante mille francs, dit le notaire.

— Je le veux bien ! ça ne ne ne fera que que que soixante mille francs. Eh ! bien, reprit le vigneron sans bégayer, deux mille peupliers de quarante ans ne me donneraient pas cinquante mille francs. Il y a perte. J'ai trouvé ça, moi, dit Grandet en se dressant sur ses ergots. Jean, reprit-il, tu combleras les trous, excepté du côté de la Loire, où tu planteras les peupliers que j'ai achetés. En les mettant dans la rivière, ils se nourriront aux frais du gouvernement, ajouta-t-il en se tournant vers Cruchot et imprimant à la loupe de son nez un léger mouvement qui valait le plus ironique des sourires.

— Cela est clair : les peupliers ne doivent se planter que sur les terres maigres, dit Cruchot stupéfait par les calculs de Grandet.

— *O-u-i, monsieur*, répondit ironiquement le tonnelier.

Eugénie, qui regardait le sublime paysage de la Loire sans écouter les calculs de son père, prêta bientôt l'oreille aux discours de Cruchot en l'entendant dire à son client : « Hé ! bien, vous avez fait venir un gendre de Paris, il n'est question que de votre neveu dans tout Saumur. Je vais bientôt avoir un contrat à dresser, père Grandet. »

— Vous... ou... vous êtes so... so... orti de bo... bonne heure poooour me dire ça, reprit Grandet en accompagnant cette réflexion d'un mouvement de sa loupe. Hé ! bien, mon vieux camaaaarade, je serai franc, et je vous dirai ce que voooous, vooooulez sa... savoir. J'aimerais mieux, voyez-voooous, je... jeter ma fi... fi... fille dans la Loire que de la doooonner à son couououusin : vous pou... pou... ouvez aaannoncer ça. Mais non, laissez jaaser le mon... onde.

Cette réponse causa des éblouissements à Eugénie. Les lointaines espérances qui pour elle commençaient à poindre dans son cœur fleurirent soudain, se réalisèrent et formèrent un faisceau de fleurs qu'elle vit coupées et gisant à terre. Depuis la veille, elle s'attachait à Charles par tous les liens de bonheur qui unissent les âmes ; désormais la souffrance allait donc les corroborer[1]. N'est-il pas dans la noble destinée de la femme d'être plus touchée des pompes de la misère que des splendeurs de la fortune ? Comment le sentiment paternel avait-il pu s'éteindre au fond du cœur de son père ? de quel crime Charles était-il donc coupable ? Questions mystérieuses ! Déjà son amour naissant, mystère si profond, s'enveloppait de mystères. Elle revint tremblant sur ses jambes, et en arrivant à la vieille rue sombre, si joyeuse pour

1. Corroborer : donner de la force.

elle, elle la trouva d'un aspect triste, elle y respira la mélancolie que les temps et les choses y avaient imprimée. Aucun des enseignements de l'amour ne lui manquait. A quelques pas du logis, elle devança son père et l'attendit à la porte après y avoir frappé. Mais Grandet, qui voyait dans la main du notaire un journal encore sous bande, lui avait dit : « Où en sont les fonds ? »

— Vous ne voulez pas m'écouter, Grandet, lui répondit Cruchot. Achetez-en vite, il y a encore vingt pour cent à gagner en deux ans, outre les intérêts à un excellent taux, cinq mille livres de rente pour quatre-vingt mille francs. Les fonds sont à quatre-vingts francs cinquante centimes.

— Nous verrons cela, répondit Grandet en se frottant le menton.

— Mon Dieu ! dit le notaire.

— Eh ! bien, quoi ? s'écria Grandet au moment où Cruchot lui mettait le journal sous les yeux en lui disant : — Lisez cet article.

Monsieur Grandet, l'un des négociants les plus estimés de Paris, s'est brûlé la cervelle hier, après avoir fait son apparition accoutumée à la Bourse. Il avait envoyé au président de la Chambre des Députés sa démission, et s'était également démis de ses fonctions de juge au tribunal de commerce. Les faillites de messieurs Roguin et Souchet, son agent de change et son notaire, l'ont ruiné. La considération dont jouissait monsieur Grandet et son crédit étaient néanmoins tels qu'il eût sans doute trouvé des secours sur la place de Paris. Il est à regretter que cet homme honorable ait cédé à un premier moment de désespoir, etc.

— Je le savais, dit le vieux vigneron au notaire.

Ce mot glaça maître Cruchot, qui, malgré son impassibilité de notaire, se sentit froid dans le dos en pensant que le Grandet de Paris avait peut-être imploré vainement les millions du Grandet de Saumur.

— Et son fils, si joyeux hier...

— Il ne sait rien encore, répondit Grandet avec le même calme.

— Adieu, monsieur Grandet, dit Cruchot, qui comprit tout et alla rassurer le président de Bonfons.

En entrant, Grandet trouva le déjeuner prêt. Madame Grandet, au cou de laquelle Eugénie sauta pour l'embrasser avec cette vive effusion de cœur que nous cause un chagrin secret, était déjà sur son siège à patins, et se tricotait des manches pour l'hiver.

— Vous pouvez manger, dit Nanon qui descendit les escaliers quatre à quatre, l'enfant dort comme un chérubin. Qu'il est gentil les yeux fermés ! Je suis entrée, je l'ai appelé. Ah bien oui ! personne.

— Laisse-le dormir, dit Grandet, il s'éveillera toujours assez tôt aujourd'hui pour apprendre de mauvaises nouvelles.

— Qu'y a-t-il donc ? demanda Eugénie en mettant dans son café les deux petits morceaux de sucre pesant on ne sait combien de grammes que le bonhomme s'amusait à couper lui-même à ses heures perdues. Madame Grandet, qui n'avait pas osé faire cette question, regarda son mari.

— Son père s'est brûlé la cervelle.

— Mon oncle ?... dit Eugénie.

— Le pauvre jeune homme ! s'écria madame Grandet.

— Oui, pauvre, reprit Grandet, il ne possède pas un sou.

— Hé ! ben, il dort comme s'il était le roi de la terre, dit Nanon d'un accent doux.

Eugénie cessa de manger. Son cœur se serra, comme il se serre quand, pour la première fois, la compassion, excitée par le malheur de celui qu'elle aime, s'épanche dans le corps entier d'une femme. La pauvre fille pleura.

— Tu ne connaissais pas ton oncle, pourquoi pleures-tu ? lui dit son père en lui lançant un de ses regards de tigre affamé qu'il jetait sans doute à ses tas d'or.

— Mais, monsieur, dit la servante, qui ne se sentirait pas de pitié pour ce pauvre jeune homme qui dort comme un sabot sans savoir son sort ?

— Je ne te parle pas, Nanon ! tiens ta langue.

Eugénie apprit en ce moment que la femme qui aime doit toujours dissimuler ses sentiments. Elle ne répondit pas.

— Jusqu'à mon retour vous ne lui parlerez de rien, j'espère, m'ame Grandet, dit le vieillard en continuant. Je suis obligé d'aller faire aligner le fossé de mes prés sur la route. Je serai revenu à midi pour le second déjeuner, et je causerai avec mon neveu de ses affaires. Quant à toi, mademoiselle Eugénie, si c'est pour ce mirliflor que tu pleures, assez comme cela, mon enfant. Il partira, dare dare, pour les grandes Indes. Tu ne le verras plus...

Le père prit ses gants au bord de son chapeau, les mit avec son calme habituel, les assujettit en s'emmortaisant les doigts les uns dans les autres, et sortit.

— Ah ! maman, j'étouffe, s'écria Eugénie quand elle fut seule avec sa mère. Je n'ai jamais souffert ainsi. Madame Grandet, voyant sa fille pâlir, ouvrit la croisée et lui fit respirer le grand air.

— Je suis mieux, dit Eugénie après un moment.

Cette émotion nerveuse chez une nature jusqu'alors en apparence calme et froide réagit sur madame Grandet, qui regarda sa fille avec cette intuition sympathique dont sont douées les mères pour l'objet de leur tendresse, et devina tout. Mais à la vérité, la vie des célèbres sœurs hongroises, attachées l'une à l'autre par une erreur de la nature, n'avait pas été plus intime que ne l'était celle d'Eugénie et de sa mère, toujours ensemble dans cette embrasure de croisée, ensemble à l'église, et dormant ensemble dans le même air.

— Ma pauvre enfant ! dit madame Grandet en prenant la tête d'Eugénie pour l'appuyer contre son sein.

A ces mots, la jeune fille releva la tête, interrogea sa mère par un regard, en scruta les secrètes pensées, et lui dit : « Pourquoi l'envoyer aux Indes ? S'il est malheureux, ne doit-il pas rester ici, n'est-il pas notre plus proche parent ? »

— Oui, mon enfant, ce serait bien naturel ; mais ton père a ses raisons, nous devons les respecter.

La mère et la fille s'assirent en silence, l'une sur sa chaise à patins, l'autre sur son petit fauteuil ; et, toutes deux, elles reprirent leur ouvrage. Oppressée de reconnaissance pour l'admirable entente de cœur que lui avait témoignée sa mère, Eugénie lui baisa la main en disant : « Combien tu es bonne, ma chère maman ! » Ces paroles firent rayonner le vieux visage maternel, flétri par de longues douleurs. — Le trouves-tu bien ? demanda Eugénie.

Madame Grandet ne répondit que par un sourire ; puis, après un moment de silence, elle dit à voix basse : « L'aimerais-tu donc déjà ? ce serait mal. »

— Mal, reprit Eugénie, pourquoi ? Il te plaît, il plaît à Nanon, pourquoi ne me plairait-il pas ? Tiens, maman, mettons la table pour son déjeuner. Elle jeta son ouvrage, la mère en fit autant en lui disant : « Tu es folle ! » Mais elle se plut à justifier la folie de sa fille en la partageant. Eugénie appela Nanon.

— Quoi que vous voulez encore, mademoiselle ?

— Nanon, tu auras bien de la crème pour midi.

— Ah ! pour midi, oui, répondit la vieille servante.

— Hé ! bien, donne-lui du café bien fort, j'ai entendu dire à monsieur des Grassins que le café se faisait bien fort à Paris. Mets-en beaucoup.

— Et où voulez-vous que j'en prenne ?

— Achètes-en.

— Et si monsieur me rencontre ?

— Il est à ses prés.

— Je cours. Mais monsieur Fessard m'a déjà demandé si les trois Mages étaient chez nous, en me donnant de la bougie. Toute la ville va savoir nos déportements.

— Si ton père s'aperçoit de quelque chose, dit madame Grandet, il est capable de nous battre.

— Eh ! bien, il nous battra, nous recevrons ses coups à genoux.

Madame Grandet leva les yeux au ciel, pour toute réponse, Nanon mit sa coiffe et sortit. Eugénie donna du linge, elle alla chercher quelques-unes des grappes de raisin qu'elle s'était amusée à étendre sur des cordes dans le grenier ; elle marcha légèrement le long du corridor pour ne point éveiller son cousin, et ne put s'empêcher d'écouter à sa porte la respiration qui s'échappait en temps égaux de ses lèvres. — Le malheur veille pendant qu'il dort, se dit-elle. Elle prit les plus vertes feuilles de la vigne, arrangea son raisin aussi coquettement que l'aurait pu dresser un vieux chef d'office, et l'apporta triomphalement sur la table. Elle fit main basse, dans la cuisine, sur les poires comptées par son père, et les disposa en pyramide parmi des feuilles. Elle allait, venait, trottait, sautait. Elle aurait bien voulu mettre à sac toute la maison de son père ; mais il avait les clefs de tout. Nanon revint avec deux œufs frais. En voyant les œufs, Eugénie eut l'envie de lui sauter au cou.

— Le fermier de la Lande en avait dans son panier, je les lui ai demandés, et il me les a donnés pour m'être agréable, le mignon.

Après deux heures de soins, pendant lesquelles Eugénie quitta vingt fois son ouvrage pour aller voir bouillir le café, pour aller écouter le bruit que faisait son cousin en se levant, elle réussit à préparer un déjeuner très simple, peu coûteux, mais qui dérogeait terriblement aux habitudes invétérées de la maison. Le déjeuner de midi s'y faisait debout. Chacun prenait un peu de pain, un fruit ou du beurre, et un verre de vin. En voyant la table placée auprès du feu, l'un des fauteuils mis devant le couvert de son cousin, en voyant les deux assiettées de fruits, le coquetier, la bouteille de vin blanc, le pain, et le sucre amoncelé dans une soucoupe, Eugénie trembla de tous ses membres en songeant seulement alors aux regards que lui lancerait son père, s'il venait à entrer en ce moment. Aussi regardait-elle souvent la pendule, afin de calculer si son cousin pourrait déjeuner avant le retour du bonhomme.

— Sois tranquille, Eugénie, si ton père vient, je prendrai tout sur moi, dit madame Grandet.

Eugénie ne put retenir une larme.

— Oh ! ma bonne mère, s'écria-t-elle, je ne t'ai pas assez aimée !

Charles, après avoir fait mille tours dans sa chambre en chanteronnant, descendit enfin. Heureusement, il n'était encore que onze heures. Le Parisien ! il avait mis autant de coquetterie à sa toilette que s'il se fût trouvé au château de la noble dame qui voyageait en Ecosse. Il entra de cet air affable et riant qui sied si bien à la jeunesse, et qui causa une joie triste à Eugénie. Il avait pris en plaisanterie le désastre de ses châteaux en Anjou, et aborda sa tante fort gaiement.

— Avez-vous bien passé la nuit, ma chère tante ? et vous, ma cousine ?

— Bien, monsieur, mais vous ? dit madame Grandet.

— Moi, parfaitement.

— Vous devez avoir faim, mon cousin, dit Eugénie ; mettez-vous à table.

— Mais je ne déjeune jamais avant midi, le moment où je me lève. Cependant, j'ai si mal vécu en route, que je me laisserai faire. D'ailleurs... Il tira la plus délicieuse montre plate que Bréguet ait faite. Tiens, mais il est onze heures, j'ai été matinal.

— Matinal ?... dit madame Grandet.

— Oui, mais je voulais ranger mes affaires. Eh ! bien, je mangerais volontiers quelque chose, un rien, une volaille, un perdreau.

— Sainte Vierge ! cria Nanon en entendant ces paroles.

— Un perdreau, se disait Eugénie, qui aurait voulu payer un perdreau de tout son pécule.

— Venez vous asseoir, lui dit sa tante.

Le dandy se laissa aller sur le fauteuil comme une jolie femme qui se pose sur son divan. Eugénie et sa mère prirent des chaises et se mirent près de lui devant le feu.

— Vous vivez toujours ici ? leur dit Charles en trouvant la salle encore plus laide au jour qu'elle ne l'était aux lumières.

— Toujours, répondit Eugénie en le regardant, excepté pendant les vendanges. Nous allons alors aider Nanon, et logeons tous à l'abbaye de Noyers.

— Vous ne vous promenez jamais ?

— Quelquefois le dimanche après vêpres, quand il fait beau, dit madame Grandet, nous allons sur le pont, ou voir les foins quand on les fauche.

— Avez-vous un théâtre ?

— Aller au spectacle, s'écria madame Grandet, voir des comédiens ! Mais, monsieur, ne savez-vous pas que c'est un péché mortel ?

— Tenez, mon cher monsieur, dit Nanon en apportant les œufs, nous vous donnerons les poulets à la coque.

— Oh ! des œufs frais, dit Charles, qui, semblable aux gens habitués au luxe, ne pensait déjà plus à son perdreau. Mais c'est délicieux, si vous aviez du beurre ? Hein, ma chère enfant.

— Ah ! du beurre ! Vous n'aurez donc pas de galette, dit la servante.

— Mais donne du beurre, Nanon ! s'écria Eugénie.

La jeune fille examinait son cousin coupant ses mouillettes et y prenait plaisir, autant que la plus sensible grisette de Paris en prend à voir jouer un mélodrame où triomphe l'innocence. Il est vrai que Charles, élevé par une mère gracieuse, perfectionné par une femme à la mode, avait des mouvements coquets, élégants, menus, comme le sont ceux d'une petite-maîtresse. La compatissance et la tendresse d'une jeune fille possèdent une influence vraiment magnétique. Aussi Charles, en se voyant l'objet des attentions de sa cousine et de sa tante, ne put-il se soustraire à l'influence des sentiments qui se dirigeaient vers lui en l'inondant pour ainsi dire. Il jeta sur Eugénie un de ces regards brillants de bonté, de caresses, un regard qui semblait sourire. Il s'aperçut, en contemplant Eugénie, de l'exquise harmonie des traits de ce pur visage, de son innocente attitude, de la clarté magique de ses yeux, où scintillaient de jeunes pensées d'amour, et où le désir ignorait la volupté.

— Ma foi, ma chère cousine, si vous étiez en grande loge et en grande toilette à l'Opéra, je vous garantis que ma tante aurait bien raison, vous y feriez faire bien des péchés d'envie aux hommes et de jalousie aux femmes.

Ce compliment étreignit le cœur d'Eugénie, et le fit palpiter de joie, quoiqu'elle n'y comprît rien.

— Oh ! mon cousin, vous voulez vous moquer d'une pauvre petite provinciale.

— Si vous me connaissiez, ma cousine, vous sauriez que j'abhorre la raillerie, elle flétrit le cœur, froisse tous les sentiments... Et il goba fort agréablement sa mouillette beurrée. Non, je n'ai probablement pas assez d'esprit pour me moquer des autres, et ce défaut me fait beaucoup de tort. A Paris, on trouve moyen de vous assassiner un homme en disant : « Il a bon cœur. » Cette phrase veut dire : « Le pauvre garçon est bête comme un rhinocéros. » Mais comme je suis riche et connu pour abattre une poupée du premier coup à trente pas avec toute espèce de pistolet et en plein champ, la raillerie me respecte.

— Ce que vous dites, mon neveu, annonce un bon cœur.

— Vous avez une bien jolie bague, dit Eugénie, est-ce mal de vous demander à la voir ?

Charles tendit la main en défaisant son anneau ; et Eugénie rougit en effleurant du bout de ses doigts les ongles roses de son cousin.

— Voyez, ma mère, le beau travail.

— Oh ! il y a gros d'or, dit Nanon en apportant le café.

— Qu'est-ce que c'est que cela ? demanda Charles en riant.

Et il montrait un pot oblong, en terre brune, verni, faïencé à l'intérieur, bordé d'une frange de cendre, et au fond duquel tombait le café en revenant à la surface du liquide bouillonnant.

— C'est du café boullu, dit Nanon.

— Ah ! ma chère tante, je laisserai du moins quelque trace bienfaisante de mon passage ici. Vous êtes bien arriérés ! Je vous apprendrai à faire du bon café dans une cafetière à la Chaptal.

Il tenta d'expliquer le système de la cafetière à la Chaptal.

— Ah ! bien, s'il y a tant d'affaires que ça, dit Nanon, il faudrait bien y passer sa vie. Jamais je ne ferai de café comme ça. Ah ! bien, oui. Et qui est-ce qui ferait de l'herbe pour notre vache pendant que je ferais le café ?

— C'est moi qui le ferai, dit Eugénie.

— Enfant, dit madame Grandet en regardant sa fille.

A ce mot, qui rappelait le chagrin près de fondre sur ce malheureux jeune homme, les trois femmes se turent et le contemplèrent d'un air de commisération qui le frappa.

— Qu'avez-vous donc, ma cousine ?

— Chut ! dit madame Grandet à Eugénie, qui allait parler. Tu sais, ma fille, que ton père s'est chargé de parler à monsieur...

— Dites Charles, dit le jeune Grandet.

— Ah ! vous vous nommez Charles ? C'est un beau nom, s'écria Eugénie.

Les malheurs pressentis arrivent presque toujours. Là, Nanon, madame Grandet et Eugénie, qui ne pensaient pas sans frisson au retour du vieux tonnelier, entendirent un coup de marteau dont le retentissement leur était bien connu.

— Voilà papa, dit Eugénie.

Elle ôta la soucoupe au sucre, en en laissant quelques morceaux sur la nappe. Nanon emporta l'assiette aux œufs. Madame Grandet se dressa comme une biche effrayée. Ce fut une peur panique de laquelle Charles s'étonna, sans pouvoir se l'expliquer.

— Eh! bien, qu'avez-vous donc? leur demanda-t-il.

— Mais voilà mon père, dit Eugénie.

— Eh! bien?...

Monsieur Grandet entra, jeta son regard clair sur la table, sur Charles, il vit tout.

— Ah! ah! vous avez fait fête à votre neveu, c'est bien, très bien, c'est fort bien! dit-il sans bégayer. Quand le chat court sur les toits, les souris dansent sur les planchers.

— Fête?... se dit Charles, incapable de soupçonner le régime et les mœurs de cette maison.

— Donne-moi mon verre, Nanon! dit le bonhomme.

Eugénie apporta le verre. Grandet tira de son gousset un couteau de corne à grosse lame, coupa une tartine, prit un peu de beurre, l'étendit soigneusement et se mit à manger debout. En ce moment, Charles sucrait son café. Le père Grandet aperçut les morceaux de sucre, examina sa femme qui pâlit, et fit trois pas ; il se pencha vers l'oreille de la pauvre vieille, et lui dit : « Où donc avez-vous pris tout ce sucre ? »

— Nanon est allée en chercher chez Fessard, il n'y en avait pas.

Il est impossible de se figurer l'intérêt profond

que cette scène muette offrait à ces trois femmes : Nanon avait quitté sa cuisine et regardait dans la salle pour voir comment les choses s'y passeraient. Charles ayant goûté son café, le trouva trop amer, et chercha le sucre que Grandet avait déjà serré.

— Que voulez-vous, mon neveu ? lui dit le bonhomme.

— Le sucre.

— Mettez du lait, répondit le maître de la maison, votre café s'adoucira.

Eugénie reprit la soucoupe au sucre que Grandet avait déjà serrée, et la mit sur la table en contemplant son père d'un air calme. Certes, la Parisienne qui, pour faciliter la fuite de son amant, soutient de ses faibles bras une échelle de soie, ne montre pas plus de courage que n'en déployait Eugénie en remettant le sucre sur la table. L'amant récompensera sa Parisienne qui lui fera voir orgueilleusement un beau bras meurtri dont chaque veine flétrie sera baignée de larmes, de baisers, et guérie par le plaisir ; tandis que Charles ne devait jamais être dans le secret des profondes agitations qui brisaient le cœur de sa cousine, alors foudroyée par le regard du vieux tonnelier.

— Tu ne manges pas, ma femme ?

La pauvre ilote s'avança, coupa piteusement un morceau de pain, et prit une poire. Eugénie offrit audacieusement à son père du raisin, en lui disant : « Goûte donc à ma conserve, papa ! Mon cousin, vous en mangerez, n'est-ce pas ? Je suis allée chercher ces jolies grappes-là pour vous. »

— Oh ! si on ne les arrête pas, elles mettront Saumur au pillage pour vous, mon neveu. Quand vous aurez fini, nous irons ensemble dans le jardin, j'ai à vous dire des choses qui ne sont pas sucrées.

Eugénie et sa mère lancèrent un regard sur Charles, à l'expression duquel le jeune homme ne put se tromper.

— Qu'est-ce que ces mots signifient, mon oncle ? Depuis la mort de ma pauvre mère... (à ces deux mots, sa voix mollit) il n'y a pas de malheur possible pour moi...

— Mon neveu, qui peut connaître les afflictions par lesquelles Dieu veut nous éprouver ? lui dit sa tante.

— Ta ! ta ! ta ! ta ! dit Grandet, voilà les bêtises qui commencent. Je vois avec peine, mon neveu, vos jolies mains blanches. Il lui montra les espèces d'épaules de mouton que la nature lui avait mises au bout des bras. Voilà des mains faites pour ramasser des écus ! Vous avez été élevé à mettre vos pieds dans la peau avec laquelle se fabriquent les portefeuilles où nous serrons les billets de commerce. Mauvais ! mauvais !

— Que voulez-vous dire, mon oncle, je veux être pendu si je comprends un seul mot.

— Venez, dit Grandet.

L'avare fit claquer la lame de son couteau, but le reste de son vin blanc et ouvrit la porte.

— Mon cousin, ayez du courage !

L'accent de la jeune fille avait glacé Charles, qui suivit son terrible parent en proie à de mortelles inquiétudes. Eugénie, sa mère et Nanon vinrent dans la cuisine, excitées par une invincible curiosité à épier les deux acteurs de la scène qui allait se passer dans le petit jardin humide, où l'oncle marcha d'abord silencieusement avec le neveu. Grandet n'était pas embarrassé pour apprendre à Charles la mort de son père, mais il éprouvait une sorte de compassion en le sachant sans un sou, et il cherchait des formules pour adoucir l'expression de cette cruelle vérité. « Vous avez perdu votre père ! » ce n'était rien à dire. Les pères meurent avant les enfants. Mais : « Vous êtes sans aucune espèce de fortune ! » tous les malheurs de la terre étaient réunis dans ces paroles. Et le bonhomme de faire, pour la troisième fois, le tour de l'allée du milieu, dont le sable craquait sous ses pieds. Dans les grandes circonstances de la vie, notre âme s'attache fortement aux lieux où les plaisirs et les chagrins fondent sur nous. Aussi Charles examinait-il avec une attention particulière les buis de ce petit jardin, les feuilles pâles qui tombaient, les dégradations des murs, les bizarreries des arbres fruitiers, détails pittoresques qui devaient rester gravés dans son souvenir, éternellement mêlés à cette heure suprême, par une mnémotechnie particulière aux passions.

— Il fait bien chaud, bien beau, dit Grandet en aspirant une forte partie d'air.

— Oui, mon oncle, mais pourquoi...

— Eh ! bien, mon garçon, reprit l'oncle, j'ai de mauvaises nouvelles à t'apprendre. Ton père est bien mal...

— Pourquoi suis-je ici ? dit Charles. Nanon ! cria-t-il, des chevaux de poste. Je trouverai bien une voiture dans le pays, ajouta-t-il en se tournant vers son oncle qui demeurait immobile.

— Les chevaux et la voiture sont inutiles, répondit Grandet en regardant Charles qui resta muet et dont les yeux devinrent fixes. — Oui, mon pauvre garçon, tu devines. Il est mort. Mais ce n'est rien, il y a quelque chose de plus grave, il s'est brûlé la cervelle...

— Mon père ?

— Oui. Mais ce n'est rien. Les journaux glosent de cela comme s'ils en avaient le droit. Tiens, lis.

Grandet, qui avait emprunté le journal de Cruchot, mit le fatal article sous les yeux de Charles. En ce moment le pauvre jeune homme, encore enfant, encore dans l'âge où les sentiments se produisent avec naïveté, fondit en larmes.

— Allons bien, se dit Grandet. Ses yeux m'effrayaient. Il pleure, le voilà sauvé. Ce n'est encore rien, mon pauvre neveu, reprit Grandet à haute voix, sans savoir si Charles l'écoutait, ce n'est rien, tu te consoleras ; mais...

— Jamais ! jamais ! mon père ! mon père !

— Il t'a ruiné, tu es sans argent.

— Qu'est-ce que cela me fait ! Où est mon père, mon père ?

Les pleurs et les sanglots retentissaient entre ces murailles d'une horrible façon, et se répercutaient dans les échos. Les trois femmes, saisies de pitié, pleuraient : les larmes sont aussi contagieuses que peut l'être le rire. Charles, sans écouter son oncle, se sauva dans la cour, trouva l'escalier, monta dans sa chambre, et se jeta en travers sur son lit en se mettant la face dans les draps pour pleurer à son aise loin de ses parents.

— Il faut laisser passer la première averse, dit Grandet en rentrant dans la salle où Eugénie et sa mère avaient brusquement repris leurs places, et travaillaient d'une main tremblante après s'être essuyé les yeux. Mais ce jeune homme n'est bon à rien, il s'occupe plus des morts que de l'argent.

Eugénie frissonna en entendant son père s'exprimant ainsi sur la plus sainte des douleurs. Dès ce moment, elle commença à juger son père. Quoique assourdis, les sanglots de Charles retentissaient dans cette sonore maison ; et sa plainte profonde, qui semblait sortir de dessous terre, ne cessa que vers le soir, après s'être graduellement affaiblie.

— Pauvre jeune homme ! dit madame Grandet.

Fatale exclamation ! Le père Grandet regarda sa femme, Eugénie et le sucrier ; il se souvint du déjeuner extraordinaire apprêté pour le parent malheureux, et se posa au milieu de la salle.

— Ah ! çà, j'espère, dit-il avec son calme habituel, que vous n'allez pas continuer vos prodigalités, madame Grandet. Je ne vous donne pas MON argent pour embucquer de sucre ce jeune drôle.

— Ma mère n'y est pour rien, dit Eugénie. C'est moi qui...

— Est-ce parce que tu es majeure, reprit Grandet en interrompant sa fille, que tu voudrais me contrarier ? Songe, Eugénie...

— Mon père, le fils de votre frère ne devrait pas manquer chez vous de...

— Ta, ta, ta, ta, dit le tonnelier sur quatre tons chromatiques, le fils de mon frère par-ci, mon neveu par-là. Charles ne nous est de rien, il n'a ni sou ni maille ; son père a fait faillite ; et, quand ce mirliflor aura pleuré son soûl, il décampera d'ici ; je ne veux pas qu'il révolutionne ma maison.

— Qu'est-ce que c'est, mon père, que de faire faillite ? demanda Eugénie.

— Faire faillite, reprit le père, c'est commettre l'action la plus déshonorante entre toutes celles qui peuvent déshonorer l'homme.

— Ce doit être un bien grand péché, dit madame Grandet, et notre frère serait damné.

— Allons, voilà tes litanies, dit-il à sa femme en haussant les épaules. Faire faillite, Eugénie, reprit-il, est un vol que la loi prend malheureusement sous sa protection. Des gens ont donné leurs denrées à Guillaume Grandet sur sa réputation d'honneur et de probité, puis il a tout pris, et ne leur laisse que les yeux pour pleurer. Le voleur de grand chemin est préférable au banqueroutier : celui-là vous attaque, vous pouvez vous défendre, il risque sa tête ; mais l'autre... Enfin Charles est déshonoré.

Ces mots retentirent dans le cœur de la pauvre fille et y pesèrent de tout leur poids. Probe autant qu'une fleur née au fond d'une forêt est délicate, elle ne connaissait ni les maximes du monde, ni ses raisonnements captieux, ni ses sophismes : elle accepta donc l'atroce explication que son père lui donnait à dessein de la faillite, sans lui faire connaître la distinction qui existe entre une faillite involontaire et une faillite calculée.

— Eh ! bien, mon père, vous n'avez donc pu empêcher ce malheur ?

— Mon frère ne m'a pas consulté ; d'ailleurs, il doit quatre millions.

— Qu'est-ce que c'est donc qu'un million, mon père ? demanda-t-elle avec la naïveté d'un enfant qui croit pouvoir trouver promptement ce qu'il désire.

— Deux millions ? dit Grandet, mais c'est deux millions de pièces de vingt sous, et il faut cinq pièces de vingt sous pour faire cinq francs.

— Mon Dieu ! mon Dieu ! s'écria Eugénie, comment mon oncle avait-il eu à lui quatre millions ? Y a-t-il quelque autre personne en France qui puisse avoir autant de millions ? (Le père Grandet se caressait le menton, souriait, et sa loupe semblait se dilater.) — Mais que va devenir mon cousin Charles ?

— Il va partir pour les Grandes Indes, où, selon le vœu de son père, il tâchera de faire fortune.

— Mais a-t-il de l'argent pour aller là ?

— Je lui paierai son voyage... jusqu'à... oui, jusqu'à Nantes.

Eugénie sauta d'un bond au cou de son père.

— Ah ! mon père, vous êtes bon, vous !

Elle l'embrassait de manière à rendre presque honteux Grandet, que sa conscience harcelait un peu.

— Faut-il beaucoup de temps pour amasser un million ? lui demanda-t-elle.

— Dame ! dit le tonnelier, tu sais ce que c'est qu'un napoléon. Eh ! bien, il en faut cinquante mille pour faire un million.

— Maman, nous dirons des neuvaines pour lui.

— J'y pensais, répondit la mère.

— C'est cela... toujours dépenser de l'argent, s'écria le père. Ah ! çà, croyez-vous donc qu'il y ait des mille et des cent ici ?

En ce moment une plainte sourde, plus lugubre que toutes les autres, retentit dans les greniers et glaça de terreur Eugénie et sa mère.

— Nanon, va voir là-haut s'il ne se tue pas, dit Grandet. Ha ! çà, reprit-il en se tournant vers sa femme et sa fille, que son mot avait rendues pâles, pas de bêtises, vous deux. Je vous laisse. Je vais tourner autour de nos Hollandais, qui s'en vont aujourd'hui. Puis j'irai voir Cruchot, et causer avec lui de tout ça.

Il partit. Quand Grandet eut tiré la porte, Eugénie et sa mère respirèrent à leur aise. Avant cette matinée, jamais la fille n'avait senti de contrainte en présence de son père ; mais, depuis quelques heures, elle changeait à tous moments et de sentiments et d'idées.

— Maman, combien de louis a-t-on d'une pièce de vin ?

— Ton père vend les siennes entre cent et cent cinquante francs, quelquefois deux cents, à ce que j'ai entendu dire.

— Quand il récolte quatorze cents pièces de vin...

— Ma foi, mon enfant, je ne sais pas ce que cela fait ; ton père ne me dit jamais ses affaires.

— Mais alors papa doit être riche.

— Peut-être. Mais monsieur Cruchot m'a dit qu'il avait acheté Froidfond il y a deux ans. Ça l'aura gêné.

Eugénie, ne comprenant plus rien à la fortune de son père, en resta là de ses calculs.

— Il ne m'a tant seulement point vue, le mignon ! dit Nanon en revenant. Il est étendu comme un veau sur son lit, et pleure comme une Madeleine, que c'est une vraie bénédiction ! Quel chagrin a donc ce pauvre gentil jeune homme ?

— Allons donc le consoler bien vite, maman ; et, si l'on frappe, nous descendrons.

Madame Grandet fut sans défense contre les harmonies de la voix de sa fille. Eugénie était sublime, elle était femme. Toutes deux, le cœur palpitant, montèrent à la chambre de Charles. La porte était ouverte. Le jeune homme ne voyait ni n'entendait rien. Plongé dans les larmes, il poussait des plaintes inarticulées.

— Comme il aime son père ! dit Eugénie à voix basse.

Il était impossible de méconnaître dans l'accent de ces paroles les espérances d'un cœur à son insu passionné. Aussi madame Grandet jeta-t-elle à sa fille un regard empreint de maternité, puis tout bas à l'oreille : « Prends garde, tu l'aimerais », dit-elle.

— L'aimer ! reprit Eugénie. Ah ! si tu savais ce que mon père a dit !

Charles se retourna, aperçut sa tante et sa cousine.

— J'ai perdu mon père, mon pauvre père ! S'il m'avait confié le secret de son malheur, nous aurions travaillé tous deux à le réparer. Mon Dieu ! mon bon père ! je comptais si bien le revoir que je l'ai, je crois, froidement embrassé.

Les sanglots lui coupèrent la parole.

— Nous prierons bien pour lui, dit madame Grandet. Résignez-vous à la volonté de Dieu.

— Mon cousin, dit Eugénie, prenez courage ! Votre perte est irréparable : ainsi songez maintenant à sauver votre honneur...

Avec cet instinct, cette finesse de la femme qui a de l'esprit en toute chose, même quand elle console, Eugénie voulait tromper la douleur de son cousin en l'occupant de lui-même.

— Mon honneur ?... cria le jeune homme en chassant ses cheveux par un mouvement brusque, et il s'assit sur son lit en se croisant les bras.
— Ah ! c'est vrai. Mon père, disait mon oncle, a fait faillite. Il poussa un cri déchirant et se cacha le visage dans ses mains. — Laissez-moi, ma cousine, laissez-moi ! Mon Dieu ! mon Dieu ! pardonnez à mon père, il a dû bien souffrir.

Il y avait quelque chose d'horriblement attachant à voir l'expression de cette douleur jeune, vraie, sans calcul, sans arrière-pensée. C'était une pudique douleur que les cœurs simples d'Eugénie et de sa mère comprirent quand Charles fit un geste pour leur demander de l'abandonner à lui-même. Elles descendirent, reprirent en silence leurs places près de la croisée, et travaillèrent pendant une heure environ sans se dire un mot. Eugénie avait aperçu, par le regard furtif qu'elle jeta sur le ménage du jeune homme, ce regard des jeunes filles qui voient tout en un clin d'œil, les jolies bagatelles de sa toilette, ses ciseaux, ses rasoirs enrichis d'or. Cette échappée d'un luxe vu à travers la douleur lui rendit Charles encore plus intéressant, par contraste peut-être. Jamais un événement si grave, jamais un spectacle si dramatique n'avait frappé l'imagination de ces deux créatures incessamment plongées dans le calme et la solitude.

— Maman, dit Eugénie, nous porterons le deuil de mon oncle.

— Ton père décidera de cela, répondit madame Grandet.

Elles restèrent de nouveau silencieuses. Eugénie tirait ses points avec une régularité de mouvement qui eût dévoilé à un observateur les fécondes pensées de sa méditation. Le premier désir de cette adorable fille était de partager le deuil de son cousin. Vers quatre heures, un coup de marteau brusque retentit au cœur de madame Grandet.

— Qu'a donc ton père ? dit-elle à sa fille.

Le vigneron entra joyeux. Après avoir ôté ses gants, il se frotta les mains à s'en emporter la peau, si l'épiderme n'en eût pas été tanné comme du cuir de Russie, sauf l'odeur des mélèzes et de l'encens. Il se promenait, il regardait le temps. Enfin son secret lui échappa.

— Ma femme, dit-il sans bégayer, je les ai tous attrapés. Notre vin est vendu ! Les Hollandais et les Belges partaient ce matin, je me suis promené sur la place, devant leur auberge, en ayant l'air de bêtiser. Chose, que tu connais, est venu à moi. Les propriétaires de tous les bons vignobles gardent leur récolte et veulent attendre, je ne les en ai pas empêchés. Notre Belge était désespéré. J'ai vu cela. Affaire faite, il prend notre récolte à deux cents francs la pièce, moitié comptant. Je suis payé en or. Les billets sont faits, voilà six louis pour toi. Dans trois mois, les vins baisseront.

Ces derniers mots furent prononcés d'un ton calme, mais si profondément ironique, que les gens de Saumur, groupés en ce moment sur la place, et ameutés par la nouvelle de la vente que venait de faire Grandet, en auraient frémi s'ils les eussent entendus. Une peur panique eût fait tomber les vins de cinquante pour cent.

— Vous avez mille pièces cette année, mon père ? dit Eugénie.

— Oui, *fifille*.

Ce mot était l'expression superlative de la joie du vieux tonnelier.

— Cela fait deux cent mille pièces de vingt sous.

— Oui, mademoiselle Grandet.

— Eh ! bien, mon père, vous pouvez facilement secourir Charles.

L'étonnement, la colère, la stupéfaction de Balthazar en apercevant le *Mane-Tekel-Pharès*[1] ne sauraient se comparer au froid courroux de Grandet qui, ne pensant plus à son neveu, le retrouvait logé au cœur et dans les calculs de sa fille.

— Ah ! çà, depuis que ce mirliflor a mis le pied dans *ma* maison, tout y va de travers. Vous vous donnez des airs d'acheter des dragées, de faire des noces et des festins. Je ne veux pas de ces choses-là. Je sais, à mon âge, comment je dois me conduire, peut-être ! D'ailleurs je n'ai de leçons à prendre ni de ma fille ni de personne. Je ferai pour mon neveu ce qu'il sera convenable de faire, vous n'avez pas à y fourrer le nez. Quant à toi, Eugénie, ajouta-t-il en se tournant vers elle, ne m'en parle plus, sinon je t'envoie à l'abbaye de Noyers avec

1. *Mane-Tekel-Pharès* : compté, pesé, divisé. Avertissement que, d'après la Bible (*Daniel*, V), Balthazar, dernier roi de Babylone, vit s'inscrire sur un mur de la ville pendant qu'il se livrait à une orgie, et que le prophète Daniel traduisit ainsi : « Tes jours sont comptés, tu as été trouvé trop léger dans la balance, ton royaume sera partagé. » Cette même nuit, Cyrus entra dans Babylone, le roi fut mis à mort et son royaume partagé entre les Perses et les Mèdes.

Nanon voir si j'y suis ; et pas plus tard que demain, si tu bronches. Où est-il donc, ce garçon, est-il descendu ?

— Non, mon ami, répondit madame Grandet.

— Eh ! bien, que fait-il donc ?

— Il pleure son père, répondit Eugénie.

Grandet regarda sa fille sans trouver un mot à dire. Il était un peu père, lui. Après avoir fait un ou deux tours dans la salle, il monta promptement à son cabinet pour y méditer un placement dans les fonds publics. Ses deux mille arpents de forêts coupés à blanc lui avaient donné six cent mille francs ; en joignant à cette somme l'argent de ses peupliers, ses revenus de l'année dernière et de l'année courante, outre les deux cent mille francs du marché qu'il venait de conclure, il pouvait faire une masse de neuf cent mille francs. Les vingt pour cent à gagner en peu de temps sur les rentes, qui étaient à soixante-dix francs, le tentaient. Il chiffra sa spéculation sur le journal où la mort de son frère était annoncée, en entendant, sans les écouter, les gémissements de son neveu. Nanon vint cogner au mur pour inviter son maître à descendre, le dîner était servi. Sous la voûte et à la dernière marche de l'escalier, Grandet disait en lui-même : « Puisque je toucherai mes intérêts à huit, je ferai cette affaire. En deux ans, j'aurai quinze cent mille francs que je retirerai de Paris en bon or. »

— Eh ! bien, où donc est mon neveu ?

— Il dit qu'il ne veut pas manger, répondit Nanon. Ça n'est pas sain.

— Autant d'économisé, lui répliqua son maître.

— Dame, *voui*, dit-elle.

— Bah ! il ne pleurera pas toujours. La faim chasse le loup hors du bois.

Le dîner fut étrangement silencieux.

— Mon bon ami, dit madame Grandet lorsque la nappe fut ôtée, il faut que nous prenions le deuil.

— En vérité, madame Grandet, vous ne savez quoi vous inventer pour dépenser de l'argent. Le deuil est dans le cœur et non dans les habits.

— Mais le deuil d'un frère est indispensable, et l'Eglise nous ordonne de...

— Achetez votre deuil sur vos six louis. Vous me donnerez un crêpe, cela me suffira.

Eugénie leva les yeux au ciel sans mot dire. Pour la première fois dans sa vie, ses généreux penchants endormis, comprimés, mais subitement éveillés, étaient à tout moment froissés. Cette soirée fut semblable en apparence à mille soirées de leur existence monotone, mais ce fut certes la plus horrible. Eugénie travailla sans lever la tête, et ne se servit point du nécessaire que Charles avait dédaigné la veille. Madame Grandet tricota ses manches. Grandet tourna ses pouces pendant quatre heures, abîmé dans des calculs dont les résultats devaient, le lendemain, étonner Saumur. Personne ne vint ce jour-là visiter la famille. En ce moment, la ville entière retentissait du tour de force de Grandet, de la faillite de son frère et de l'arrivée de son neveu. Pour obéir au besoin de bavarder sur leurs intérêts communs, tous les propriétaires de vignobles des hautes et moyennes sociétés de Saumur étaient chez monsieur des Grassins, où se fulminèrent de terribles imprécations contre l'ancien maire. Nanon filait, et le bruit de son rouet fut la seule voix qui se fît entendre sous les planchers grisâtres de la salle.

— Nous n'usons point nos langues, dit-elle en montrant ses dents blanches et grosses comme des amandes pelées.

— Ne faut rien user, répondit Grandet en se

réveillant de ses méditations. Il se voyait en perspective huit millions dans trois ans, il voguait sur cette longue nappe d'or. — Couchons-nous. J'irai dire bonsoir à mon neveu pour tout le monde, et voir s'il veut prendre quelque chose.

Madame Grandet resta sur le palier du premier étage pour entendre la conversation qui allait avoir lieu entre Charles et le bonhomme. Eugénie, plus hardie que sa mère, monta deux marches.

— Hé ! bien, mon neveu, vous avez du chagrin. Oui, pleurez, c'est naturel. Un père est un père. Mais faut prendre notre mal en patience. Je m'occupe de vous pendant que vous pleurez. Je suis un bon parent, voyez-vous. Allons, du courage. Voulez-vous boire un petit verre de vin ? Le vin ne coûte rien à Saumur, on y offre du vin comme dans les Indes une tasse de thé. — Mais, dit Grandet en continuant, vous êtes sans lumière. Mauvais, mauvais ! faut voir clair à ce que l'on fait. Grandet marcha vers la cheminée. — Tiens ! s'écria-t-il, voilà de la bougie. Où diable a-t-on pêché de la bougie ? Les garces démoliraient le plancher de ma maison pour cuire des œufs à ce garçon-là.

En entendant ces mots, la mère et la fille rentrèrent dans leurs chambres et se fourrèrent dans leurs lits avec la célérité de souris effrayées qui rentrent dans leurs trous.

— Madame Grandet, vous avez donc un trésor ? dit l'homme en entrant dans la chambre de sa femme.

— Mon ami, je fais mes prières, attendez, répondit d'une voix altérée la pauvre mère.

— Que le diable emporte ton bon dieu ! répliqua Grandet en grommelant.

Les avares ne croient pas à une vie à venir, le

présent est tout pour eux. Cette réflexion jette une horrible clarté sur l'époque actuelle, où, plus qu'en aucun autre temps, l'argent domine les lois, la politique et les mœurs. Institutions, livres, hommes et doctrines, tout conspire à miner la croyance d'une vie future sur laquelle l'édifice social est appuyé depuis dix-huit cents ans. Maintenant, le cercueil est une transition peu redoutée. L'avenir, qui nous attendait par delà le requiem, a été transposé dans le présent. Arriver *per fas et nefas* [1] au paradis terrestre du luxe et des jouissances vaniteuses, pétrifier son cœur et se macérer le corps en vue de possessions passagères, comme on souffrait jadis le martyre de la vie en vue de biens éternels, est la pensée générale ! pensée d'ailleurs écrite partout, jusque dans les lois, qui demandent au législateur : « Que paies-tu ? » au lieu de lui dire : « Que penses-tu ? » Quand cette doctrine aura passé de la bourgeoisie au peuple, que deviendra le pays ?

— Madame Grandet, as-tu fini ? dit le vieux tonnelier.

— Mon ami, je prie pour toi.

— Très bien ! bonsoir. Demain matin, nous causerons.

La pauvre femme s'endormit comme l'écolier qui, n'ayant pas appris ses leçons, craint de trouver à son réveil le visage irrité du maître. Au moment où, par frayeur, elle se roulait dans ses draps pour ne rien entendre, Eugénie se coula près d'elle, en chemise, pieds nus, et vint la baiser au front.

— Oh ! bonne mère, dit-elle, demain je lui dirai que c'est moi.

1. *Per fas et nefas* : par tous les moyens, licites ou non.

— Non, il t'enverrait à Noyers. Laisse-moi faire, il ne me mangera pas.

— Entends-tu, maman ?

— Quoi ?

— Hé ! bien, *il* pleure toujours.

— Va donc te coucher, ma fille. Tu gagneras froid aux pieds. Le carreau est humide.

Ainsi se passa la journée solennelle qui devait peser sur toute la vie de la riche et pauvre héritière dont le sommeil ne fut plus aussi complet ni aussi pur qu'il l'avait été jusqu'alors. Assez souvent certaines actions de la vie humaine paraissent, littérairement parlant, invraisemblables, quoique vraies. Mais ne serait-ce pas qu'on omet presque toujours de répandre sur nos déterminations spontanées une sorte de lumière psychologique, en n'expliquant pas les raisons mystérieusement conçues qui les ont nécessitées ? Peut-être la profonde passion d'Eugénie devrait-elle être analysée dans ses fibrilles les plus délicates ; car elle devint, diraient quelques railleurs, une maladie, et influença toute son existence. Beaucoup de gens aiment mieux nier les dénouements, que de mesurer la force des liens, des nœuds, des attaches qui soudent secrètement un fait à un autre dans l'ordre moral. Ici donc le passé d'Eugénie servira, pour les observateurs de la nature humaine, de garantie à la naïveté de son irréflexion et à la soudaineté des effusions de son âme. Plus sa vie avait été tranquille, plus vivement la pitié féminine, le plus ingénieux des sentiments, se déploya dans son âme. Aussi, troublée par les événements de la journée, s'éveilla-t-elle, à plusieurs reprises, pour écouter son cousin, croyant en avoir entendu les soupirs qui depuis la veille lui retentissaient au cœur : tantôt elle le voyait expirant de chagrin, tantôt elle le rêvait mourant de faim. Vers le matin, elle entendit certainement une terrible exclamation. Aussitôt elle se vêtit, et accourut au petit jour, d'un pied léger, auprès de son cousin qui avait laissé sa porte ouverte. La bougie avait brûlé dans la bobèche du flambeau. Charles, vaincu par la nature, dormait habillé, assis dans un fauteuil la tête renversée sur le lit ; il rêvait comme rêvent les gens qui ont l'estomac vide. Eugénie put pleurer à son aise ; elle put admirer ce jeune et beau visage, marbré par la douleur, ces yeux gonflés par les larmes, et qui tout endormis semblaient encore verser des pleurs. Charles devina sympathiquement la présence d'Eugénie, il ouvrit les yeux, et la vit attendrie.

— Pardon, ma cousine, dit-il, ne sachant évidemment ni l'heure qu'il était, ni le lieu où il se trouvait.

— Il y a des cœurs qui vous entendent ici, mon cousin, et *nous* avons cru que vous aviez besoin de quelque chose. Vous devriez vous coucher, vous vous fatiguez en restant ainsi.

— Cela est vrai.

— Hé ! bien, adieu.

Elle se sauva, honteuse et heureuse d'être venue. L'innocence ose seule de telles hardiesses. Instruite, la Vertu calcule aussi bien que le Vice. Eugénie qui, près de son cousin, n'avait pas tremblé, put à peine se tenir sur ses jambes quand elle fut dans sa chambre. Son ignorante vie avait cessé tout à coup, elle raisonna, se fit mille reproches. « Quelle idée va-t-il prendre de moi ? Il croira que je l'aime. » C'était précisément ce qu'elle désirait le plus de lui voir croire. L'amour franc a sa prescience et sait que l'amour excite l'amour. Quel événement pour cette jeune fille solitaire, d'être ainsi entrée furtivement chez un jeune homme ! N'y a-t-il pas des pensées, des actions qui, en amour, équivalent, pour certaines âmes, à de saintes fiançailles ! Une heure après, elle entra chez sa mère, et l'habilla suivant son habitude. Puis elles vinrent s'asseoir à leurs places devant la fenêtre, et attendirent Grandet avec cette anxiété qui glace le cœur ou l'échauffe, le serre ou le dilate suivant les caractères, alors que l'on redoute une scène, une punition ; sentiment d'ailleurs si naturel, que les animaux domestiques l'éprouvent au point de crier pour le faible mal d'une correction, eux qui se taisent quand ils se blessent par inadvertance. Le bonhomme descendit, mais il parla d'un air distrait à sa femme, embrassa Eugénie, et se mit à table sans paraître penser à ses menaces de la veille.

— Que devient mon neveu ? l'enfant n'est pas gênant.

— Monsieur, il dort, répondit Nanon.

— Tant mieux, il n'a pas besoin de bougie, dit Grandet d'un ton goguenard.

Cette clémence insolite, cette amère gaieté frappèrent madame Grandet, qui regarda son mari fort attentivement. Le bonhomme... Ici peut-être est-il convenable de faire observer qu'en Touraine, en Anjou, en Poitou, dans la Bretagne, le mot bonhomme déjà souvent employé pour désigner Grandet, est décerné aux hommes les plus cruels comme aux plus bonasses, aussitôt qu'ils sont arrivés à un certain âge. Ce titre ne préjuge rien sur la mansuétude individuelle. Le bonhomme, donc, prit son chapeau, ses gants, et dit : « Je vais muser sur la place pour rencontrer nos Cruchot. »

— Eugénie, ton père a décidément quelque chose.

En effet, peu dormeur, Grandet employait la moitié de ses nuits aux calculs préliminaires qui donnaient à ses vues, à ses observations, à ses plans, leur étonnante justesse et leur assuraient cette constante réussite de laquelle s'émerveillaient les Saumurois. Tout pouvoir humain est un composé de patience et de temps. Les gens puissants veulent et veillent. La vie de l'avare est un constant exercice de la puissance humaine mise au service de la personnalité. Il ne s'appuie que sur deux sentiments : l'amour-propre et l'intérêt ; mais l'intérêt étant en quelque sorte l'amour-propre solide et bien entendu, l'attestation continue d'une supériorité réelle, l'amour-propre et l'intérêt sont deux parties d'un même tout, l'égoïsme. De là vient peut-être la prodigieuse curiosité qu'excitent les avares habilement mis en scène. Chacun tient par un fil à ces personnages qui s'attaquent à tous les sentiments humains, en les résumant tous. Où est l'homme sans désir, et quel désir social se résoudra sans argent ? Grandet avait bien réellement quelque chose, suivant l'expression de sa femme. Il se rencontrait en lui, comme chez tous les avares, un persistant besoin de jouer une partie avec les autres hommes, de leur gagner légalement leurs écus. Imposer autrui, n'est-ce pas faire acte de pouvoir, se donner perpétuellement le droit de mépriser ceux qui, trop faibles, se laissent ici-bas dévorer ? Oh ! qui a bien compris l'agneau paisiblement couché aux pieds de Dieu, le plus touchant emblème de toutes les victimes terrestres, celui de leur avenir, enfin la Souffrance et la Faiblesse glorifiées ? Cet agneau, l'avare le laisse s'engraisser, il le parque, le tue, le cuit, le mange et le méprise. La pâture des avares se compose d'argent et de dédain. Pendant la nuit, les idées du bonhomme avaient pris un autre cours : de là, sa clémence. Il avait ourdi une trame pour se moquer des Parisiens, pour les tordre, les rouler, les pétrir, les faire aller, venir, suer, espérer, pâlir ; pour s'amuser d'eux, lui, ancien tonnelier, au fond de sa salle grise, en montant l'escalier vermoulu de sa maison de Saumur. Son neveu l'avait occupé. Il voulait sauver l'honneur de son frère mort, sans qu'il en coûtât un sou ni à son neveu ni à lui. Ses fonds allaient être placés pour trois ans, il n'avait plus qu'à gérer ses biens ; il fallait donc un aliment à son activité malicieuse, et il l'avait trouvé dans la faillite de son frère. Ne se sentant rien entre les pattes à pressurer, il voulait concasser les Parisiens au profit de Charles, et se montrer excellent frère à bon marché. L'honneur de la famille entrait pour si peu de chose dans son projet, que sa bonne volonté doit être comparée au besoin qu'éprouvent les joueurs de voir bien jouer une partie dans laquelle ils n'ont pas d'enjeu. Et les Cruchot lui étaient nécessaires, et il ne voulait pas les aller chercher, et il avait décidé de les faire arriver chez lui, et d'y commencer ce soir même la comédie dont le plan venait d'être conçu, afin d'être le lendemain, sans qu'il lui en coûtât un denier, l'objet de l'admiration de sa ville. En l'absence de son père, Eugénie eut le bonheur de pouvoir s'occuper ouvertement de son bien-aimé cousin, d'épancher sur lui sans crainte les trésors de sa pitié, l'une des sublimes supériorités de la femme, la seule qu'elle veuille faire sentir, la seule qu'elle pardonne à l'homme de lui laisser prendre sur lui. Trois ou quatre fois, Eugénie alla écouter la respiration de son cousin ; savoir s'il dormait, s'il se réveillait ; puis, quand il se leva, la crème, le café, les œufs, les fruits, les assiettes, le verre, tout ce qui faisait partie du déjeuner, fut pour elle l'objet de quelque soin. Elle grimpa lestement dans le vieil escalier pour écouter le bruit que faisait son cousin. S'habillait-il ? pleurait-il encore ? Elle vint jusqu'à la porte.

— Mon cousin ?

— Ma cousine.

— Voulez-vous déjeuner dans la salle ou dans votre chambre ?

— Où vous voudrez.

— Comment vous trouvez-vous ?

— Ma chère cousine, j'ai honte d'avoir faim.

Cette conversation à travers la porte était pour Eugénie tout un épisode de roman.

— Eh ! bien, nous vous apporterons à déjeuner dans votre chambre, afin de ne pas contrarier mon père. Elle descendit dans la cuisine avec la légèreté d'un oiseau. — Nanon, va donc faire sa chambre.

Cet escalier si souvent monté, descendu, où retentissait le moindre bruit, semblait à Eugénie avoir perdu son caractère de vétusté ; elle le voyait lumineux, il parlait, il était jeune comme elle, jeune comme son amour auquel il servait. Enfin sa mère, sa bonne et indulgente mère, voulut bien se prêter aux fantaisies de son amour, et lorsque la chambre de Charles fut faite, elles allèrent toutes deux tenir compagnie au malheureux : la charité chrétienne n'ordonnait-elle pas de le consoler ? Ces deux femmes puisèrent dans la religion bon nombre de petits sophismes pour se justifier leurs déportements. Charles Grandet se vit donc l'objet des soins les plus affectueux et les plus tendres. Son cœur endolori sentit vivement la douceur de cette amitié veloutée, de cette exquise sympathie, que ces deux âmes toujours contraintes surent déployer en se trouvant libres un moment dans la région des souffrances, leur sphère naturelle. Autorisée par la parenté, Eugénie se mit à ranger le linge, les objets de toilette que son cousin avait apportés, et put s'émerveiller à son aise de chaque luxueuse babiole, des colifichets d'argent, d'or travaillé qui lui tombaient sous la main, et qu'elle tenait longtemps sous prétexte de les examiner. Charles ne vit pas sans un attendrissement profond l'intérêt généreux que lui portaient sa tante et sa cousine, il connaissait assez la société de Paris pour savoir que dans sa position il n'y eût trouvé que des cœurs indifférents ou froids, Eugénie lui apparut dans toute la splendeur de sa beauté spéciale, et il admira dès lors l'innocence de ces mœurs dont il se moquait la veille. Aussi, quand Eugénie prit des mains de Nanon le bol de faïence plein de café à la crème pour le servir à son cousin avec toute l'ingénuité du sentiment, en lui jetant un bon regard, les yeux du Parisien se mouillèrent-ils de larmes, il lui prit la main et la baisa.

— Hé ! bien, qu'avez-vous encore ? demanda-t-elle.

— Oh ! c'est des larmes de reconnaissance, répondit-il.

Eugénie se tourna brusquement vers la cheminée pour prendre les flambeaux.

— Nanon, tenez, emportez, dit-elle.

Quand elle regarda son cousin, elle était bien rouge encore, mais au moins ses regards purent mentir et ne pas peindre la joie excessive qui lui inondait le cœur ; mais leurs yeux exprimèrent un même sentiment, comme leurs âmes se fondirent dans une même pensée : l'avenir était à eux. Cette douce émotion fut d'autant plus délicieuse pour Charles au milieu de son immense chagrin, qu'elle était moins attendue. Un coup de marteau rappela les deux femmes à leurs places. Par bonheur, elles purent redescendre assez rapidement l'escalier pour se trouver à l'ouvrage quand Grandet entra ; s'il les eût rencontrées sous la voûte, il n'en aurait pas fallu davantage pour exciter ses soupçons. Après le déjeuner, que le bonhomme fit sur le pouce, le garde, auquel l'indemnité promise n'avait pas encore été donnée, arriva de Froidfond, d'où il apportait un lièvre, des perdreaux tués dans le parc, des anguilles et deux brochets dus par les meuniers.

— Eh ! eh ! ce pauvre Cornoiller, il vient comme marée en carême. Est-ce bon à manger, ça ?

— Oui, mon cher généreux monsieur, c'est tué depuis deux jours.

— Allons, Nanon, haut le pied, dit le bonhomme. Prends-moi cela, ce sera pour le dîner ; je régale deux Cruchot.

Nanon ouvrit des yeux bêtes et regarda tout le monde.

— Eh ! bien, dit-elle, où que je trouverai du lard et des épices ?

— Ma femme, dit Grandet, donne six francs à Nanon, et fais-moi souvenir d'aller à la cave chercher du bon vin.

— Eh ! bien donc, monsieur Grandet, reprit le garde qui avait préparé sa harangue afin de faire décider la question de ses appointements, monsieur Grandet...

— Ta, ta, ta, ta, dit Grandet, je sais ce que tu veux dire, tu es un bon diable, nous verrons cela demain, je suis trop pressé aujourd'hui. — Ma femme, donne-lui cent sous, dit-il à madame Grandet.

Il décampa. La pauvre femme fut trop heureuse d'acheter la paix pour onze francs. Elle savait que

Grandet se taisait pendant quinze jours, après avoir ainsi repris, pièce à pièce, l'argent qu'il avait donné.

— Tiens, Cornoiller, dit-elle en lui glissant dix francs dans la main, quelque jour nous reconnaîtrons tes services.

Cornoiller n'eut rien à dire. Il partit.

— Madame, dit Nanon, qui avait mis sa coiffe noire et pris son panier, je n'ai besoin que de trois francs, gardez le reste. Allez, ça ira tout de même.

— Fais un bon dîner, Nanon, mon cousin descendra, dit Eugénie.

— Décidément il se passe ici quelque chose d'extraordinaire, dit madame Grandet. Voici la troisième fois que, depuis notre mariage, ton père donne à dîner.

Vers quatre heures, au moment où Eugénie et sa mère avaient fini de mettre un couvert pour six personnes, et où le maître du logis avait monté quelques bouteilles de ces vins exquis que conservent les provinciaux avec amour, Charles vint dans la salle. Le jeune homme était pâle. Ses gestes, sa contenance, ses regards et le son de sa voix eurent une tristesse pleine de grâce. Il ne jouait pas la douleur, il souffrait véritablement, et le voile étendu sur ses traits par la peine lui donnait cet air intéressant qui plaît tant aux femmes. Eugénie l'en aima bien davantage. Peut-être aussi le malheur l'avait-il rapproché d'elle. Charles n'était plus ce riche et beau jeune homme placé dans une sphère inabordable pour elle ; mais un parent plongé dans une effroyable misère. La misère enfante l'égalité. La femme a cela de commun avec l'ange que les êtres souffrants lui appartiennent. Charles et Eugénie s'entendirent et se parlèrent des yeux seulement ; car le pauvre dandy déchu, l'orphelin se mit dans un coin, s'y tint muet, calme et fier ; mais, de moment en moment, le regard doux et caressant de sa cousine venait luire sur lui, le contraignait à quitter ses tristes pensées, à s'élancer avec elle dans les champs de l'Espérance et de l'Avenir où elle aimait à s'engager avec lui. En ce moment, la ville de Saumur était plus émue du dîner offert par Grandet aux Cruchot qu'elle ne l'avait été la veille par la vente de sa récolte qui constituait un crime de haute trahison envers le vignoble. Si le politique vigneron eût donné son dîner dans la même pensée qui coûta la queue au chien d'Alcibiade, il aurait été peut-être un grand homme ; mais trop supérieur à une ville de laquelle il se jouait sans cesse, il ne faisait aucun cas de Saumur. Les des Grassins apprirent bientôt la mort violente et la faillite probable du père de Charles, ils résolurent d'aller dès le soir même chez leur client, afin de prendre part à son malheur et lui donner des signes d'amitié, tout en s'informant des motifs qui pouvaient l'avoir déterminé à inviter, en semblable occurrence, les Cruchot à dîner. A cinq heures précises, le président C. de Bonfons et son oncle le notaire arrivèrent endimanchés jusqu'aux dents. Les convives se mirent à table et commencèrent par manger notablement bien. Grandet était grave, Charles silencieux, Eugénie muette, madame Grandet ne parla pas plus que de coutume, en sorte que ce dîner fut un véritable repas de condoléance. Quand on se leva de table, Charles dit à sa tante et à son oncle : « Permettez-moi de me retirer. Je suis obligé de m'occuper d'une longue et triste correspondance. »

— Faites, mon neveu.

Lorsque, après son départ, le bonhomme put

présumer que Charles ne pouvait rien entendre, et devait être plongé dans ses écritures, il regarda sournoisement sa femme.

— Madame Grandet, ce que nous avons à dire serait du latin pour vous ; il est sept heures et demie, vous devriez aller vous serrer dans votre portefeuille. Bonne nuit, ma fille.

Il embrassa Eugénie, et les deux femmes sortirent. Là commença la scène où le père Grandet, plus qu'en aucun autre moment de sa vie, employa l'adresse qu'il avait acquise dans le commerce des hommes, et qui lui valait souvent, de la part de ceux dont il mordait un peu trop rudement la peau, le surnom de *vieux chien*. Si le maire de Saumur eût porté son ambition plus haut, si d'heureuses circonstances, en le faisant arriver vers les sphères supérieures de la société, l'eussent envoyé dans les congrès où se traitaient les affaires des nations, et qu'il s'y fût servi du génie dont l'avait doté son intérêt personnel, nul doute qu'il n'y eût été glorieusement utile à la France. Néanmoins, peut-être aussi serait-il également probable que, sorti de Saumur, le bonhomme n'aurait fait qu'une pauvre figure. Peut-être en est-il des esprits comme de certains animaux, qui n'engendrent plus transplantés hors des climats où ils naissent.

— Mon... on... on... on... sieur le pré... pré... pré... président, vouooouous di... di... di... disiiieeez que la faaaaiiillite...

Le bredouillement affecté depuis si longtemps par le bonhomme et qui passait pour naturel, aussi bien que la surdité dont il se plaignait par les temps de pluie, devint, en cette conjoncture, si fatigant pour les deux Cruchot, qu'en écoutant le vigneron ils grimaçaient à leur insu, en faisant des efforts comme s'ils voulaient achever les mots dans lesquels il s'empêtrait à plaisir. Ici, peut-être devient-il nécessaire de donner l'histoire du bégayement et de la surdité de Grandet. Personne, dans l'Anjou, n'entendait mieux et ne pouvait prononcer plus nettement le fraçais angevin que le rusé vigneron. Jadis, malgré toute sa finesse, il avait été dupé par un Israélite qui, dans la discussion, appliquait sa main à son oreille en guise de cornet, sous prétexte de mieux entendre, et baragouinait si bien en cherchant ses mots, que Grandet, victime de son humanité, se crut obligé de suggérer à ce malin Juif les mots et les idées que paraissait chercher le Juif, d'achever lui-même les raisonnements dudit Juif, de parler comme devait parler le damné Juif, d'être enfin le Juif et non Grandet. Le tonnelier sortit de ce combat bizarre, ayant conclu le seul marché dont il ait eu à se plaindre pendant le cours de sa vie commerciale. Mais s'il y perdit pécuniairement parlant, il y gagna moralement une bonne leçon, et, plus tard, il en recueillit les fruits. Aussi le bonhomme finit-il par bénir le Juif qui lui avait appris l'art d'impatienter son adversaire commercial ; et, en l'occupant à exprimer ses pensées, de lui faire constamment perdre de vue la sienne. Or, aucune affaire n'exigea, plus que celle dont il s'agissait, l'emploi de la surdité, du bredouillement, et des ambages incompréhensibles dans lesquels Grandet enveloppait ses idées. D'abord, il ne voulait pas endosser la responsabilité de ses idées ; puis, il voulait rester maître de sa parole, et laisser en doute ses véritables intentions.

— Monsieur de Bon... Bon... Bonfons... Pour la seconde fois, depuis trois ans, Grandet nommait Cruchot neveu de monsieur de Bonfons. Le président put se croire choisi pour gendre par l'artificieux bonhomme. — Vooooouous di... di... di... disiez donc que les faiiiillites peu... peu... peu... peuvent, dan-dans ce... ertains cas, être empê... pê... pê... chées pa... par...

— Par les tribunaux de commerce eux-mêmes. Cela se voit tous les jours, dit monsieur C. de Bonfons, enfourchant l'idée du père Grandet ou croyant la deviner et voulant affectueusement la lui expliquer. Ecoutez !

— J'écoucoute, répondit humblement le bonhomme en prenant la malicieuse contenance d'un enfant qui rit intérieurement de son professeur tout en paraissant lui prêter la plus grande attention.

— Quand un homme considérable et considéré, comme l'était, par exemple, défunt monsieur votre frère à Paris...

— Mon... on frère, oui.

— Est menacé d'une déconfiture.

— Çaaaa s'aappelle dé... dé... déconfiture ?

— Oui. Que sa faillite devient imminente, le tribunal de commerce, dont il est justiciable (suivez bien), a la faculté, par un jugement, de nommer, à sa maison de commerce, des liquidateurs. Liquider n'est pas faire faillite, comprenez-vous ? En faisant faillite, un homme est déshonoré ; mais en liquidant, il reste honnête homme.

— C'est bien di... di... di... différent, si çaâââ ne coû... ou... ou... ou... oûte pas... pas... pas plus cher, dit Grandet.

— Mais une liquidation peut encore se faire, même sans le secours du tribunal de commerce. Car, dit le président en humant sa prise de tabac, comment se déclare une faillite ?

— Oui, je n'y ai jamais pen... pen... pen... pensé, répondit Grandet.

— Premièrement, reprit le magistrat, par le

dépôt du bilan au greffe du tribunal, que fait le négociant lui-même ou son fondé de pouvoirs, dûment enregistré. Deuxièmement, à la requête des créanciers. Or, si le négociant ne dépose pas de bilan, si aucun créancier ne requiert du tribunal un jugement qui déclare le susdit négociant en faillite, qu'arriverait-il ?

— Oui… i… i…, voy… voy…ons.

— Alors la famille du décédé, ses représentants, son hoirie ; ou le négociant, s'il n'est pas mort ; ou ses amis, s'il est caché, liquident. Peut-être voulez-vous liquider les affaires de votre frère ? demanda le président.

— Ah ! Grandet, s'écria le notaire, ce serait bien. Il y a de l'honneur au fond de nos provinces. Si vous sauviez votre nom, car c'est votre nom, vous seriez un homme…

— Sublime, dit le président en interrompant son oncle.

— Ceertainement, répliqua le vieux vigneron, mon, mon ffr, fre, frère se no, no, no noommait Grandet tou… out comme moi. Cé, cé, c'es, c'est sûr et certain. Je, je, je ne, ne dis pa, pas non. Et, et, et, cette li, li, li, liquidation pou, pou, pourrait dans tooous llles cas, être sooous tous llles ra, ra, rapports très avanvantatageuse aux in, in, in, intérêts de mon ne, ne, neveu, que j'ai, j'ai, j'aime. Mais faut voir. Je ne co, co, co, connais pas *llles malins* de Paris. Je… suis à Sau, au, aumur, moi, voyez-vous ! Mes proovins ! mes fooossés, et en, enfin, j'ai mes aaaffaires. Je n'ai jamais fait de bi, bi, billets. Qu'est-ce qu'un billet ? J'en, j'en, j'en ai beau, beaucoup reçu, je n'en ai jamais si, si, signé. Ça, aaa se ssse touche, ça s'essscooompte. Voilllà toooout ce qu, qu, que je sais. J'ai en, en, en, entendu di, di, dire qu'onooon pou, ou, ouvait rachechecheter les bi, bi, bi…

— Oui, dit le président. L'on peut acquérir les billets sur la place, moyennant tant pour cent. Comprenez-vous ?

Grandet se fit un cornet de sa main, l'appliqua sur son oreille, et le président lui répéta sa phrase.

— Mais, répondit le vigneron, il y a ddddonc à boire et à manger dan, dans tout cela. Je, je, je ne sais rien, à mon âââge, de toooutes ce, ce, ces chooooses-là. Je doi, dois re, ester i, i, ici pour ve, ve, veiller au grain. Le grain s'aama, masse, et c'e, c'e, c'est aaavec le grain qu'on pai, paie. Aavant tout, faut ve, ve, veiller aux, aux ré, ré, récoltes. J'ai des aaafaires ma, ma, majeures à Froidfond et des inté, té, téressantes. Je ne puis pas a, a, abandonner ma, ma, ma maison pooour des *em, em, embrrrrrououilllllami gentes* [1] de, de, de toooous les di, diaâblles, où je ne cooompre, prends rien. Voous dites que, que je devrais, pour li, li, li, liquider, pour arrêter la déclaration de faillite, être à Paris. On ne peut pas se troooou, ouver à la fois en, en en deux endroits, à moins d'être, pe, pe, pe, petit oiseau... Et...

— Et je vous entends, s'écria le notaire. Eh ! bien mon vieil ami, vous avez des amis, de vieux amis, capables de dévouement pour vous.

— Allons donc, pensait en lui-même le vigneron, décidez-vous donc !

— Et si quelqu'un partait pour Paris, y cherchait le plus fort créancier de votre frère Guillaume, lui disait...

— Mi, min, minute, ici, reprit le bonhomme, lui disait. Quoi ? Quelque, que cho, chooo, chose

___

1. *Embrouillamini gentes* : en latin très approximatif, des affaires bonnes pour embrouiller les gens.

co, co, comme ça : « Monsieur Grandet de Saumur pa, pa, par ci, monsieur Grandet, det, det, det de Saumur par là. Il aime son frère, il aime son ne, ne, neveu. Grandet est un bon pa, pa, parent, et il a de très bonnes intentions. Il a bien vendu sa ré, ré, récolte. Ne déclarez pas la fa, fa, fâ, fâ, faillite, aaassemblez-vous, no, no, nommez des li, li, liquidateurs. Aaalors Grandet ve, éé, erra. Voous au, au, aurez ez bien davantage en liquidant qu'en lai, lai, laissant les gens de justice y mettre le né, né, nez... » Hein ! pas vrai ?

— Juste ! dit le président.

— Parce que, voyez-vous, monsieur de Bon, Bon, Bon, fons, faut voir avant de se dé, décider. Qui ne, ne, ne peut, ne, ne peut. En toute af, af, affaire oooénéreuse, poour ne pas se ru, ru, rui, ruiner, il faut connaître les ressources et les charges. Hein ! pas vrai ?

— Certainement, dit le président. Je suis d'avis, moi, qu'en quelques mois de temps, l'on pourra racheter les créances pour une somme de, et payer intégralement par arrangement. Ha ! ha ! l'on mène les chiens bien loin en leur montrant un morceau de lard. Quand il n'y a pas eu de déclaration de faillite et que vous tenez les titres de créances, vous devenez blanc comme neige.

— Comme né, né, neige, répéta Grandet en refaisant un cornet de sa main. Je ne comprends pas la né, né, neige.

— Mais, cria le président, écoutez-moi donc, alors.

— J'é, j'é, j'écoute.

— Un effet est une marchandise qui peut avoir sa hausse et sa baisse. Ceci est une déduction du principe de Jérémie Bentham sur l'usure. Ce publiciste a prouvé que le préjugé qui frappait de réprobation les usuriers était une sottise.

— Ouais ! fit le bonhomme.

— Attendu qu'en principe, selon Bentham, l'argent est une marchandise, et que ce qui représente l'argent devient également marchandise, reprit le président ; attendu qu'il est notoire que, soumise aux variations habituelles qui régissent les choses commerciales, la marchandise-billet, portant telle ou telle signature, comme tel ou tel article, abonde ou manque sur la place, qu'elle est chère ou tombe à rien, le tribunal ordonne... (tiens ! que je suis bête, pardon), je suis d'avis que vous pourrez racheter votre frère pour vingt-cinq du cent.

— Vooous le no, no, no, nommez Jé, Jé, Jé. Jérémie Ben...

— Bentham, un Anglais.

— Ce Jérémie-là nous fera éviter bien des lamentations dans les affaires, dit le notaire en riant.

— Ces Anglais ont qué, qué, quelquefois du bon, on sens, dit Grandet. Ainsi, se, se, se, selon Ben, Ben, Ben, Bentham, si les effets de mon frère... va, va, va, va, valent... ne valent pas. Si. Je, je, je dis bien, n'est-ce pas ? Cela me paraît clair... Les créanciers seraient... Non, ne seraient pas. Je m'een, entends.

— Laissez-moi vous expliquer tout ceci, dit le président. En droit, si vous possédez les titres de toutes les créances dues par la maison Grandet, votre frère ou ses hoirs ne doivent rien à personne. Bien.

— Bien, répéta le bonhomme.

— En équité, si les effets de votre frère se négocient (négocient, entendez-vous bien ce terme ?) sur la place à tant pour cent de perte ; si l'un de vos amis a passé par là, s'il les a rachetés, les créanciers n'ayant été contraints par aucune violence à les donner, la succession de feu Grandet de Paris se trouve loyalement quitte.

— C'est vrai, les a, a, a, affaires sont les affaires, dit le tonnelier. Cela pooooosé... Mais, néanmoins, vous compre, ne, ne, ne, nez, que c'est di, di, di, difficile. Je, je, je n'ai pas d'aaargent, ni, ni, ni le temps, ni le temps, ni...

— Oui, vous ne pouvez pas vous déranger. Hé ! bien je vous offre d'aller à Paris (vous me tiendriez compte du voyage, c'est une misère). J'y vois les créanciers, je leur parle, j'atermoie, et tout s'arrange avec un supplément de paiement que vous ajoutez aux valeurs de la liquidation, afin de rentrer dans les titres de créances.

— Mais noooouous verrons cela, je ne, ne, ne peux pas, je, je, je ne veux pas m'en, en, en, engager sans, sans que... Qui, qui, qui, ne, ne peut, ne peut. Vooous comprenez ?

— Cela est juste.

— J'ai la tête ca, ca, cassée de ce que, que voooous, vous m'a, a, a, avez dé, dé, décliqué là. Voilà la, la, la première fois de ma vie que je, je suis fooorcé de son, songer à de...

— Oui, vous n'êtes pas jurisconsulte.

— Je, je suis un pau, pau, pauvre vigneron, et ne sais rien de ce que vou, vou, vous venez de dire ; il fau, fau, faut que j'é, j'é, j'étudie çççâ.

— Hé ! bien, reprit le président en se posant comme pour résumer la discussion.

— Mon neveu ?... fit le notaire d'un ton de reproche en l'interrompant.

— Hé ! bien, mon oncle, répondit le président.

— Laisse donc monsieur Grandet t'expliquer ses intentions. Il s'agit en ce moment d'un mandat important. Notre cher ami doit le définir congrûm...

Un coup de marteau qui annonça l'arrivée de la famille des Grassins, leur entrée et leurs salutations empêchèrent Cruchot d'achever sa phrase. Le notaire fut content de cette interruption ; déjà Grandet le regardait de travers, et sa loupe indiquait un orage intérieur. Mais d'abord le prudent notaire ne trouvait pas convenable à un président de tribunal de première instance d'aller à Paris pour y faire capituler des créanciers et y prêter les mains à un tripotage qui froissait les lois de la stricte probité ; puis, n'ayant pas encore entendu le père Grandet exprimant la moindre velléité de payer quoi que ce fût, il tremblait instinctivement de voir son neveu engagé dans cette affaire. Il profita donc du moment où les des Grassins entraient pour prendre le président par le bras et l'attirer dans l'embrasure de la fenêtre.

— Tu t'es bien suffisamment montré, mon neveu ; mais assez de dévouement comme ça. L'envie d'avoir la fille t'aveugle. Diable ! il n'y faut pas aller comme une corneille qui abat des noix. Laisse-moi maintenant conduire la barque, aide seulement à la manœuvre. Est-ce bien ton rôle de compromettre ta dignité de magistrat dans une pareille...

Il n'acheva pas ; il entendait monsieur des Grassins disant au vieux tonnelier en lui tendant la main : « Grandet, nous avons appris l'affreux malheur arrivé dans votre famille, le désastre de la maison Guillaume Grandet et la mort de votre frère ; nous venons vous exprimer toute la part que nous prenons à ce triste événement. »

— Il n'y a d'autre malheur, dit le notaire en interrompant le banquier, que la mort de monsieur Grandet junior. Encore ne se serait-il pas tué s'il avait eu l'idée d'appeler son frère à son secours.

Notre vieil ami, qui a de l'honneur jusqu'au bout des ongles, compte liquider les dettes de la maison Grandet de Paris. Mon neveu le président, pour lui éviter les tracas d'une affaire toute judiciaire, lui offre de partir sur-le-champ pour Paris, afin de transiger avec les créanciers et les satisfaire convenablement.

Ces paroles, confirmées par l'attitude du vigneron, qui se caressait le menton, surprirent étrangement les trois des Grassins, qui pendant le chemin avaient médit tout à loisir de l'avarice de Grandet en l'accusant presque d'un fratricide.

— Ah ! je le savais bien, s'écria le banquier en regardant sa femme. Que te disais-je en route, madame des Grassins ? Grandet a de l'honneur jusqu'au bout des cheveux, et ne souffrira pas que son nom reçoive la plus légère atteinte ! L'argent sans l'honneur est une maladie [1]. Il y a de l'honneur dans nos provinces ! Cela est bien, très bien, Grandet. Je suis un vieux militaire, je ne sais pas déguiser ma pensée ; je la dis rudement : cela est, mille tonnerres ! sublime.

— Aaalors llle su... su... sub... sublime est bi... bi... bien cher, répondit le bonhomme pendant que le banquier lui secouait chaleureusement la main.

— Mais ceci, mon brave Grandet, n'en déplaise à monsieur le président, reprit des Grassins, est une affaire purement commerciale, et veut un négociant consommé. Ne faut-il pas se connaître aux comptes de retour, débours, calculs d'intérêts ? Je dois aller à Paris pour mes affaires, et je pourrais alors me charger de...

— Nous verrions donc à tâ... tâ... tâcher de

---

1. « Mais sans argent l'honneur n'est qu'une maladie » (Racine, *Les Plaideurs*, acte I, scène 1).

nous aaaarranger tou... tous deux dans les po...
po... po... possibilités relatives et sans m'en...
m'en... m'engager à quelque chose que je... je...
je... ne vooou... oudrais pas faire, dit Grandet en
bégayant. Parce que, voyez-vous, monsieur le président me demandait naturellement les frais du
voyage.

Le bonhomme ne bredouilla plus ces derniers
mots.

— Eh ! dit madame des Grassins, mais c'est un
plaisir que d'être à Paris. Je paierais volontiers
pour y aller, moi.

Et elle fit un signe à son mari comme pour
l'encourager à souffler cette commission à leurs
adversaires coûte que coûte ; puis elle regarda fort
ironiquement les deux Cruchot, qui prirent une
mine piteuse. Grandet saisit alors le banquier par
un des boutons de son habit et l'attira dans un
coin.

— J'aurais bien plus de confiance en vous que
dans le président, lui dit-il. Puis il y a des anguilles sous roche, ajouta-t-il en remuant sa loupe. Je
veux me mettre dans la rente ; j'ai quelques milliers de francs de rente à faire acheter, et je ne veux
placer qu'à quatre-vingts francs. Cette mécanique
baisse, dit-on à la fin des mois. Vous vous connaissez à ça, pas vrai ?

— Pardieu ! Eh ! bien, j'aurais donc quelque
mille livres de rente à lever pour vous ?

— Pas grand'chose pour commencer. *Motus !*
Je veux jouer ce jeu-là sans qu'on n'en sache rien.
Vous me concluriez un marché pour la fin du
mois ; mais n'en dites rien aux Cruchot, ça les
taquinerait. Puisque vous allez à Paris, nous y verrons en même temps, pour mon pauvre neveu, de
quelle couleur sont les atouts.

— Voilà qui est entendu. Je partirai demain en poste, dit à haute voix des Grassins, et je viendrai prendre vos dernières instructions à... à quelle heure ?

— A cinq heures, avant le dîner, dit le vigneron en se frottant les mains.

Les deux partis restèrent encore quelques instants en présence. Des Grassins dit après une pause en frappant sur l'épaule de Grandet : « Il fait bon avoir de bons parents comme ça... »

— Oui, oui, sans que ça paraisse, répondit Grandet, je suis un bon pa... parent. J'aimais mon frère, et je le prouverai bien si si ça ne coûte pas...

— Nous allons vous quitter, Grandet, lui dit le banquier en l'interrompant heureusement avant qu'il achevât sa phrase. Si j'avance mon départ, il faut mettre en ordre quelques affaires.

— Bien, bien. Moi-même, raa... apport à ce que vouvous savez, je je vais me rereretirer dans ma cham... ambre des dédélibérations, comme dit le le président Cruchot.

— Peste ! je ne suis plus monsieur de Bonfons, pensa tristement le magistrat dont la figure prit l'expression de celle d'un juge ennuyé par une plaidoirie.

Les chefs des deux familles rivales s'en allèrent ensemble. Ni les uns ni les autres ne songeaient plus à la trahison dont s'était rendu coupable Grandet le matin envers le pays vignoble, et se sondèrent mutuellement, mais en vain, pour connaître ce qu'ils pensaient sur les intentions réelles du bonhomme en cette nouvelle affaire.

— Venez-vous chez madame d'Orsonval avec nous ? dit des Grassins au notaire.

— Nous irons plus tard, répondit le président. Si mon oncle le permet, j'ai promis à mademoiselle de Gribeaucourt de lui dire un petit bonsoir, et nous nous y rendrons d'abord.

— Au revoir donc, messieurs, dit madame des Grassins. Et, quand les des Grassins furent à quelques pas des deux Cruchot, Adolphe dit à son père : « Ils fument joliment, hein ? »

— Tais-toi donc, mon fils, lui répliqua sa mère, ils peuvent encore nous entendre. D'ailleurs, ce que tu dis n'est pas de bon goût et sent l'Ecole de Droit.

— Eh ! bien, mon oncle, s'écria le magistrat quand il vit les des Grassins éloignés, j'ai commencé par être le président de Bonfons, et j'ai fini par être tout simplement un Cruchot.

— J'ai bien vu que ça te contrariait ; mais le vent était aux des Grassins. Es-tu bête, avec tout ton esprit ?... Laisse-les s'embarquer sur un *nous verrons* du père Grandet, et tiens-toi tranquille, mon petit : Eugénie n'en sera pas moins ta femme.

En quelques instants la nouvelle de la magnanime résolution de Grandet se répandit dans trois maisons à la fois, et il ne fut plus question dans toute la ville que de ce dévouement fraternel. Chacun pardonnait à Grandet sa vente faite au mépris de la foi jurée entre les propriétaires, en admirant son honneur, en vantant une générosité dont on ne le croyait pas capable. Il est dans le caractère français de s'enthousiasmer, de se colérer, de se passionner pour le météore du moment, pour les bâtons flottants de l'actualité. Les êtres collectifs, les peuples, seraient-ils donc sans mémoire ?

Quand le père Grandet eut fermé sa porte, il appela Nanon.

— Ne lâche pas le chien et ne dors pas, nous avons à travailler ensemble. A onze heures, Cornoiller doit se trouver à ma porte avec le berlingot de Froidfond. Ecoute-le venir afin de l'empêcher de cogner, et dis-lui d'entrer tout bellement. Les lois de police défendent le tapage nocturne. D'ailleurs le quartier n'a pas besoin de savoir que je vais me mettre en route.

Ayant dit, Grandet remonta dans son laboratoire, où Nanon l'entendit remuant, fouillant, allant, venant, mais avec précaution. Il ne voulait évidemment réveiller ni sa femme, ni sa fille, et surtout ne point exciter l'attention de son neveu, qu'il avait commencé par maudire en apercevant de la lumière dans sa chambre. Au milieu de la nuit, Eugénie, préoccupée de son cousin, crut avoir entendu la plainte d'un mourant, et pour elle ce mourant était Charles : elle l'avait quitté si pâle, si désespéré ! peut-être s'était-il tué. Soudain elle s'enveloppa d'une coiffe, espèce de pelisse à capuchon, et voulut sortir. D'abord une vive lumière qui passait par les fentes de sa porte lui donna peur du feu ; puis elle se rassura bientôt en entendant les pas pesants de Nanon et sa voix mêlée au hennissement de plusieurs chevaux.

— Mon père enlèverait-il mon cousin ? se dit-elle en entrouvrant sa porte avec assez de précaution pour l'empêcher de crier, mais de manière à voir ce qui se passait dans le corridor.

Tout à coup son œil rencontra celui de son père, dont le regard, quelque vague et insouciant qu'il fût, la glaça de terreur. Le bonhomme et Nanon étaient accouplés par un gros gourdin dont chaque bout reposait sur leur épaule droite et soutenait un câble auquel était attaché un barillet semblable à ceux que le père Grandet s'amusait à faire dans son fournil à ses moments perdus.

— Sainte Vierge ! monsieur, ça pèse-t-i ! dit à voix basse la Nanon.

— Quel malheur que ce ne soit que des gros

sous ! répondit le bonhomme. Prends garde de heurter le chandelier.

Cette scène était éclairée par une seule chandelle placée entre deux barreaux de la rampe.

— Cornoiller, dit Grandet à son garde *in partibus* [1], as-tu pris tes pistolets ?

— Non, monsieur. Pardé ! quoi qu'il y a donc à craindre pour vos gros sous ?...

— Oh ! rien, dit le père Grandet.

— D'ailleurs nous irons vite, reprit le garde, vos fermiers ont choisi pour vous leurs meilleurs chevaux.

— Bien, bien. Tu ne leur as pas dit où j'allais ?

— Je ne le savais point.

— Bien. La voiture est solide ?

— Ça, notre maître ? ah ! ben, ça porterait trois mille. Qu'est-ce que ça pèse donc vos méchants barils ?

— Tiens, dis Nanon ! je le savons bien ! Y a ben près de dix-huit cents.

— Veux-tu te taire, Nanon ! Tu diras à ma femme que je suis allé à la campagne. Je serai revenu pour dîner. Va bon train, Cornoiller, faut être à Angers avant neuf heures.

La voiture partit. Nanon verrouilla la grande porte, lâcha le chien, se coucha l'épaule meurtrie, et personne dans le quartier ne soupçonna ni le départ de Grandet ni l'objet de son voyage. La discrétion du bonhomme était complète. Personne ne voyait jamais un sou dans cette maison pleine d'or. Après avoir appris dans la matinée par les causeries du port que l'or avait doublé de prix par suite de nombreux armements entrepris à Nantes, et que

1. *In partibus* : se dit d'une fonction dont on a le titre sans en avoir les responsabilités.

des spéculateurs étaient arrivés à Angers pour en acheter, le vieux vigneron, par un simple emprunt de chevaux fait à ses fermiers, se mit en mesure d'aller y vendre le sien et d'en rapporter en valeurs du receveur général sur le trésor la somme nécessaire à l'achat de ses rentes après l'avoir grossie de l'agio.

— Mon père s'en va, dit Eugénie qui du haut de l'escalier avait tout entendu. Le silence était rétabli dans la maison, et le lointain roulement de la voiture, qui cessa par degrés, ne retentissait déjà plus dans Saumur endormi. En ce moment, Eugénie entendit en son cœur, avant de l'écouter par l'oreille, une plainte qui perça les cloisons, et qui venait de la chambre de son cousin. Une bande lumineuse, fine autant que le tranchant d'un sabre, passait par la fente de la porte et coupait horizontalement les balustres du vieil escalier. — Il souffre, dit-elle en grimpant deux marches. Un second gémissement la fit arriver sur le palier de la chambre. La porte était entr'ouverte, elle la poussa. Charles dormait la tête penchée en dehors du vieux fauteuil, sa main avait laissé tomber la plume et touchait presque à terre. La respiration saccadée que nécessitait la posture du jeune homme effraya soudain Eugénie, qui entra promptement. — Il doit être bien fatigué, se dit-elle en regardant une dizaine de lettres cachetées, elle en lut les adresses : A messieurs Farry, Breilman et Cie, carrossiers. — A monsieur Buisson, tailleur, etc. — Il a sans doute arrangé toutes ses affaires pour pouvoir bientôt quitter la France, pensa-t-elle. Ses yeux tombèrent sur deux lettres ouvertes. Ces mots qui en commençaient une : « Ma chère Annette… » lui causèrent un éblouissement. Son cœur palpita, ses pieds se clouèrent sur le carreau. Sa chère

Annette, il aime, il est aimé ! Plus d'espoir ! Que lui dit-il ? Ces idées lui traversèrent la tête et le cœur. Elle lisait ces mots partout, même sur les carreaux, en traits de flammes. — Déjà renoncer à lui ! Non, je ne lirai pas cette lettre. Je dois m'en aller. Si je la lisais, cependant ? Elle regarda Charles, lui prit doucement la tête, la posa sur le dos du fauteuil, et il se laissa faire comme un enfant qui, même en dormant, connaît encore sa mère et reçoit, sans s'éveiller, ses soins et ses baisers. Comme une mère, Eugénie releva la main pendante, et, comme une mère, elle baisa doucement les cheveux. « Chère Annette ! » Un démon lui criait ces deux mots aux oreilles. — Je sais que je fais peut-être mal, mais je lirai la lettre, dit-elle. Eugénie détourna la tête, car sa noble probité gronda. Pour la première fois de sa vie, le bien et le mal étaient en présence dans son cœur. Jusque-là elle n'avait eu à rougir d'aucune action. La passion, la curiosité l'emportèrent. A chaque phrase, son cœur se gonfla davantage et l'ardeur piquante qui anima sa vie pendant cette lecture lui rendit encore plus friands les plaisirs du premier amour.

« Ma chère Annette, rien ne devait nous séparer, si ce n'est le malheur qui m'accable et qu'aucune prudence humaine n'aurait su prévoir. Mon père s'est tué, sa fortune et la mienne sont entièrement perdues. Je suis orphelin à un âge où, par la nature de mon éducation, je puis passer pour un enfant ; et je dois néanmoins me relever homme de l'abîme où je suis tombé. Je viens d'employer une partie de cette nuit à faire mes calculs. Si je veux quitter la France en honnête homme, et ce n'est pas un doute, je n'ai pas cent francs à moi pour aller tenter le sort aux Indes ou en Amérique. Oui, ma pauvre Anna, j'irai chercher la for-

146

tune sous les climats les plus meurtriers. Sous de tels cieux, elle est sûre et prompte, m'a-t-on dit. Quant à rester à Paris, je ne saurais. Ni mon âme ni mon visage ne sont faits à supporter les affronts, la froideur, le dédain qui attendent l'homme ruiné, le fils du failli ! Bon Dieu ! devoir deux millions ?... J'y serais tué en duel dans la première semaine. Aussi n'y retournerai-je point. Ton amour, le plus tendre et le plus dévoué qui jamais ait ennobli le cœur d'un homme ne saurait m'y attirer. Hélas ! ma bien-aimée, je n'ai point assez d'argent pour aller là où tu es, donner, recevoir un dernier baiser, un baiser où je puiserais la force nécessaire à mon entreprise. »

— Pauvre Charles, j'ai bien fait de lire ! J'ai de l'or, je le lui donnerai, dit Eugénie.

Elle reprit sa lecture après avoir essuyé ses pleurs.

« Je n'avais point encore songé aux malheurs de la misère. Si j'ai les cent louis indispensables au passage, je n'aurai pas un sou pour me faire une pacotille. Mais non, je n'aurai ni cent louis ni un louis, je ne connaîtrai ce qui me restera d'argent qu'après le règlement de mes dettes à Paris. Si je n'ai rien, j'irai tranquillement à Nantes, je m'y embarquerai simple matelot, et je commencerai là-bas comme ont commencé les hommes d'énergie qui, jeunes, n'avaient pas un sou, et sont revenus, riches, des Indes. Depuis ce matin, j'ai froidement envisagé mon avenir. Il est plus horrible pour moi que pour tout autre, moi, choyé par une mère qui m'adorait, chéri par le meilleur des pères, et qui, à mon début dans le monde, ai rencontré l'amour d'une Anna ! Je n'ai connu que les fleurs de la vie : ce bonheur ne pouvait pas durer. J'ai néanmoins, ma chère Annette, plus de courage qu'il n'était permis à un insouciant jeune homme d'en avoir, surtout à un jeune homme habitué aux cajoleries de la plus délicieuse femme de Paris, bercé dans les joies de la famille, à qui tout souriait au logis, et dont les désirs étaient des lois pour un père... Oh ! mon père, Annette, il est mort... Eh ! bien, j'ai réfléchi à ma position, j'ai réfléchi à la tienne aussi. J'ai bien vieilli en vingt-quatre heures. Chère Anna, si, pour me garder près de toi, dans Paris, tu sacrifiais toutes les puissances de ton luxe, ta toilette, ta loge à l'Opéra, nous n'arriverions pas encore au chiffre des dépenses nécessaires à ma vie dissipée ; puis je ne saurais accepter tant de sacrifices. Nous nous quittons donc aujourd'hui pour toujours. »

— Il la quitte, Sainte Vierge ! Oh ! bonheur !...

Eugénie sauta de joie. Charles fit un mouvement, elle en eut froid de terreur ! mais, heureusement pour elle, il ne s'éveilla pas. Elle reprit :

« Quand reviendrai-je ? je ne sais. Le climat des Indes vieillit promptement un Européen, et surtout un Européen qui travaille. Mettons-nous à dix ans d'ici. Dans dix ans, ta fille aura dix-huit ans, elle sera ta compagne, ton espion. Pour toi, le monde sera bien cruel, ta fille le sera peut-être davantage. Nous avons vu des exemples de ces jugements mondains et de ces ingratitudes de jeunes filles ; sachons en profiter. Garde au fond de ton âme comme je le garderai moi-même le souvenir de ces quatre années de bonheur, et sois fidèle, si tu peux, à ton pauvre ami. Je ne saurais toutefois l'exiger, parce que, vois-tu, ma chère Annette, je dois me conformer à ma position, voir bourgeoisement la vie, et la chiffrer au plus vrai. Donc je dois penser au mariage, qui devient une nécessité de ma nouvelle existence ; et je t'avouerai que j'ai trouvé ici, à Saumur, chez mon oncle, une cousine dont les manières, la figure, l'esprit et le cœur te plairaient, et qui, en outre, me paraît avoir… »

— Il devait être bien fatigué, pour avoir cessé de lui écrire, se dit Eugénie en voyant la lettre arrêtée au milieu de cette phrase.

Elle le justifiait ! N'était-il pas impossible alors que cette innocente fille s'aperçût de la froideur empreinte dans cette lettre ? Aux jeunes filles religieusement élevées, ignorantes et pures, tout est amour dès qu'elles mettent le pied dans les régions enchantées de l'amour. Elles y marchent entourées de la céleste lumière que leur âme projette, et qui rejaillit en rayons sur leur amant ; elles le colorent des feux de leur propre sentiment et lui prêtent leurs belles pensées. Les erreurs de la femme viennent presque toujours de sa croyance au bien, ou dans sa confiance dans le vrai. Pour Eugénie, ces mots : « Ma chère Annette, ma bien-aimée », lui résonnaient au cœur comme le plus joli langage de l'amour, et lui caressaient l'âme comme, dans son enfance, les notes divines du *Venite adoremus* [1], redites par l'orgue, lui caressèrent l'oreille. D'ailleurs, les larmes qui baignaient encore les yeux de Charles lui accusaient toutes les noblesses de cœur par lesquelles une jeune fille doit être séduite. Pouvait-elle savoir que si Charles aimait tant son père et le pleurait si véritablement, cette tendresse venait moins de la bonté de son cœur que des bontés parternelles ? Monsieur et madame Guillaume Grandet, en satisfaisant toujours les fantaisies de leur fils, en lui donnant tous les plaisirs de la fortune, l'avaient empêché de faire

---

1. *Venite adoremus* : Venez, adorons (le Seigneur). Psaume XCIV.

les horribles calculs dont sont plus ou moins coupables, à Paris, la plupart des enfants quand, en présence des jouissances parisiennes, ils forment des désirs et conçoivent des plans qu'ils voient avec chagrin incessamment ajournés et retardés par la vie de leurs parents. La prodigalité du père alla donc jusqu'à semer dans le cœur de son fils un amour filial vrai, sans arrière-pensée. Néanmoins, Charles était un enfant de Paris, habitué par les mœurs de Paris, par Annette elle-même, à tout calculer, déjà vieillard sous le masque du jeune homme. Il avait reçu l'épouvantable éducation de ce monde où, dans une soirée, il se commet en pensées, en paroles, plus de crimes que la Justice n'en punit aux Cours d'assises, où les bons mots assassinent les plus grandes idées, où l'on ne passe pour fort qu'autant que l'on voit juste ; et là, voir juste, c'est ne croire à rien, ni aux sentiments, ni aux hommes, ni même aux événements : on y fait de faux événements. Là, pour voir juste, il faut peser, chaque matin, la bourse d'un ami, savoir se mettre politiquement au-dessus de tout ce qui arrive ; provisoirement, ne rien admirer, ni les œuvres d'art, ni les nobles actions, et donner pour mobile à toute chose l'intérêt personnel. Après mille folies, la grande dame, la belle Annette, forçait Charles à penser gravement ; elle lui parlait de sa position future, en lui passant dans les cheveux une main parfumée ; en lui refaisant une boucle, elle lui faisait calculer la vie : elle le féminisait et le matérialisait. Double corruption, mais corruption élégante et fine, de bon goût.

— Vous êtes niais, Charles, lui disait-elle. J'aurai bien de la peine à vous apprendre le monde. Vous avez été très mal pour monsieur des Lupeaulx. Je sais bien que c'est un homme peu honorable ; mais attendez qu'il soit sans pouvoir, alors vous le mépriserez à votre aise. Savez-vous ce que madame Campan nous disait ? Mes enfants, tant qu'un homme est au Ministère, adorez-le ; tombe-t-il, aidez à le traîner à la voirie. Puissant, il est une espèce de dieu ; détruit, il est au-dessous de Marat dans son égout, parce qu'il vit et que Marat était mort. La vie est une suite de combinaisons, et il faut les étudier, les suivre, pour arriver à se maintenir toujours en bonne position.

Charles était un homme trop à la mode, il avait été trop constamment heureux par ses parents, trop adulé par le monde pour avoir de grands sentiments. Le grain d'or que sa mère lui avait jeté au cœur s'était étendu dans la filière parisienne, il l'avait employé en superficie et devait l'user par le frottement. Mais Charles n'avait encore que vingt et un ans. A cet âge, la fraîcheur de la vie semble inséparable de la candeur de l'âme. La voix, le regard, la figure paraissent en harmonie avec les sentiments. Aussi le juge le plus dur, l'avoué le plus incrédule, l'usurier le moins facile hésitent-ils toujours à croire à la vieillesse du cœur, à la corruption des calculs, quand les yeux nagent encore dans un fluide pur, et qu'il n'y a point de rides sur le front. Charles n'avait jamais eu l'occasion d'appliquer les maximes de la morale parisienne, et jusqu'à ce jour il était beau d'inexpérience. Mais, à son insu, l'égoïsme lui avait été inoculé. Les germes de l'économie politique à l'usage du Parisien, latents en son cœur, ne devaient pas tarder à y fleurir, aussitôt que de spectateur oisif il deviendrait acteur dans le drame de la vie réelle. Presque toutes les jeunes filles s'abandonnent aux douces promesses de ces dehors ; mais Eugénie eût-elle été prudente et observatrice autant que le sont certaines filles en province, aurait-elle pu se défier de son cousin, quand chez lui, les manières, les paroles et les actions s'accordaient encore avec les inspirations du cœur ? Un hasard, fatal pour elle, lui fit essuyer les dernières effusions de sensibilité vraie qui fût en ce jeune cœur, et entendre, pour ainsi dire, les derniers soupirs de la conscience. Elle laissa donc cette lettre pour elle pleine d'amour, et se mit complaisamment à contempler son cousin endormi : les fraîches illusions de la vie jouaient encore pour elle sur ce visage, elle se jura d'abord à elle-même de l'aimer toujours. Puis elle jeta les yeux sur l'autre lettre sans attacher beaucoup d'importance à cette indiscrétion ; et, si elle commença de la lire, ce fut pour acquérir de nouvelles preuves des nobles qualités que, semblable à toutes les femmes, elle prêtait à celui qu'elle choisissait.

« Mon cher Alphonse, au moment où tu liras cette lettre je n'aurai plus d'amis ; mais je t'avoue qu'en doutant de ces gens du monde habitués à prodiguer ce mot, je n'ai pas douté de ton amitié. Je te charge donc d'arranger mes affaires, et compte sur toi, pour tirer un bon parti de tout ce que je possède. Tu dois maintenant connaître ma position. Je n'ai plus rien, et veux partir pour les Indes. Je viens d'écrire à toutes les personnes auxquelles je crois devoir quelque argent, et tu en trouveras ci-joint la liste aussi exacte qu'il m'est possible de la donner de mémoire. Ma bibliothèque, mes meubles, mes voitures, mes chevaux, etc., suffiront, je crois, à payer mes dettes. Je ne veux me réserver que les babioles sans valeur qui seront susceptibles de me faire un commencement de pacotille. Mon cher Alphonse, je t'enverrai d'ici, pour cette vente, une procuration régulière, en cas de contestations. Tu m'adresseras toutes mes armes. Puis tu garderas pour toi Briton. Personne ne voudrait donner le prix de cette admirable bête, j'aime mieux te l'offrir, comme la bague d'usage que lègue un mourant à son exécuteur testamentaire. On m'a fait une très *comfortable*[1] voiture de voyage chez les Farry, Breilman et Cie, mais ils ne l'ont pas livrée, obtiens d'eux qu'ils la gardent sans me demander d'indemnité ; s'ils se refusaient à cet arrangement, évite tout ce qui pourrait entacher ma loyauté, dans les circonstances où je me trouve. Je dois six louis à l'insulaire, perdus au jeu, ne manque pas de les lui... »

— Cher cousin, dit Eugénie en laissant la lettre, et se sauvant à petits pas chez elle avec une des bougies allumées. Là ce ne fut pas sans une vive émotion de plaisir qu'elle ouvrit le tiroir d'un vieux meuble en chêne, l'un des plus beaux ouvrages de l'époque nommée la *Renaissance*, et sur lequel se voyait encore, à demi effacée, la fameuse Salamandre royale. Elle y prit une grosse bourse en velours rouge à glands d'or, et bordée de cannetille usée, provenant de la succession de sa grandmère. Puis elle pesa fort orgueilleusement cette bourse, et se plut à vérifier le compte oublié de son petit pécule. Elle sépara d'abord vingt portugaises encore neuves, frappées sous le règne de Jean V, en 1725, valant réellement au change cinq lisbonines ou chacune cent soixante-huit francs soixante-quatre centimes, lui disait son père, mais dont la valeur conventionnelle était de cent quatrevingts francs, attendu la rareté, la beauté desdites pièces qui reluisaient comme des soleils. ITEM,

---

1. *Comfortable* : Balzac écrit à l'anglaise ce mot qui, à l'époque, était encore un néologisme.

cinq génovines ou pièces de cent livres de Gênes, autre monnaie rare et valant quatre-vingt-sept francs au change, mais cent francs pour les amateurs d'or. Elles lui venaient du vieux monsieur La Bertellière. ITEM, trois quadruples d'or espagnols de Philippe V, frappés en 1729, donnés par madame Gentillet, qui, en les lui offrant, lui disait toujours la même phrase : « Ce cher serin-là, ce petit jaunet, vaut quatre-vingt-dix-huit livres ! Gardez-le bien, ma mignonne, ce sera la fleur de votre trésor. » ITEM, ce que son père estimait le plus (l'or de ces pièces était à vingt-trois carats et une fraction), cent ducats de Hollande, fabriqués en l'an 1756, et valant près de treize francs. ITEM, une grande curiosité !... des espèces de médailles précieuses aux avares, trois roupies au signe de la Balance, et cinq roupies au signe de la Vierge, toutes d'or pur à vingt-quatre carats, la magnifique monnaie du Grand-Mogol, et dont chacune valait trente-sept francs quarante centimes au poids ; mais au moins cinquante francs pour les connaisseurs qui aiment à manier l'or. ITEM, le napoléon de quarante francs reçu l'avant-veille, et qu'elle avait négligemment mis dans sa bourse rouge. Ce trésor contenait des pièces neuves et vierges, de véritables morceaux d'art desquels le père Grandet s'informait parfois, et qu'il voulait revoir, afin de détailler à sa fille les vertus intrinsèques, comme la beauté du cordon, la clarté du plat, la richesse des lettres dont les vives arêtes n'étaient pas encore rayées. Mais elle ne pensait ni à ces raretés, ni à la manie de son père, ni au danger qu'il y avait pour elle de se démunir d'un trésor si cher à son père ; non, elle songeait à son cousin, et parvint enfin à comprendre, après quelques fautes de calcul, qu'elle possédait environ cinq mille huit cents francs en valeurs réelles, qui, conventionnellement, pouvaient se vendre près de deux mille écus. A la vue de ses richesses, elle se mit à applaudir en battant des mains, comme un enfant forcé de perdre son trop-plein de joie dans les naïfs mouvements du corps. Ainsi le père et la fille avaient compté chacun leur fortune : lui, pour aller vendre son or ; Eugénie, pour jeter le sien dans un océan d'affection. Elle remit les pièces dans la vieille bourse, la prit et remonta sans hésitation. La misère secrète de son cousin lui faisait oublier la nuit, les convenances ; puis, elle était forte de sa conscience, de son dévouement, de son bonheur. Au moment où elle se montra sur le seuil de la porte, en tenant d'une main la bougie, de l'autre sa bourse, Charles se réveilla, vit sa cousine et resta béant de surprise. Eugénie s'avança, posa le flambeau sur la table et dit d'une voix émue : « Mon cousin, j'ai à vous demander pardon d'une faute grave que j'ai commise envers vous ; mais Dieu me le pardonnera, ce péché, si vous voulez l'effacer. »

— Qu'est-ce donc ? dit Charles en se frottant les yeux.

— J'ai lu ces deux lettres.

Charles rougit.

— Comment cela s'est-il fait ? reprit-elle, pourquoi suis-je montée ? En vérité, maintenant je ne le sais plus. Mais, je suis tentée de ne pas trop me repentir d'avoir lu ces lettres, puisqu'elles m'ont fait connaître votre cœur, votre âme et...

— Et quoi ? demanda Charles.

— Et vos projets, la nécessité où vous êtes d'avoir une somme...

— Ma chère cousine...

— Chut, chut, mon cousin, pas si haut, n'éveillons personne. Voici, dit-elle en ouvrant la bourse, les économies d'une pauvre fille qui n'a besoin de rien. Charles, acceptez-les. Ce matin, j'ignorais ce qu'était l'argent, vous me l'avez appris, ce n'est qu'un moyen, voilà tout. Un cousin est presque un frère, vous pouvez bien emprunter la bourse de votre sœur.

Eugénie, autant femme que jeune fille, n'avait pas prévu des refus, et son cousin restait muet.

— Eh ! bien, vous refuseriez ? demanda Eugénie dont les palpitations retentirent au milieu du profond silence.

L'hésitation de son cousin l'humilia ; mais la nécessité dans laquelle il se trouvait se représenta plus vivement à son esprit, et elle plia le genou.

— Je ne me relèverai pas que vous n'ayez pris cet or ! dit-elle. Mon cousin, de grâce, une réponse ?... que je sache si vous m'honorez, si vous êtes généreux, si...

En entendant le cri d'un noble désespoir, Charles laissa tomber des larmes sur les mains de sa cousine, qu'il saisit afin de l'empêcher de s'agenouiller. En recevant ces larmes chaudes, Eugénie sauta sur la bourse, la lui versa sur la table.

— Eh ! bien, oui, n'est-ce pas ? dit-elle en pleurant de joie. Ne craignez rien, mon cousin, vous serez riche. Cet or vous portera bonheur ; un jour vous me le rendrez ; d'ailleurs, nous nous associerons ; enfin je passerai par toutes les conditions que vous m'imposerez. Mais vous devriez ne pas donner tant de prix à ce don.

Charles put enfin exprimer ses sentiments.

— Oui, Eugénie, j'aurais l'âme bien petite, si je n'acceptais pas. Cependant, rien pour rien, confiance pour confiance.

— Que voulez-vous ? dit-elle effrayée.

— Ecoutez, ma chère cousine, j'ai là... Il s'interrompit pour montrer sur la commode une caisse carrée enveloppée d'un surtout de cuir. — Là, voyez-vous, une chose qui m'est aussi précieuse que la vie. Cette boîte est un présent de ma mère. Depuis ce matin je pensais que, si elle pouvait sortir de sa tombe, elle vendrait elle-même l'or que sa tendresse lui a fait prodiguer dans ce nécessaire ; mais, accomplie par moi, cette action me paraîtrait un sacrilège. Eugénie serra convulsivement la main de son cousin en entendant ces derniers mots. — Non, reprit-il après une légère pause, pendant laquelle tous deux ils se jetèrent un regard humide, non, je ne veux ni le détruire, ni le risquer dans mes voyages. Chère Eugénie, vous en serez dépositaire. Jamais ami n'aura confié quelque chose de plus sacré à son ami. Soyez-en juge. Il alla prendre la boîte, la sortit du fourreau, l'ouvrit et montra tristement à sa cousine émerveillée un nécessaire où le travail donnait à l'or un prix bien supérieur à celui de son poids. — Ce que vous admirez n'est rien, dit-il en poussant un ressort qui fit partir un double fond. Voilà ce qui, pour moi, vaut la terre entière. Il tira deux portraits, deux chefs-d'œuvre de madame de Mirbel, richement entourés de perles.

— Oh ! la belle personne, n'est-ce pas cette dame à qui vous écriv...

— Non, dit-il en souriant. Cette femme est ma mère, et voici mon père, qui sont votre tante et votre oncle. Eugénie, je devrais vous supplier à genoux de me garder ce trésor. Si je périssais en perdant votre petite fortune, cet or vous dédommagerait ; et, à vous seule, je puis laisser les deux portraits, vous êtes digne de les conserver ; mais détruisez-les, afin qu'après vous ils n'aillent pas en d'autres mains...

Eugénie se taisait. — Hé ! bien, oui, n'est-ce pas ? ajouta-t-il avec grâce.

En entendant les mots qu'elle venait de dire à son cousin, elle lui jeta son premier regard de femme aimante, un de ces regards où il y a presque autant de coquetterie que de profondeur ; il lui prit la main et la baisa.

— Ange de pureté ! entre nous, n'est-ce pas ?... l'argent ne sera jamais rien. Le sentiment, qui en fait quelque chose, sera tout désormais.

— Vous ressemblez à votre mère. Avait-elle la voix aussi douce que la vôtre ?

— Oh ! bien plus douce...

— Oui, pour vous, dit-elle en abaissant ses paupières. Allons, Charles, couchez-vous, je le veux, vous êtes fatigué. A demain.

Elle dégagea doucement sa main d'entre celles de son cousin, qui la reconduisit en l'éclairant. Quand ils furent tous deux sur le seuil de la porte :

— Ah ! pourquoi suis-je ruiné ? dit-il.

— Bah ! mon père est riche, je le crois, répondit-elle.

— Pauvre enfant, reprit Charles en avançant un pied dans la chambre et s'appuyant le dos au mur, il n'aurait pas laissé mourir le mien, il ne vous laisserait pas dans ce dénûment, enfin, il vivrait autrement.

— Mais il a Froidfond !

— Et que vaut Froidfond ?

— Je ne sais pas ; mais il a Noyers.

— Quelque mauvaise ferme !

— Il a des vignes et des prés...

— Des misères, dit Charles d'un air dédaigneux. Si votre père avait seulement vingt-quatre mille livres de rente, habiteriez-vous cette chambre froide et nue ? ajouta-t-il en avançant le pied gauche. — Là seront donc mes trésors, dit-il en montrant le vieux bahut pour voiler sa pensée.

— Allez dormir, dit-elle en l'empêchant d'entrer dans une chambre en désordre.

Charles se retira, et ils se dirent bonsoir par un mutuel sourire.

Tous deux ils s'endormirent dans le même rêve, et Charles commença dès lors à jeter quelques roses sur son deuil. Le lendemain matin, madame Grandet trouva sa fille se promenant, avant le déjeuner, en compagnie de Charles. Le jeune homme était encore triste comme devait l'être un malheureux descendu, pour ainsi dire, au fond de ses chagrins, et qui, en mesurant la profondeur de l'abîme où il était tombé, avait senti tout le poids de sa vie future.

— Mon père ne reviendra que pour le dîner, dit Eugénie en voyant l'inquiétude peinte sur le visage de sa mère.

Il était facile de voir dans les manières, sur la figure d'Eugénie et dans la singulière douceur que contracta sa voix, une conformité de pensée entre elle et son cousin. Leurs âmes s'étaient ardemment épousées avant peut-être même d'avoir bien éprouvé la force des sentiments par lesquels ils s'unissaient l'un à l'autre. Charles resta dans la salle, et sa mélancolie y fut respectée. Chacune des trois femmes eut à s'occuper. Grandet ayant oublié ses affaires, il vint un assez grand nombre de personnes. Le couvreur, le plombier, le maçon, les terrassiers, le charpentier, des closiers, des fermiers, les uns pour conclure des marchés relatifs à des réparations, les autres pour payer des fermages ou recevoir de l'argent. Madame Grandet et Eugénie furent donc obligées d'aller et de venir, de répondre aux interminables discours des ouvriers et des gens de la campagne. Nanon encaissait les redevances dans sa cuisine. Elle attendait toujours les ordres de son maître pour savoir ce qui devait être gardé pour la maison ou vendu au marché. L'habitude du bonhomme était, comme celle d'un grand nombre de gentilshommes campagnards, de boire son mauvais vin et de manger ses fruits gâtés. Vers cinq heures du soir, Grandet revint d'Angers, ayant eu quatorze mille francs de son or, et tenant dans son portefeuille des bons royaux qui lui portaient intérêt jusqu'au jour où il aurait à payer ses rentes. Il avait laissé Cornoiller à Angers, pour y soigner les chevaux à demi fourbus, et les ramener lentement après les avoir bien fait reposer.

— Je reviens d'Angers, ma femme, dit-il. J'ai faim.

Nanon lui cria de la cuisine :

— Est-ce que vous n'avez rien mangé depuis hier ?

— Rien, répondit le bonhomme.

Nanon apporta la soupe. Des Grassins vint prendre les ordres de son client au moment où la famille était à table. Le père Grandet n'avait seulement pas vu son neveu.

— Mangez tranquillement, Grandet, dit le banquier. Nous causerons. Savez-vous ce que vaut l'or à Angers, où l'on en est venu chercher pour Nantes ? Je vais en envoyer.

— N'en envoyez pas, répondit le bonhomme, il y en a déjà suffisamment. Nous sommes trop bons amis pour que je ne vous évite pas une perte de temps.

— Mais l'or y vaut treize francs cinquante centimes.

— Dites donc valait.

— D'où diable en serait-il venu ?

— Je suis allé cette nuit à Angers, lui répondit Grandet à voix basse.

Le banquier tressaillit de surprise. Puis une conversation s'établit entre eux d'oreille à oreille, pendant laquelle des Grassins et Grandet regardèrent Charles à plusieurs reprises. Au moment où sans doute l'ancien tonnelier dit au banquier de lui acheter cent mille livres de rente, des Grassins laissa derechef échapper un geste d'étonnement.

— Monsieur Grandet, dit-il à Charles, je pars pour Paris ; et, si vous aviez des commissions à me donner…

— Aucune, monsieur. Je vous en remercie, répondit Charles.

— Remerciez-le mieux que ça, mon neveu. Monsieur va pour arranger les affaires de la maison Guillaume Grandet.

— Y aurait-il donc quelque espoir ? demanda Charles.

— Mais, s'écria le tonnelier avec un orgueil bien joué, n'êtes-vous pas mon neveu ? Votre honneur est le nôtre. Ne vous nommez-vous pas Grandet ?

Charles se leva, saisit le père Grandet, l'embrassa, pâlit et sortit. Eugénie contemplait son père avec admiration.

— Allons, adieu, mon bon des Grassins, tout à vous, et emboisez-moi bien ces gens-là ! Les deux diplomates se donnèrent une poignée de main, l'ancien tonnelier reconduisit le banquier jusqu'à la porte ; puis, après l'avoir fermée, il revint et dit à Nanon en se plongeant dans son fauteuil : « Donne-moi du cassis ! » Mais trop ému pour rester en place, il se leva, regarda le portrait de monsieur de La Bertellière et se mit à chanter, en faisant ce que Nanon appelait des pas de danse :

Dans les gardes françaises
J'avais un bon papa.

Nanon, madame Grandet, Eugénie s'examinèrent mutuellement et en silence. La joie du vigneron les épouvantait toujours quand elle arrivait à son apogée. La soirée fut bientôt finie. D'abord le père Grandet voulut se coucher de bonne heure ; et, lorsqu'il se couchait, chez lui tout devait dormir, de même que, quand Auguste buvait, la Pologne était ivre [1]. Puis Nanon, Charles et Eugénie n'étaient pas moins las que le maître. Quant à madame Grandet, elle dormait, mangeait, buvait, marchait suivant les désirs de son mari. Néanmoins, pendant les deux heures accordées à la digestion, le tonnelier, plus facétieux qu'il ne l'avait jamais été, dit beaucoup de ses apophtegmes particuliers, dont un seul donnera la mesure de son esprit. Quand il eut avalé son cassis, il regarda le verre.

— On n'a pas plus tôt mis les lèvres à un verre qu'il est déjà vide ! Voilà notre histoire. On ne peut pas être et avoir été. Les écus ne peuvent pas rouler et rester dans votre bourse, autrement la vie serait trop belle.

Il fut jovial et clément. Lorsque Nanon vint avec son rouet : « Tu dois être lasse, lui dit-il. Laisse ton chanvre. »

— Ah ! ben !... quien, je m'ennuierais, répondit la servante.

— Pauvre Nanon ! Veux-tu du cassis ?

— Ah ! pour du cassis, je ne dis pas non ; madame le fait ben mieux que les apothicaires. Celui qu'i vendent est de la drogue.

— Ils y mettent trop de sucre, ça ne sent plus rien, dit le bonhomme.

1. Vers du roi de Prusse, Frédéric II, que Voltaire cite dans son *Epître à Catherine II*.

Le lendemain, la famille, réunie à huit heures pour le déjeuner, offrit le tableau de la première scène d'une intimité bien réelle. Le malheur avait promptement mis en rapport madame Grandet, Eugénie et Charles ; Nanon elle-même sympathisait avec eux sans le savoir. Tous quatre commencèrent à faire une même famille. Quant au vieux vigneron, son avarice satisfaite, et la certitude de voir bientôt partir le mirliflor sans avoir à lui payer autre chose que son voyage à Nantes, le rendirent presque indifférent à sa présence au logis. Il laissa les deux enfants, ainsi qu'il nomma Charles et Eugénie, libres de se comporter comme bon leur semblerait, sous l'œil de madame Grandet, en laquelle il avait d'ailleurs une entière confiance en ce qui concernait la morale publique et religieuse. L'alignement de ses prés et des fossés jouxtant la route, ses plantations de peupliers en Loire, et les travaux d'hiver dans ses clos et à Froidfond l'occupèrent exclusivement. Dès lors commença pour Eugénie le primevère[1] de l'amour. Depuis la scène de nuit pendant laquelle la cousine donna son trésor au cousin, son cœur avait suivi le trésor. Complices tous deux du même secret, ils se regardaient en s'exprimant une mutuelle intelligence, qui approfondissait leurs sentiments et les leur rendait mieux communs, plus intimes, en les mettant, pour ainsi dire, tous deux en dehors de la vie ordinaire. La parenté n'autorisait-elle pas une certaine douceur dans l'accent, une tendresse dans les regards : aussi Eugénie se plut-elle à endormir les souffrances de son cousin dans les joies enfantines d'un naissant amour. N'y a-t-il pas de gracieuses similitudes entre les commencements

1. Le primevère : le printemps.

de l'amour et ceux de la vie ? Ne berce-t-on pas l'enfant par de doux chants et de gentils regards ? Ne lui dit-on pas de merveilleuses histoires qui lui dorent l'avenir ? Pour lui l'espérance ne déploie-t-elle pas incessamment ses ailes radieuses ? Ne verse-t-il pas tour à tour des larmes de joie et de douleur ? Ne se querelle-t-il pas pour des riens, pour des cailloux avec lesquels il essaie de se bâtir un mobile palais, pour des bouquets aussitôt oubliés que coupés ? N'est-il pas avide de saisir le temps, d'avancer dans la vie ? L'amour est notre seconde transformation. L'enfance et l'amour furent même chose entre Eugénie et Charles : ce fut la passion première avec tous ses enfantillages, d'autant plus caressants pour leurs cœurs qu'ils étaient enveloppés de mélancolie. En se débattant à sa naissance sous les crêpes du deuil, cet amour n'en était d'ailleurs que mieux en harmonie avec la simplicité provinciale de cette maison en ruines. En échangeant quelques mots avec sa cousine au bord du puits, dans cette cour muette ; en restant dans ce jardinet, assis sur un banc moussu jusqu'à l'heure où le soleil se couchait, occupés à se dire de grands riens ou recueillis dans le calme qui régnait entre le rempart et la maison, comme on l'est sous les arcades d'une église, Charles comprit la sainteté de l'amour ; car sa grande dame, sa chère Annette, ne lui en avait fait connaître que les troubles orageux. Il quittait en ce moment la passion parisienne, coquette, vaniteuse, éclatante, pour l'amour pur et vrai. Il aimait cette maison dont les mœurs ne lui semblèrent plus si ridicules. Il descendait dès le matin, afin de pouvoir causer avec Eugénie quelques moments avant que Grandet ne vînt donner les provisions ; et, quand les pas du bonhomme retentissaient dans les escaliers, il se sauvait au jardin. La petite criminalité de ce rendez-vous matinal, secret même pour la mère d'Eugénie, et que Nanon faisait semblant de ne pas apercevoir, imprimait à l'amour le plus innocent du monde la vivacité des plaisirs défendus. Puis, quand, après le déjeuner, le père Grandet était parti pour aller voir ses propriétés et ses exploitations, Charles demeurait entre la mère et la fille, éprouvant des délices inconnues à leur prêter les mains pour dévider du fil, à les voir travaillant, à les entendre jaser. La simplicité de cette vie presque monastique, qui lui révéla les beautés de ces âmes auxquelles le monde était inconnu, le toucha vivement. Il avait cru ces mœurs impossibles en France, et n'avait admis leur existence qu'en Allemagne, encore n'était-ce que fabuleusement et dans les romans d'Auguste Lafontaine [1]. Bientôt pour lui Eugénie fut l'idéal de la Marguerite de Gœthe, moins la faute. Enfin de jour en jour ses regards, ses paroles ravirent la pauvre fille, qui s'abandonna délicieusement au courant de l'amour ; elle saisissait sa félicité comme un nageur saisit la branche de saule pour se tirer du fleuve et se reposer sur la rive. Les chagrins d'une prochaine absence n'attristaient-ils pas déjà les heures les plus joyeuses de ces fuyardes journées ? Chaque jour un petit événement leur rappelait la prochaine séparation. Ainsi, trois jours après le départ de des Grassins, Charles fut emmené par Grandet au Tribunal de Première Instance avec la solennité que les gens de province attachent à de tels actes, pour y signer une renonciation à la succession de son père. Répudiation terrible ! espèce d'apostasie domestique. Il alla

1. Auguste Lafontaine (1759-1831), romancier allemand.

chez maître Cruchot faire faire deux procurations, l'une pour des Grassins, l'autre pour l'ami chargé de vendre son mobilier. Puis il fallut remplir les formalités nécessaires pour obtenir un passeport à l'étranger. Enfin, quand arrivèrent les simples vêtements de deuil que Charles avait demandés à Paris, il fit venir un tailleur de Saumur et lui vendit sa garde-robe inutile. Cet acte plut singulièrement au père Grandet.

— Ah ! vous voilà comme un homme qui doit s'embarquer et qui veut faire fortune, lui dit-il en le voyant vêtu d'une redingote de gros drap noir. Bien, très bien !

— Je vous prie de croire, monsieur, lui répondit Charles, que je saurai bien avoir l'esprit de ma situation.

— Qu'est-ce que c'est que cela ? dit le bonhomme dont les yeux s'animèrent à la vue d'une poignée d'or que lui montra Charles.

— Monsieur, j'ai réuni mes boutons, mes anneaux, toutes les superfluités que je possède et qui pouvaient avoir quelque valeur ; mais, ne connaissant personne à Saumur, je voulais vous prier ce matin de...

— De vous acheter cela ? dit Grandet en l'interrompant.

— Non, mon oncle, de m'indiquer un honnête homme qui...

— Donnez-moi cela, mon neveu ; j'irai vous estimer cela là-haut, et je reviendrai vous dire ce que cela vaut, à un centime près. Or de bijou, dit-il en examinant une longue chaîne, dix-huit à dix-neuf carats.

Le bonhomme tendit sa large main et emporta la masse d'or.

— Ma cousine, dit Charles, permettez-moi de

vous offrir ces deux boutons, qui pourront vous servir à attacher des rubans à vos poignets. Cela fait un bracelet fort à la mode en ce moment.

— J'accepte sans hésiter, mon cousin, dit-elle en lui jetant un regard d'intelligence.

— Ma tante, voici le dé de ma mère, je le gardais précieusement dans ma toilette de voyage, dit Charles en présentant un joli dé d'or à madame Grandet, qui depuis six ans en désirait un.

— Il n'y a pas de remercîments possibles, mon neveu, dit la vieille mère, dont les yeux se mouillèrent de larmes. Soir et matin dans mes prières j'ajouterai la plus pressante de toutes pour vous, en disant celle des voyageurs. Si je mourais, Eugénie vous conserverait ce bijou.

— Cela vaut neuf cent quatre-vingt-neuf francs soixante-quinze centimes, mon neveu, dit Grandet en ouvrant la porte. Mais, pour vous éviter la peine de vendre cela, je vous en compterai l'argent... en livres.

Le mot en livres signifie sur le littoral de la Loire que les écus de six livres doivent être acceptés pour six francs sans déduction.

— Je n'osais vous le proposer, répondit Charles ; mais il me répugnait de brocanter mes bijoux dans la ville que vous habitez. Il faut laver son linge sale en famille, disait Napoléon. Je vous remercie donc de votre complaisance. Grandet se gratta l'oreille, et il y eut un moment de silence. — Mon cher oncle, reprit Charles en le regardant d'un air inquiet, comme s'il eût craint de blesser sa susceptibilité, ma cousine et ma tante ont bien voulu accepter un faible souvenir de moi ; veuillez à votre tour agréer des boutons de manche qui me deviennent inutiles : ils vous rappelleront un pauvre garçon qui, loin de vous, pensera certes à ceux qui désormais seront toute sa famille.

— Mon garçon ! mon garçon, faut pas te dénuer comme ça... Qu'as-tu donc, ma femme ? dit-il en se tournant avec avidité vers elle, ah ! un dé d'or. Et toi, fifille, tiens, des agrafes de diamants. Allons, je prends tes boutons, mon garçon, reprit-il en serrant la main de Charles. Mais... tu me permettras de... te payer... ton, oui... ton passage aux Indes. Oui, je veux te payer ton passage. D'autant, vois-tu, garçon, qu'en estimant tes bijoux, je n'en ai compté que l'or brut, il y a peut-être quelque chose à gagner sur les façons. Ainsi, voilà qui est dit. Je te donnerai quinze cents francs... en livres, que Cruchot me prêtera ; car je n'ai pas un rouge liard ici, à moins que Perrotet, qui est en retard de son fermage, ne me le paie. Tiens, tiens, je vais l'aller voir.

Il prit son chapeau, mit ses gants et sortit.

— Vous vous en irez donc, dit Eugénie en lui jetant un regard de tristesse mêlée d'admiration.

— Il le faut, dit-il en baissant la tête.

Depuis quelques jours, le maintien, les manières, les paroles de Charles étaient devenus ceux d'un homme profondément affligé, mais qui, sentant peser sur lui d'immenses obligations, puise un nouveau courage dans son malheur. Il ne soupirait plus, il s'était fait homme. Aussi jamais Eugénie ne présuma-t-elle mieux du caractère de son cousin qu'en le voyant descendre dans ses habits de gros drap noir, qui allaient bien à sa figure pâlie et à sa sombre contenance. Ce jour-là le deuil fut pris par les deux femmes, qui assistèrent avec Charles à un *Requiem* célébré à la paroisse pour l'âme de feu Guillaume Grandet.

Au second déjeuner, Charles reçut des lettres de Paris, et les lut.

— Hé ! bien, mon cousin, êtes-vous content de vos affaires, dit Eugénie à voix basse.

— Ne fais donc jamais de ces questions-là, ma fille, répondit Grandet. Que diable, je ne te dis pas les miennes, pourquoi fourres-tu le nez dans celles de ton cousin ? Laisse-le donc, ce garçon.

— Oh ! je n'ai point de secrets, dit Charles.

— Ta, ta, ta, mon neveu, tu sauras qu'il faut tenir sa langue en bride dans le commerce.

Quand les deux amants furent seuls dans le jardin, Charles dit à Eugénie en l'attirant sur le vieux banc où ils s'assirent sous le noyer : « J'avais bien présumé d'Alphonse, il s'est conduit à merveille. Il a fait mes affaires avec prudence et loyauté. Je ne dois rien à Paris, tous mes meubles sont bien vendus, et il m'annonce avoir, d'après les conseils d'un capitaine au long cours, employé trois mille francs qui lui restaient en une pacotille composée de curiosités européennes, desquelles on tire un excellent parti aux Indes. Il a dirigé mes colis sur Nantes, où se trouve un navire en charge pour Java. Dans cinq jours, Eugénie, il faudra nous dire adieu pour toujours peut-être, mais au moins pour longtemps. Ma pacotille et dix mille francs que m'envoient deux de mes amis sont un bien petit commencement. Je ne puis songer à mon retour avant plusieurs années. Ma chère cousine, ne mettez pas en balance ma vie et la vôtre, je puis périr, peut-être se présentera-t-il pour vous un riche établissement...

— Vous m'aimez ?... dit-elle.

— Oh ! oui, bien, répondit-il avec une profondeur d'accent qui révélait une égale profondeur dans le sentiment.

— J'attendrai, Charles. Dieu ! mon père est à sa fenêtre, dit-elle en repoussant son cousin, qui s'approchait pour l'embrasser.

Elle se sauva sous la voûte, Charles l'y suivit ; en le voyant, elle se retira au pied de l'escalier et ouvrit la porte battante ; puis, sans trop savoir où elle allait, Eugénie se trouva près du bouge de Nanon, à l'endroit le moins clair du couloir ; là Charles, qui l'avait accompagnée, lui prit la main, l'attira sur son cœur, la saisit par la taille, et l'appuya doucement sur lui. Eugénie ne résista plus, elle reçut et donna le plus pur, le plus suave, mais aussi le plus entier de tous les baisers.

— Chère Eugénie, un cousin est mieux qu'un frère, il peut t'épouser, lui dit Charles.

— Ainsi soit-il ! cria Nanon en ouvrant la porte de son taudis.

Les deux amants, effrayés, se sauvèrent dans la salle, où Eugénie reprit son ouvrage, et où Charles se mit à lire les litanies de la Vierge dans le paroissien de madame Grandet.

— Quien ! dit Nanon, nous faisons tous nos prières.

Dès que Charles eut annoncé son départ, Grandet se mit en mouvement pour faire croire qu'il lui portait beaucoup d'intérêt ; il se montra libéral de tout ce qui ne coûtait rien, s'occupa de lui trouver un emballeur, et dit que cet homme prétendait vendre ses caisses trop cher ; il voulut alors à toute force les faire lui-même, et y employa de vieilles planches ; il se leva dès le matin pour raboter, ajuster, planer, clouer ses voliges [1] et en confectionner de très belles caisses, dans lesquelles il emballa tous les effets de Charles ; il se chargea de les faire descendre par bateau sur la Loire, de les assurer, et de les expédier en temps utile à Nantes.

1. Volige : planche de bois blanc.

Depuis le baiser pris dans le couloir, les heures s'enfuyaient pour Eugénie avec une effrayante rapidité. Parfois elle voulait suivre son cousin. Celui qui a connu la plus attachante des passions, celle dont la durée est chaque jour abrégée par l'âge, par le temps, par une maladie mortelle, par quelques-unes des fatalités humaines, celui-là comprendra les tourments d'Eugénie. Elle pleurait souvent en se promenant dans ce jardin, maintenant trop étroit pour elle, ainsi que la cour, la maison, la ville : elle s'élançait par avance sur la vaste étendue des mers. Enfin la veille du départ arriva. Le matin, en l'absence de Grandet et de Nanon, le précieux coffret où se trouvaient les deux portraits fut solennellement installé dans le seul tiroir du bahut qui fermait à clef, et où était la bourse maintenant vide. Le dépôt de ce trésor n'alla pas sans bon nombre de baisers et de larmes. Quand Eugénie mit la clef dans son sein, elle n'eut pas le courage de défendre à Charles d'y baiser la place.

— Elle ne sortira pas de là, mon ami.

— Eh ! bien, mon cœur y sera toujours aussi.

— Ah ! Charles, ce n'est pas bien, dit-elle d'un accent peu grondeur.

— Ne sommes-nous pas mariés ? répondit-il ; j'ai ta parole, prends la mienne.

— A toi, pour jamais ! fut dit deux fois de part et d'autre.

Aucune promesse faite sur cette terre ne fut plus pure : la candeur d'Eugénie avait momentanément sanctifié l'amour de Charles. Le lendemain matin le déjeuner fut triste. Malgré la robe d'or et une croix à la Jeannette [1] que lui donna Charles,

---

1. La croix à la Jeannette était un bijou suspendu à un ruban de velours que les paysannes portaient souvent au cou.

Nanon elle-même, libre d'exprimer ses sentiments, eut la larme à l'œil.

— Ce pauvre mignon monsieur, qui s'en va sur mer. Que Dieu le conduise.

A dix heures et demie, la famille se mit en route pour accompagner Charles à la diligence de Nantes. Nanon avait lâché le chien, fermé la porte, et voulut porter le sac de nuit de Charles. Tous les marchands de la vieille rue étaient sur le seuil de leurs boutiques pour voir passer ce cortège, auquel se joignit sur la place maître Cruchot.

— Ne va pas pleurer, Eugénie, lui dit sa mère.

— Mon neveu, dit Grandet sous la porte de l'auberge, en embrassant Charles sur les deux joues, partez pauvre, revenez riche, vous trouverez l'honneur de votre père sauf. Je vous en réponds, moi, Grandet ; car, alors, il ne tiendra qu'à vous de...

— Ah ! mon oncle, vous adoucissez l'amertume de mon départ. N'est-ce pas le plus beau présent que vous puissiez me faire ?

Ne comprenant pas les paroles du vieux tonnelier, qu'il avait interrompu, Charles répandit sur le visage tanné de son oncle des larmes de reconnaissance, tandis qu'Eugénie serrait de toutes ses forces la main de son cousin et celle de son père. Le notaire seul souriait en admirant la finesse de Grandet, car lui seul avait bien compris le bonhomme. Les quatre Saumurois, environnés de plusieurs personnes, restèrent devant la voiture jusqu'à ce qu'elle partît ; puis, quand elle disparut sur le pont et ne retentit plus que dans le lointain : « Bon voyage ! » dit le vigneron. Heureusement maître Cruchot fut le seul qui entendit cette exclamation. Eugénie et sa mère étaient allées à un endroit du quai d'où elles pouvaient encore voir la diligence, et agitaient leurs mouchoirs blancs, signe auquel répondit Charles en déployant le sien.

— Ma mère, je voudrais avoir pour un moment la puissance de Dieu, dit Eugénie au moment où elle ne vit plus le mouchoir de Charles.

Pour ne point interrompre le cours des événements qui se passèrent au sein de la famille Grandet, il est nécessaire de jeter par anticipation un coup d'œil sur les opérations que le bonhomme fit à Paris par l'entremise de des Grassins. Un mois après le départ du banquier, Grandet possédait une inscription de cent mille livres de rente achetée à quatre-vingts francs net. Les renseignements donnés à sa mort par son inventaire n'ont jamais fourni la moindre lumière sur les moyens que sa défiance lui suggéra pour échanger le prix de l'inscription contre l'inscription elle-même. Maître Cruchot pensa que Nanon fut, à son insu, l'instrument fidèle du transport des fonds. Vers cette époque, la servante fit une absence de cinq jours, sous prétexte d'aller ranger quelque chose à Froidfond, comme si le bonhomme était capable de laisser traîner quelque chose. En ce qui concerne les affaires de la maison Guillaume Grandet, toutes les prévisions du tonnelier se réalisèrent.

A la Banque de France se trouvent, comme chacun sait, les renseignements les plus exacts sur les grandes fortunes de Paris et des départements. Les noms de des Grassins et de Félix Grandet de Saumur y étaient connus et y jouissaient de l'estime accordée aux célébrités financières qui s'appuient sur d'immenses propriétés territoriales libres d'hypothèques. L'arrivée du banquier de Saumur, chargé, disait-on, de liquider par honneur la maison Grandet de Paris, suffit donc pour éviter à l'ombre du négociant la honte des protêts. La levée des scellés se fit en présence des créanciers, et le notaire de la famille se mit à procéder régulièrement à l'inventaire de la succession. Bientôt des Grassins réunit les créanciers, qui, d'une voix unanime, élurent pour liquidateurs le banquier de Saumur, conjointement avec François Keller, chef d'une riche maison, l'un des principaux intéressés, et leur confièrent tous les pouvoirs nécessaires pour sauver à la fois l'honneur de la famille et les créances. Le crédit du Grandet de Saumur, l'espérance qu'il répandit au cœur des créanciers par l'organe de des Grassins, facilitèrent les transactions ; il ne se rencontra pas un seul récalcitrant parmi les créanciers. Personne ne pensait à passer sa créance au compte de Profits et Pertes, et chacun se disait : « Grandet de Saumur paiera ! » Six mois s'écoulèrent. Les Parisiens avaient remboursé les effets en circulation et les conservaient au fond de leurs portefeuilles. Premier résultat que voulait obtenir le tonnelier. Neuf mois après la première assemblée, les deux liquidateurs distribuèrent quarante-sept pour cent à chaque créancier. Cette somme fut produite par la vente des valeurs, possessions, biens et choses généralement quelconques appartenant à feu Guillaume Grandet, et qui fut faite avec une fidélité scrupuleuse. La plus exacte probité présidait à cette liquidation. Les créanciers se plurent à reconnaître l'admirable et incontestable honneur des Grandet. Quand ces louanges eurent circulé convenablement, les créanciers demandèrent le reste de leur argent. Il leur fallut écrire une lettre collective à Grandet.

— Nous y voilà, dit l'ancien tonnelier en jetant la lettre au feu ; patience, mes petits amis.

En réponse aux propositions contenues dans cette lettre, Grandet de Saumur demanda le dépôt

chez un notaire de tous les titres de créance exis-
tants contre la succession de son frère, en les
accompagnant d'une quittance des paiements déjà
faits, sous prétexte d'apurer les comptes, et de cor-
rectement établir l'état de la succession. Ce dépôt
souleva mille difficultés. Généralement, le créancier est une sorte de maniaque. Aujourd'hui prêt
à conclure, demain il veut tout mettre à feu et à
sang ; plus tard il se fait ultra-débonnaire.
Aujourd'hui sa femme est de bonne humeur, son
petit dernier a fait ses dents, tout va bien au logis,
il ne veut pas perdre un sou ; demain il pleut, il
ne peut pas sortir, il est mélancolique, il dit oui
à toutes les propositions qui peuvent terminer une
affaire ; le surlendemain il lui faut des garanties,
à la fin du mois il prétend vous exécuter, le bourreau ! Le créancier ressemble à ce moineau franc[1]
à la queue duquel on engage les petits enfants à
tâcher de poser un grain de sel ; mais le créancier
rétorque cette image contre sa créance ; de laquelle
il ne peut rien saisir. Grandet avait observé les
variations atmosphériques des créanciers, et ceux
de son frère obéirent à tous ses calculs. Les uns
se fâchèrent et se refusèrent *net* au dépôt. — Bon !
ça va bien, disait Grandet en se frottant les mains
à la lecture des lettres que lui écrivait à ce sujet
des Grassins. Quelques autres ne consentirent audit
dépôt que sous la condition de faire bien consta-
ter leurs droits, ne renoncer à aucuns, et se réserver même celui de faire déclarer la faillite. Nouvelle correspondance, après laquelle Grandet de
Saumur consentit à toutes les réserves demandées.
Moyennant cette concession, les créanciers bénins
firent entendre raison aux créanciers durs. Le

1. Moineau franc : moineau domestique.

dépôt eut lieu, non sans quelques plaintes. — Ce bonhomme, dit-on à des Grassins, se moque de vous et de nous. Vingt-trois mois après la mort de Guillaume Grandet, beaucoup de commerçants, entraînés par le mouvement des affaires de Paris, avaient oublié leurs recouvrements Grandet, ou n'y pensaient que pour se dire : « Je commence à croire que les quarante-sept pour cent sont tout ce que je tirerai de cela. » Le tonnelier avait calculé sur la puissance du temps, qui, disait-il, est un bon diable. A la fin de la troisième année, des Grassins écrivit à Grandet que, moyennant dix pour cent des deux millions quatre cent mille francs restant dus par la maison Grandet, il avait amené les créanciers à lui rendre leurs titres. Grandet répondit que le notaire et l'agent de change dont les épouvantables faillites avaient causé la mort de son frère, vivaient, *eux* ! pouvaient être devenus bons, et qu'il fallait les actionner afin d'en tirer quelque chose et diminuer le chiffre du déficit. A la fin de la quatrième année, le déficit fut bien et dûment arrêté à la somme de douze cent mille francs. Il y eut des pourparlers qui durèrent six mois entre les liquidateurs et les créanciers, entre Grandet et les liquidateurs. Bref, vivement pressé de s'exécuter, Grandet de Saumur répondit aux deux liquidateurs, vers le neuvième mois de cette année, que son neveu, qui avait fait fortune aux Indes, lui avait manifesté l'intention de payer intégralement les dettes de son père ; il ne pouvait pas prendre sur lui de les solder frauduleusement sans l'avoir consulté ; il attendait une réponse. Les créanciers, vers le milieu de la cinquième année, étaient encore tenus en échec, avec le mot *intégralement,* de temps en temps lâché par le sublime tonnelier, qui riait dans sa barbe, et ne disait jamais, sans laisser échapper un fin sourire et un juron, le mot : « Ces PARISIENS ! » Mais les créanciers furent réservés à un sort inouï dans les fastes du commerce. Ils se retrouveront dans la position où les avait maintenus Grandet au moment où les événements de cette histoire les obligeront à y reparaître. Quand les rentes atteignirent à 115, le père Grandet vendit, retira de Paris environ deux millions quatre cent mille francs en or, qui rejoignirent dans ses barillets les six cent mille francs d'intérêts composés que lui avaient donnés ses inscriptions. Des Grassins demeurait à Paris. Voici pourquoi. D'abord il fut nommé député ; puis il s'amouracha, lui père de famille, mais ennuyé par l'ennuyeuse vie saumuroise, de Florine, une des plus jolies actrices du théâtre de Madame, et il y eut recrudescence du quartier-maître chez le banquier. Il est inutile de parler de sa conduite ; elle fut jugée à Saumur profondément immorale. Sa femme se trouva très heureuse d'être séparée de biens et d'avoir assez de tête pour mener la maison de Saumur, dont les affaires se continuèrent sous son nom, afin de réparer les brèches faites à sa fortune par les folies de monsieur des Grassins. Les Cruchotins empiraient si bien la situation fausse de la quasi-veuve, qu'elle maria fort mal sa fille, et dut renoncer à l'alliance d'Eugénie Grandet pour son fils. Adolphe rejoignit des Grassins à Paris, et y devint, dit-on, un fort mauvais sujet. Les Cruchot triomphèrent.

— Votre mari n'a pas de bon sens, disait Grandet en prêtant une somme à madame des Grassins, moyennant sûretés. Je vous plains beaucoup, vous êtes une bonne petite femme.

— Ah ! monsieur, répondit la pauvre dame, qui

pouvait croire que le jour où il partit de chez vous pour aller à Paris, il courait à sa ruine ?

— Le ciel m'est témoin, madame, que j'ai tout fait jusqu'au dernier moment pour l'empêcher d'y aller. Monsieur le président voulait à toute force l'y remplacer ; et, s'il tenait tant à s'y rendre, nous savons maintenant pourquoi.

Ainsi Grandet n'avait aucune obligation à des Grassins.

En toute situation, les femmes ont plus de causes de douleur que n'en a l'homme, et souffrent plus que lui. L'homme a sa force, et l'exercice de sa puissance : il agit, il va, il s'occupe, il pense, il embrasse l'avenir et y trouve des consolations. Ainsi faisait Charles. Mais la femme demeure, elle reste face à face avec le chagrin dont rien ne la distrait, elle descend jusqu'au fond de l'abîme qu'il a ouvert, le mesure et souvent le comble de ses vœux et de ses larmes. Ainsi faisait Eugénie. Elle s'initiait à sa destinée. Sentir, aimer, souffrir, se dévouer, sera toujours le texte de la vie des femmes. Eugénie devait être toute la femme, moins ce qui la console. Son bonheur, amassé comme les clous semés sur la muraille, suivant la sublime expression de Bossuet, ne devait pas un jour lui remplir le creux de la main. Les chagrins ne se font jamais attendre, et pour elle ils arrivèrent bientôt. Le lendemain du départ de Charles, la maison Grandet reprit sa physionomie pour tout le monde, excepté pour Eugénie, qui la trouva tout à coup bien vide. A l'insu de son père, elle voulut que la chambre de Charles restât dans l'état où il l'avait laissée. Madame Grandet et Nanon furent volontiers complices de ce *statu quo*.

— Qui sait s'il ne reviendra pas plus tôt que nous ne le croyons ? dit-elle.

— Ah ! je le voudrais voir ici, répondit Nanon. Je m'accoutumais ben à lui ! C'était un ben doux, un ben parfait monsieur, quasiment joli, moutonné comme une fille. Eugénie regarda Nanon.
— Sainte Vierge, mademoiselle, vous avez les yeux à la perdition de votre âme ! Ne regardez donc pas le monde comme ça.

Depuis ce jour, la beauté de mademoiselle Grandet prit un nouveau caractère. Les graves pensées d'amour par lesquelles son âme était lentement envahie, la dignité de la femme aimée donnèrent à ses traits cette espèce d'éclat que les peintres figurent par l'auréole. Avant la venue de son cousin, Eugénie pouvait être comparée à la Vierge avant la conception ; quand il fut parti elle ressemblait à la Vierge mère : elle avait conçu l'amour. Ces deux Maries, si différentes et si bien représentées par quelques peintres espagnols, constituent l'une des plus brillantes figures qui abondent dans le christianisme. En revenant de la messe, où elle alla le lendemain du départ de Charles, et où elle avait fait vœu d'aller tous les jours, elle prit, chez le libraire de la ville, une mappemonde qu'elle cloua près de son miroir, afin de suivre son cousin dans sa route vers les Indes, afin de pouvoir se mettre un peu, soir et matin, dans le vaisseau qui l'y transportait, de le voir, de lui adresser mille questions, de lui dire : « Es-tu bien ? ne souffres-tu pas ? penses-tu bien à moi, en voyant cette étoile dont tu m'as appris à connaître les beautés et l'usage ? » Puis, le matin, elle restait pensive sous le noyer, assise sur le banc de bois rongé par les vers et garni de mousse grise où ils s'étaient dit tant de bonnes choses, de niaiseries, où ils avaient bâti les châteaux en Espagne de leur joli ménage. Elle pensait à l'avenir en regardant le ciel par le petit espace que les murs lui permettaient d'embrasser ; puis le vieux pan de muraille, et le toit sous lequel était la chambre de Charles. Enfin ce fut l'amour solitaire, l'amour vrai qui persiste, qui se glisse dans toutes les pensées, et devient la substance, ou, comme eussent dit nos pères, l'étoffe de la vie. Quand les soi-disant amis du père Grandet venaient faire la partie le soir, elle était gaie, elle dissimulait ; mais, pendant toute la matinée, elle causait de Charles avec sa mère et Nanon. Nanon avait compris qu'elle pouvait compatir aux souffrances de sa jeune maîtresse sans manquer à ses devoirs envers son vieux patron, elle qui disait à Eugénie : « Si j'avais eu un homme à moi, je l'aurais... suivi dans l'enfer. Je l'aurais... quoi... Enfin, j'aurais voulu m'exterminer pour lui ; mais... rin. Je mourrai sans savoir ce que c'est que la vie. Croiriez-vous, mademoiselle, que ce vieux Cornoiller, qu'est un bon homme tout de même, tourne autour de ma jupe, rapport à mes rentes, tout comme ceux qui viennent ici flairer le magot de monsieur, en vous faisant la cour ? Je vois ça, parce que je suis encore fine, quoique je sois grosse comme une tour ; hé ! bien, mam'zelle, ça me fait plaisir, quoique ça ne soye pas de l'amour. »

Deux mois se passèrent ainsi. Cette vie domestique, jadis si monotone, s'était animée par l'immense intérêt du secret qui liait plus intimement ces trois femmes. Pour elles, sous les planchers grisâtres de cette salle, Charles vivait, allait, venait encore. Soir et matin Eugénie ouvrait la toilette et contemplait le portrait de sa tante. Un dimanche matin elle fut surprise par sa mère au moment où elle était occupée à chercher les traits de Charles dans ceux du portrait. Madame Grandet fut alors initiée au terrible secret de l'échange fait par le voyageur contre le trésor d'Eugénie.

— Tu lui as tout donné, dit la mère épouvantée. Que diras-tu donc à ton père, au jour de l'an, quand il voudra voir ton or ?

Les yeux d'Eugénie devinrent fixes, et ces deux femmes demeurèrent dans un effroi mortel pendant la moitié de la matinée. Elles furent assez troublées pour manquer la grand-messe, et n'allèrent qu'à la messe militaire. Dans trois jours l'année 1819 finissait. Dans trois jours devait commencer une terrible action, une tragédie bourgeoise sans poison, ni poignard, ni sang répandu ; mais, relativement aux acteurs, plus cruelle que tous les drames accomplis dans l'illustre famille des Atrides.

— Qu'allons-nous devenir ? dit madame Grandet à sa fille en laissant son tricot sur ses genoux.

La pauvre mère subissait de tels troubles depuis deux mois que les manches de laine dont elle avait besoin pour son hiver n'étaient pas encore finies. Ce fait domestique, minime en apparence, eut de tristes résultats pour elle. Faute de manches, le froid la saisit d'une façon fâcheuse au milieu d'une sueur causée par une épouvantable colère de son mari.

— Je pensais, ma pauvre enfant, que, si tu m'avais confié ton secret, nous aurions eu le temps d'écrire à Paris à monsieur des Grassins. Il aurait pu nous envoyer des pièces d'or semblables aux tiennes ; et, quoique Grandet les connaisse bien, peut-être...

— Mais où donc aurions-nous pris tant d'argent ?

— J'aurais engagé mes propres. D'ailleurs monsieur des Grassins nous eût bien...

— Il n'est plus temps, répondit Eugénie d'une voix sourde et altérée en interrompant sa mère. Demain matin ne devons-nous pas aller lui souhaiter la bonne année dans sa chambre ?

— Mais, ma fille, pourquoi n'irais-je donc pas voir les Cruchot ?

— Non, non, ce serait me livrer à eux et nous mettre sous leur dépendance. D'ailleurs j'ai pris mon parti. J'ai bien fait, je ne me repens de rien. Dieu me protégera. Que sa sainte volonté se fasse. Ah ! si vous aviez lu sa lettre, vous n'auriez pensé qu'à lui, ma mère.

Le lendemain matin, premier janvier 1820, la terreur flagrante à laquelle la mère et la fille étaient en proie leur suggéra la plus naturelle des excuses pour ne pas venir solennellement dans la chambre de Grandet. L'hiver de 1819 à 1820 fut un des plus rigoureux de l'époque. La neige encombrait les toits.

Madame Grandet dit à son mari, dès qu'elle l'entendit se remuant dans sa chambre : « Grandet, fais donc allumer par Nanon un peu de feu chez moi ; le froid est si vif que je gèle sous ma couverture. Je suis arrivée à un âge où j'ai besoin de ménagements. D'ailleurs, reprit-elle après une légère pause, Eugénie viendra s'habiller là. Cette pauvre fille pourrait gagner une maladie à faire sa toilette chez elle par un temps pareil. Puis nous irons te souhaiter le bon an près du feu, dans la salle. »

— Ta, ta, ta, ta, quelle langue ! comme tu commences l'année, madame Grandet ? Tu n'as jamais tant parlé. Cependant tu n'as pas mangé de pain trempé dans du vin, je pense. Il y eut un moment de silence. Eh ! bien, reprit le bonhomme, que sans doute la proposition de sa femme arrangeait, je vais faire ce que vous voulez, madame Grandet. Tu es vraiment une bonne femme, et je ne veux pas qu'il t'arrive malheur à l'échéance de ton âge, quoique en général les La Bertellière soient faits de vieux ciment. Hein ! pas vrai ? cria-t-il après une pause. Enfin, nous en avons hérité, je leur pardonne. Et il toussa.

— Vous êtes gai ce matin, monsieur, dit gravement la pauvre femme.

— Toujours gai, moi...

Gai, gai, gai, le tonnelier
Raccommodez votre cuvier !

ajouta-t-il en entrant chez sa femme tout habillé. Oui, nom d'un petit bonhomme, il fait solidement froid tout de même. Nous déjeunerons bien, ma femme. Des Grassins m'a envoyé un pâté de foies gras truffés ! Je vais aller le chercher à la diligence. Il doit y avoir joint un double napoléon pour Eugénie, vint lui dire le tonnelier à l'oreille. Je n'ai plus d'or, ma femme. J'avais bien encore quelques vieilles pièces, je puis te dire cela à toi ; mais il a fallu les lâcher pour les affaires. Et, pour célébrer le premier jour de l'an, il l'embrassa sur le front.

— Eugénie, cria la bonne mère, je ne sais sur quel côté ton père a dormi ; il est bon homme, ce matin. Bah ! nous nous en tirerons.

— Quoi qu'il a donc, notre maître ? dit Nanon en entrant chez sa maîtresse pour y allumer du feu. D'abord, il m'a dit : « Bon jour, bon an, grosse bête ! Va faire du feu chez ma femme, elle a froid. » Ai-je été sotte quand je l'ai vu me tendant la main pour me donner un écu de six francs qui n'est quasi point rogné du tout ! Tenez, madame, regardez-le donc ? Oh ! le brave homme. C'est un digne homme, tout de même. Il y en a qui, pus y deviennent vieux, pus y durcissent ; mais lui, il se fait doux comme votre cassis, et y rabonit. C'est un ben parfait, un ben bon homme...

Le secret de cette joie était dans une entière réussite de la spéculation de Grandet. Monsieur des Grassins, après avoir déduit les sommes que lui devait le tonnelier pour l'escompte des cent cinquante mille francs d'effets hollandais, et pour le surplus qu'il lui avait avancé afin de compléter l'argent nécessaire à l'achat des cent mille livres de rente, lui envoyait, par la diligence, trente mille francs en écus, restant sur le semestre de ses intérêts, et lui avait annoncé la hausse des fonds publics. Ils étaient alors à 89, les plus célèbres capitalistes en achetaient, fin janvier, à 92. Grandet gagnait, depuis deux mois, douze pour cent sur ses capitaux, il avait apuré ses comptes, et allait désormais toucher cinquante mille francs tous les six mois sans avoir à payer ni impositions, ni réparations. Il concevait enfin la rente, placement pour lequel les gens de province manifestent une répugnance invincible, et il se voyait, après cinq ans, maître d'un capital de six millions grossi sans beaucoup de soins, et qui, joint à la valeur territoriale de ses propriétés, composerait une fortune colossale. Les six francs donnés à Nanon étaient peutêtre le solde d'un immense service que la servante avait à son insu rendu à son maître.

— Oh ! oh ! où va donc le père Grandet, qu'il court dès le matin comme au feu ? se dirent les marchands occupés à ouvrir leurs boutiques. Puis, quand ils le virent revenant du quai suivi d'un facteur des Messageries transportant sur une brouette des sacs pleins : L'eau va toujours à la rivière, le bonhomme allait à ses écus, disait l'un. — Il lui en vient de Paris, de Froidfond, de Hollande ! disait un autre. — Il finira par acheter Saumur, s'écriait un troisième. — Il se moque du froid, il est toujours à son affaire, disait une femme à son mari. — Eh ! eh ! monsieur Grandet, si ça vous gênait, lui dit un marchand de drap, son plus proche voisin, je vous en débarrasserais.

— Ouin ! ce sont des sous, répondit le vigneron.

— D'argent, dit le facteur à voix basse.

— Si tu veux que je te soigne, mets une bride à ta *margoulette*[1], dit le bonhomme au facteur en ouvrant sa porte.

— Ah ! le vieux renard, je le croyais sourd, pensa le facteur ; il paraît que quand il fait froid il entend.

— Voilà vingt sous pour tes étrennes, et *motus* ! Détale ! lui dit Grandet. Nanon te reportera ta brouette. — Nanon, les linottes sont-elles à la messe ?

— Oui, monsieur.

— Allons, haut la patte ! à l'ouvrage, cria-t-il en la chargeant de sacs. En un moment les écus furent transportés dans sa chambre où il s'enferma. Quand le déjeuner sera prêt, tu me cogneras au mur. Reporte la brouette aux Messageries.

La famille ne déjeuna qu'à dix heures.

— Ici ton père ne demandera pas à voir ton or, dit madame Grandet à sa fille en rentrant de la messe. D'ailleurs tu feras la frileuse. Puis nous aurons le temps de remplir ton trésor pour le jour de ta naissance...

Grandet descendit l'escalier en pensant à méta-

1. *Margoulette :* terme populaire pour désigner la bouche ou le visage.

morphoser promptement ses écus parisiens en bon or et à son admirable spéculation des rentes sur l'Etat. Il était décidé à placer ainsi ses revenus jusqu'à ce que la rente atteignît le taux de cent francs. Méditation funeste à Eugénie. Aussitôt qu'il entra, les deux femmes lui souhaitèrent une bonne année, sa fille en lui sautant au cou et le câlinant, madame Grandet gravement et avec dignité.

— Ah ! ah ! mon enfant, dit-il en baisant sa fille sur les joues, je travaille pour toi, vois-tu ?... je veux ton bonheur. Il faut de l'argent pour être heureux. Sans argent, bernique. Tiens, voilà un napoléon tout neuf, je l'ai fait venir de Paris. Nom d'un petit bonhomme, il n'y a pas un grain d'or ici. Il n'y a que toi qui as de l'or. Montre-moi ton or, fifille.

— Bah ! il fait trop froid ; déjeunons, lui répondit Eugénie.

— Hé ! bien, après, hein ? Ça nous aidera tous à digérer. Ce gros des Grassins, il nous a envoyé ça tout de même, reprit-il. Ainsi mangez, mes enfants, ça ne nous coûte rien. Il va bien des Grassins, je suis content de lui. Le merluchon[1] rend service à Charles, et gratis encore. Il arrange très bien les affaires de ce pauvre défunt Grandet. — Ououh ! ououh ! fit-il, la bouche pleine, après une pause, cela est bon ! Manges-en donc, ma femme ! ça nourrit au moins pour deux jours.

— Je n'ai pas faim. Je suis toute malingre, tu le sais bien.

— Ah ! ouin ! Tu peux te bourrer sans crainte de faire crever ton coffre ; tu es une La Bertellière,

---

1. Merluchon : désigne dans certaines régions le colin ou le merlu.

une femme solide. Tu es bien un petit brin jaunette, mais j'aime le jaune.

L'attente d'une mort ignominieuse et publique est moins horrible peut-être pour un condamné que ne l'était pour madame Grandet et pour sa fille l'attente des événements qui devaient terminer ce déjeuner de famille. Plus gaiement parlait et mangeait le vieux vigneron, plus le cœur de ces deux femmes se serrait. La fille avait néanmoins un appui dans cette conjoncture : elle puisait de la force en son amour.

— Pour lui, pour lui, se disait-elle, je souffrirais mille morts.

A cette pensée, elle jetait à sa mère des regards flamboyants de courage.

— Ote tout cela, dit Grandet à Nanon quand, vers onze heures, le déjeuner fut achevé ; mais laisse-nous la table. Nous serons plus à l'aise pour voir ton petit trésor, dit-il en regardant Eugénie. Petit, ma foi, non. Tu possèdes, valeur intrinsèque, cinq mille neuf cent cinquante-neuf francs, et quarante de ce matin, cela fait six mille francs moins un. Eh ! bien, je te donnerai, moi, ce franc pour compléter la somme, parce que, vois-tu, fifille... Hé ! bien, pourquoi nous écoutes-tu ? Montre-moi tes talons, Nanon, et va faire ton ouvrage, dit le bonhomme. Nanon disparut.

— Ecoute, Eugénie, il faut que tu me donnes ton or. Tu ne le refuseras pas à ton pépère, ma petite fifille, hein ? Les deux femmes étaient muettes.

— Je n'ai plus d'or, moi. J'en avais, je n'en ai plus. Je te rendrai six mille francs en livres, et tu vas les placer comme je vais te le dire. Il ne faut plus penser au douzain. Quand je te marierai, ce qui sera bientôt, je te trouverai un futur qui pourra t'offrir le plus beau douzain dont on aura jamais parlé dans la province. Ecoute donc, fifille. Il se présente une belle occasion : tu peux mettre tes six mille francs dans le gouvernement, et tu en auras tous les six mois près de deux cents francs d'intérêts, sans impôts, ni réparations, ni grêle, ni gelée, ni marée, ni rien de ce qui tracasse les revenus. Tu répugnes peut-être à te séparer de ton or, hein, fifille ? Apporte-le-moi tout de même. Je te ramasserai des pièces d'or, des hollandaises, des portugaises, des roupies du Mogol, des génovines, et, avec celles que je te donnerai à tes fêtes, en trois ans tu auras rétabli la moitié de ton joli petit trésor en or. Que dis-tu, fifille ? Lève donc le nez. Allons, va le chercher, le mignon. Tu devrais me baiser sur les yeux pour te dire ainsi des secrets et des mystères de vie et de mort pour les écus. Vraiment les écus vivent et grouillent comme des hommes : ça va, ça vient, ça sue, ça produit.

Eugénie se leva, mais, après avoir fait quelques pas vers la porte, elle se retourna brusquement, regarda son père en face et lui dit : « Je n'ai plus *mon* or. »

— Tu n'as plus ton or ! s'écria Grandet en se dressant sur ses jarrets comme un cheval qui entend tirer le canon à dix pas de lui.

— Non, je ne l'ai plus.

— Tu te trompes, Eugénie.

— Non.

— Par la serpette de mon père !

Quand le tonnelier jurait ainsi, les planchers tremblaient.

— Bon saint bon Dieu ! voilà madame qui pâlit, cria Nanon.

— Grandet, ta colère me fera mourir, dit la pauvre femme.

— Ta, ta, ta, ta, vous autres, vous ne mourez

jamais dans votre famille ! — Eugénie, qu'avez-vous fait de vos pièces ? cria-t-il en fondant sur elle.

— Monsieur, dit la fille aux genoux de madame Grandet, ma mère souffre beaucoup. Voyez, ne la tuez pas.

Grandet fut épouvanté de la pâleur répandue sur le teint de sa femme, naguère si jaune.

— Nanon, venez m'aider à me coucher, dit la mère d'une voix faible. Je meurs.

Aussitôt Nanon donna le bras à sa maîtresse, autant en fit Eugénie, et ce ne fut pas sans des peines infinies qu'elles purent la monter chez elle, car elle tombait en défaillance de marche en marche. Grandet resta seul. Néanmoins, quelques moments après, il monta sept ou huit marches, et cria : « Eugénie, quand votre mère sera couchée, vous descendrez. »

— Oui, mon père.

Elle ne tarda pas à venir, après avoir rassuré sa mère.

— Ma fille, lui dit Grandet, vous allez me dire où est votre trésor.

— Mon père, si vous me faites des présents dont je ne sois pas entièrement maîtresse, reprenez-les, répondit froidement Eugénie en cherchant le napoléon sur la cheminée et le lui présentant.

Grandet saisit vivement le napoléon et le coula dans son gousset.

— Je crois bien que je ne te donnerai plus rien. Pas seulement ça ! dit-il en faisant claquer l'ongle de son pouce sous sa maîtresse dent. Vous méprisez donc votre père, vous n'avez donc pas confiance en lui, vous ne savez donc pas ce que c'est qu'un père. S'il n'est pas tout pour vous, il n'est rien. Où est votre or ?

— Mon père, je vous aime et vous respecte, malgré votre colère ; mais je vous ferai fort humblement observer que j'ai vingt-deux ans. Vous m'avez assez souvent dit que je suis majeure, pour que je le sache. J'ai fait de mon argent ce qu'il m'a plu d'en faire, et soyez sûr qu'il est bien placé...

— Où ?

— C'est un secret inviolable, dit-elle. N'avez-vous pas vos secrets ?

— Ne suis-je pas le chef de ma famille, ne puis-je avoir mes affaires ?

— C'est aussi mon affaire.

— Cette affaire doit être mauvaise, si vous ne pouvez pas la dire à votre père, mademoiselle Grandet.

— Elle est excellente, et je ne puis pas la dire à mon père.

— Au moins quand avez-vous donné votre or ? Eugénie fit un signe de tête négatif. — Vous l'aviez encore le jour de votre fête, hein ? Eugénie, devenue aussi rusée par amour que son père l'était par avarice, réitéra le même signe de tête. — Mais l'on n'a jamais vu pareil entêtement, ni vol pareil, dit Grandet d'une voix qui alla *crescendo* et qui fit graduellement retentir la maison. Comment ! ici, dans ma propre maison, chez moi, quelqu'un aura pris ton or ! le seul or qu'il y avait ! et je ne saurai pas qui ? L'or est une chose chère. Les plus honnêtes filles peuvent faire des fautes, donner je ne sais quoi, cela se voit chez les grands seigneurs et même chez les bourgeois, mais donner de l'or, car vous l'avez donné à quelqu'un, hein ? Eugénie fut impassible. A-t-on vu pareille fille ! Est-ce moi qui suis votre père ? Si vous l'avez placé, vous en avez un reçu...

— Etais-je libre, oui ou non, d'en faire ce que bon me semblait ? Etait-ce à moi ?

— Mais tu es un enfant.

— Majeure.

Abasourdi par la logique de sa fille, Grandet pâlit, trépigna, jura ; puis trouvant enfin des paroles, il cria : « Maudit serpent de fille ! ah ! mauvaise graine, tu sais bien que je t'aime, et tu en abuses. Elle égorge son père ! Pardieu, tu auras jeté notre fortune aux pieds de ce va-nu-pieds qui a des bottes de maroquin. Par la serpette de mon père, je ne peux pas te déshériter, nom d'un tonneau ! mais je te maudis, toi, ton cousin, et tes enfants ! Tu ne verras rien arriver de bon de tout cela, entends-tu ? Si c'était à Charles, que... Mais, non, ce n'est pas possible. Quoi ! ce méchant mirliflor m'aurait dévalisé... » Il regarda sa fille qui restait muette et froide. — Elle ne bougera pas, elle ne sourcillera pas, elle est plus Grandet que je ne suis Grandet. Tu n'as pas donné ton or pour rien, au moins. Voyons, dis ? Eugénie regarda son père, en lui jetant un regard ironique qui l'offensa. Eugénie, vous êtes chez moi, chez votre père. Vous devez, pour y rester, vous soumettre à ses ordres. Les prêtres vous ordonnent de m'obéir. Eugénie baissa la tête. Vous m'offensez dans ce que j'ai de plus cher, reprit-il, je ne veux vous voir que soumise. Allez dans votre chambre. Vous y demeurerez jusqu'à ce que je vous permette d'en sortir. Nanon vous y portera du pain et de l'eau. Vous m'avez entendu, marchez !

Eugénie fondit en larmes et se sauva près de sa mère. Après avoir fait un certain nombre de fois le tour de son jardin dans la neige, sans s'apercevoir du froid, Grandet se douta que sa fille devait être chez sa femme ; et, charmé de la prendre en contravention à ses ordres, il grimpa les escaliers avec l'agilité d'un chat, et apparut dans la chambre de madame Grandet au moment où elle caressait les cheveux d'Eugénie dont le visage était plongé dans le sein maternel.

— Console-toi, ma pauvre enfant, ton père s'apaisera.

— Elle n'a plus de père, dit le tonnelier. Est-ce bien vous et moi, madame Grandet, qui avons fait une fille désobéissante comme l'est celle-là ? Jolie éducation, et religieuse surtout. Hé ! bien, vous n'êtes pas dans votre chambre. Allons, en prison, en prison, mademoiselle.

— Voulez-vous me priver de ma fille, monsieur ? dit madame Grandet en montrant un visage rougi par la fièvre.

— Si vous la voulez garder, emportez-la, videz-moi toutes deux la maison. Tonnerre, où est l'or, qu'est devenu l'or ?

Eugénie se leva, lança un regard d'orgueil sur son père, et rentra dans sa chambre à laquelle le bonhomme donna un tour de clef.

— Nanon, cria-t-il, éteins le feu de la salle. Et il vint s'asseoir sur un fauteuil au coin de la cheminée de sa femme, en lui disant : « Elle l'a donné sans doute à ce misérable séducteur de Charles qui n'en voulait qu'à notre argent. »

Madame Grandet trouva, dans le danger qui menaçait sa fille et dans son sentiment pour elle, assez de force pour demeurer en apparence froide, muette et sourde.

— Je ne savais rien de tout ceci, répondit-elle en se tournant du côté de la ruelle du lit pour ne pas subir les regards étincelants de son mari. Je souffre tant de votre violence, que si j'en crois mes pressentiments, je ne sortirai d'ici que les pieds en avant. Vous auriez dû m'épargner en ce moment, monsieur, moi qui ne vous ai jamais causé de chagrin, du moins, je le pense. Votre fille vous aime, je la crois innocente autant que l'enfant qui naît ; ainsi ne lui faites pas de peine, révoquez votre arrêt. Le froid est bien vif, vous pouvez être cause de quelque grave maladie.

— Je ne la verrai ni ne lui parlerai. Elle restera dans sa chambre au pain et à l'eau jusqu'à ce qu'elle ait satisfait son père. Que diable, un chef de famille doit savoir où va l'or de sa maison. Elle possédait les seules roupies qui fussent en France peut-être, puis des génovines, des ducats de Hollande.

— Monsieur, Eugénie est notre unique enfant et quand même elle les aurait jetés à l'eau...

— A l'eau ? cria le bonhomme, à l'eau ! Vous êtes folle, madame Grandet. Ce que j'ai dit est dit, vous le savez. Si vous voulez avoir la paix au logis, confessez votre fille, tirez-lui les vers du nez ? les femmes s'entendent mieux entre elles à ça que nous autres. Quoi qu'elle ait pu faire, je ne la mangerai point. A-t-elle peur de moi ? Quand elle aurait doré son cousin de la tête aux pieds, il est en pleine mer, hein ! nous ne pouvons pas courir après...

— Eh ! bien, monsieur ? Excitée par la crise nerveuse où elle se trouvait, ou par le malheur de sa fille qui développait sa tendresse et son intelligence, la perspicacité de madame Grandet lui fit apercevoir un mouvement terrible dans la loupe de son mari, au moment où elle répondait ; elle changea d'idée sans changer de ton. — Eh ! bien, monsieur, ai-je plus d'empire sur elle que vous n'en avez ? Elle ne m'a rien dit, elle tient de vous.

— Tudieu ! comme vous avez la langue pendue

ce matin ! Ta, ta, ta, ta, vous me narguez, je crois. Vous vous entendez peut-être avec elle.

Il regarda sa femme fixement.

— En vérité, monsieur Grandet, si vous voulez me tuer, vous n'avez qu'à continuer ainsi. Je vous le dis, monsieur, et, dût-il m'en coûter la vie, je vous le répéterais encore : vous avez tort envers votre fille, elle est plus raisonnable que vous ne l'êtes. Cet argent lui appartenait, elle n'a pu qu'en faire un bel usage, et Dieu seul a le droit de connaître nos bonnes œuvres. Monsieur, je vous en supplie, rendez vos bonnes grâces à Eugénie !... Vous amoindrirez ainsi l'effet du coup que m'a porté votre colère, et vous me sauverez peut-être la vie. Ma fille, monsieur, rendez-moi ma fille.

— Je décampe, dit-il. Ma maison n'est pas tenable, la mère et la fille raisonnent et parlent comme si... Brooouh ! Pouah ! Vous m'avez donné de cruelles étrennes, Eugénie, cria-t-il. Oui, oui, pleurez ! Ce que vous faites vous causera des remords, entendez-vous. A quoi donc vous sert de manger le bon Dieu six fois tous les trois mois, si vous donnez l'or de votre père en cachette à un fainéant qui vous dévorera votre cœur quand vous n'aurez plus que ça à lui prêter ? Vous verrez ce que vaut votre Charles avec ses bottes de maroquin et son air de n'y pas toucher. Il n'a ni cœur ni âme, puisqu'il ose emporter le trésor d'une pauvre fille sans l'agrément des parents.

Quand la porte de la rue fut fermée, Eugénie sortit de sa chambre et vint près de sa mère.

— Vous avez bien du courage pour votre fille, lui dit-elle.

— Vois-tu, mon enfant, où nous mènent les choses illicites ?... tu m'as fait faire un mensonge.

— Oh ! je demanderai à Dieu de m'en punir seule.

— C'est-y vrai, dit Nanon effarée en arrivant, que voilà mademoiselle au pain et à l'eau pour le reste des jours ?

— Qu'est-ce que cela fait, Nanon ? dit tranquillement Eugénie.

— Ah ! pus souvent que je mangerai de la frippe quand la fille de la maison mange du pain sec. Non, non.

— Pas un mot de tout ça, Nanon, dit Eugénie.

— J'aurai la goule morte, mais vous verrez.

Grandet dîna seul pour la première fois depuis vingt-quatre ans.

— Vous voilà donc veuf, monsieur, lui dit Nanon. C'est bien désagréable d'être veuf avec deux femmes dans sa maison.

— Je ne te parle pas à toi. Tiens ta margoulette ou je te chasse. Qu'est-ce que tu as dans ta casserole que j'entends bouillotter sur le fourneau ?

— C'est des graisses que je fonds...

— Il viendra du monde ce soir, allume le feu.

Les Cruchot, madame des Grassins et son fils arrivèrent à huit heures, et s'étonnèrent de ne voir ni madame Grandet ni sa fille.

— Ma femme est un peu indisposée. Eugénie est auprès d'elle, répondit le vieux vigneron dont la figure ne trahit aucune émotion.

Au bout d'une heure employée en conversations insignifiantes, madame des Grassins, qui était montée faire sa visite à madame Grandet, descendit, et chacun lui demanda : « Comment va madame Grandet ? »

— Mais, pas bien du tout, du tout, dit-elle. L'état de sa santé me paraît vraiment inquiétant.

A son âge, il faut prendre les plus grandes précautions, papa Grandet.

— Nous verrons cela, répondit le vigneron d'un air distrait.

Chacun lui souhaita le bonsoir. Quand les Cruchot furent dans la rue, madame des Grassins leur dit : « Il y a quelque chose de nouveau chez les Grandet. La mère est très mal sans seulement qu'elle s'en doute. La fille a les yeux rouges comme quelqu'un qui a pleuré longtemps. Voudraient-ils la marier contre son gré ? »

Lorsque le vigneron fut couché, Nanon vint en chaussons à pas muets chez Eugénie, et lui découvrit un pâté fait à la casserole.

— Tenez, mademoiselle, dit la bonne fille, Cornoiller m'a donné un lièvre. Vous mangez si peu, que ce pâté vous durera bien huit jours ; et, par la gelée, il ne risquera point de se gâter. Au moins, vous ne demeurerez pas au pain sec. C'est que ça n'est point sain du tout.

— Pauvre Nanon, dit Eugénie en lui serrant la main.

— Je l'ai fait ben bon, ben délicat, et il ne s'en est point aperçu. J'ai pris le lard, le laurier, tout sur mes six francs ; j'en suis ben la maîtresse. Puis la servante se sauva, croyant entendre Grandet.

Pendant quelques mois, le vigneron vint voir constamment sa femme à des heures différentes dans la journée, sans prononcer le nom de sa fille, sans la voir ni faire à elle la moindre allusion. Madame Grandet ne quitta point sa chambre, et, de jour en jour, son état empira. Rien ne fit plier le vieux tonnelier. Il restait inébranlable, âpre et froid comme une pile de granit. Il continua d'aller et venir selon ses habitudes ; mais il ne bégaya plus, causa moins, et se montra dans les affaires plus dur qu'il ne l'avait jamais été. Souvent il lui échappait quelque erreur dans ses chiffres. — Il s'est passé quelque chose chez les Grandet, disaient les Cruchotins et les Grassinistes. — Qu'est-il donc arrivé dans la maison Grandet ? fut une question convenue que l'on s'adressait généralement dans toutes les soirées à Saumur. Eugénie allait aux offices sous la conduite de Nanon. Au sortir de l'église, si madame des Grassins lui adressait quelques paroles, elle y répondait d'une manière évasive et sans satisfaire sa curiosité. Néanmoins il fut impossible au bout de deux mois de cacher, soit aux trois Cruchot, soit à madame des Grassins, le secret de la réclusion d'Eugénie. Il y eut un moment où les prétextes manquèrent pour justifier sa perpétuelle absence. Puis, sans qu'il fût possible de savoir par qui le secret avait été trahi, toute la ville apprit que depuis le premier jour de l'an mademoiselle Grandet était, par l'ordre de son père, enfermée dans sa chambre, au pain et à l'eau, sans feu ; que Nanon lui faisait des friandises, les lui apportait pendant la nuit ; et l'on savait même que la jeune personne ne pouvait voir et soigner sa mère que pendant le temps où son père était absent du logis. La conduite de Grandet fut alors jugée très sévèrement. La ville entière le mit pour ainsi dire hors la loi, se souvint de ses trahisons, de ses duretés, et l'excommunia. Quand il passait, chacun se le montrait en chuchotant. Lorsque sa fille descendait la rue tortueuse pour aller à la messe ou à vêpres, accompagnée de Nanon, tous les habitants se mettaient aux fenêtres pour examiner avec curiosité la contenance de la riche héritière et son visage, où se peignaient une mélancolie et une douceur angéliques. Sa réclusion, la disgrâce de son père, n'étaient rien pour elle. Ne voyait-elle pas la mappemonde, le petit banc, le jardin, le pan de mur, et ne reprenait-elle pas sur ses lèvres le miel qu'y avaient laissé les baisers de l'amour ? Elle ignora pendant quelque temps les conversations dont elle était l'objet en ville, tout aussi bien que les ignorait son père. Religieuse et pure devant Dieu, sa conscience et l'amour l'aidaient à patiemment supporter la colère et la vengeance paternelles. Mais une douleur profonde faisait taire toutes les autres douleurs. Chaque jour, sa mère, douce et tendre créature, qui s'embellissait de l'éclat que jetait son âme en approchant de la tombe, sa mère dépérissait de jour en jour. Souvent Eugénie se reprochait d'avoir été la cause innocente de la cruelle, de la lente maladie qui la dévorait. Ces remords, quoique calmés par sa mère, l'attachaient encore plus étroitement à son amour. Tous les matins, aussitôt que son père était sorti, elle venait au chevet du lit de sa mère, et là, Nanon lui apportait son déjeuner. Mais la pauvre Eugénie, triste et souffrante des souffrances de sa mère, en montrait le visage à Nanon par un geste muet, pleurait et n'osait parler de son cousin. Madame Grandet, la première, était forcée de lui dire : « Où est-*il* ? Pourquoi n'écrit-*il* pas ? »

La mère et la fille ignoraient complètement les distances.

— Pensons à lui, ma mère, répondait Eugénie, et n'en parlons pas. Vous souffrez ; vous avant tout.

Tout c'était *lui*.

— Mes enfants, disait madame Grandet, je ne regrette point la vie. Dieu m'a protégée en me faisant envisager avec joie le terme de mes misères.

Les paroles de cette femme étaient constamment saintes et chrétiennes. Quand, au moment de déjeuner près d'elle, son mari venait se promener dans sa chambre, elle lui dit, pendant les premiers mois de l'année, les mêmes discours, répétés avec une douceur angélique, mais avec la fermeté d'une femme à qui une mort prochaine donnait le courage qui lui avait manqué pendant sa vie.

— Monsieur, je vous remercie de l'intérêt que vous prenez à ma santé, lui répondait-elle quand il lui avait fait la plus banale des demandes ; mais si vous voulez rendre mes derniers moments moins amers et alléger mes douleurs, rendez vos bonnes grâces à notre fille ; montrez-vous chrétien, époux et père.

En entendant ces mots, Grandet s'asseyait près du lit et agissait comme un homme, qui, voyant venir une averse, se met tranquillement à l'abri sous une porte cochère : il écoutait silencieusement sa femme, et ne répondait rien. Quand les plus touchantes, les plus tendres, les plus religieuses supplications lui avaient été adressées, il disait : « Tu es un peu pâlotte aujourd'hui, ma pauvre femme. » L'oubli le plus complet de sa fille semblait être gravé sur son front de grès, sur ses lèvres serrées. Il n'était même pas ému par les larmes que ses vagues réponses, dont les termes étaient à peine variés, faisaient couler le long du blanc visage de sa femme.

— Que Dieu vous pardonne, monsieur, disait-elle, comme je vous pardonne moi-même. Vous aurez un jour besoin d'indulgence.

Depuis la maladie de sa femme, il n'avait plus osé se servir de son terrible : ta, ta, ta, ta, ta ! Mais aussi son despotisme n'était-il pas désarmé par cet ange de douceur, dont la laideur disparaissait de jour en jour, chassée par l'expression des qualités morales qui venaient fleurir sur sa face. Elle était tout âme. Le génie de la prière semblait purifier, amoindrir les traits les plus grossiers de sa figure, et la faisait resplendir. Qui n'a pas observé le phénomène de cette transfiguration sur de saints visages où les habitudes de l'âme finissent par triompher des traits les plus rudement contournés, en leur imprimant l'animation particulière due à la noblesse et à la pureté des pensées élevées ! Le spectacle de cette transformation accomplie par les souffrances qui consumaient les lambeaux de l'être humain dans cette femme agissait, quoique faiblement, sur le vieux tonnelier dont le caractère resta de bronze. Si sa parole ne fut plus dédaigneuse, un imperturbable silence, qui sauvait sa supériorité de père de famille, domina sa conduite. Sa fidèle Nanon paraissait-elle au marché, soudain quelques lazzis, quelques plaintes sur son maître lui sifflaient aux oreilles ; mais, quoique l'opinion publique condamnât hautement le père Grandet, la servante le défendait par orgueil pour la maison.

— Eh ! bien, disait-elle aux détracteurs du bonhomme, est-ce que nous ne devenons pas tous plus durs en vieillissant ? Pourquoi ne voulez-vous pas qu'il se racornisse un peu, cet homme ? Taisez donc vos menteries. Mademoiselle vit comme une reine. Elle est seule, eh ! bien, c'est son goût. D'ailleurs mes maîtres ont des raisons majeures.

Enfin, un soir, vers la fin du printemps, madame Grandet, dévorée par le chagrin, encore plus que par la maladie, n'ayant pas réussi, malgré ses prières, à réconcilier Eugénie et son père, confia ses peines secrètes aux Cruchot.

— Mettre une fille de vingt-trois ans au pain et à l'eau ?... s'écria le président de Bonfons, et sans motif ; mais cela constitue *des sévices tortionnaires ; elle peut protester contre, et tant dans que sur...*

— Allons, mon neveu, dit le notaire, laissez votre baragouin de palais. Soyez tranquille, madame, je ferai finir cette réclusion dès demain.

En entendant parler d'elle, Eugénie sortit de sa chambre.

— Messieurs, dit-elle en s'avançant par un mouvement plein de fierté, je vous prie de ne pas vous occuper de cette affaire. Mon père est maître chez lui. Tant que j'habiterai sa maison, je dois lui obéir. Sa conduite ne saurait être soumise à l'approbation ni à la désapprobation du monde, il n'en est comptable qu'à Dieu. Je réclame de votre amitié le plus profond silence à cet égard. Blâmer mon père serait attaquer notre propre considération. Je vous sais gré, messieurs, de l'intérêt que vous me témoignez ; mais vous m'obligeriez davantage si vous vouliez faire cesser les bruits offensants qui courent par la ville, et desquels j'ai été instruite par hasard.

— Elle a raison, dit madame Grandet.

— Mademoiselle, la meilleure manière d'empêcher le monde de jaser est de vous faire rendre la liberté, lui répondit respectueusement le vieux notaire frappé de la beauté que la retraite, la mélancolie et l'amour avaient imprimée à Eugénie.

— Eh ! bien, ma fille, laisse à monsieur Cruchot le soin d'arranger cette affaire, puisqu'il répond du succès. Il connaît ton père et sait comment il faut le prendre. Si tu veux me voir heureuse pendant le peu de temps qui me reste à vivre, il faut, à tout prix, que ton père et toi vous soyez réconciliés.

Le lendemain, suivant une habitude prise par Grandet depuis la réclusion d'Eugénie, il vint faire un certain nombre de tours dans son petit jardin. Il avait pris pour cette promenade le moment où

Eugénie se peignait. Quand le bonhomme arrivait au gros noyer, il se cachait derrière le tronc de l'arbre, restait pendant quelques instants à contempler les longs cheveux de sa fille, et flottait sans doute entre les pensées que lui suggérait la ténacité de son caractère et le désir d'embrasser son enfant. Souvent il demeurait assis sur le petit banc de bois pourri où Charles et Eugénie s'étaient juré un éternel amour, pendant qu'elle regardait aussi son père à la dérobée ou dans son miroir. S'il se levait et recommençait sa promenade, elle s'asseyait complaisamment à la fenêtre et se mettait à examiner le pan de mur où pendaient les plus jolies fleurs, d'où sortaient, d'entre les crevasses, des Cheveux de Vénus, des liserons et une plante grasse, jaune ou blanche, un *sedum*[1] très abondant dans les vignes à Saumur et à Tours. Maître Cruchot vint de bonne heure et trouva le vieux vigneron assis par un beau jour de juin sur le petit banc, le dos appuyé au mur mitoyen, occupé à voir sa fille.

— Qu'y a-t-il pour votre service, maître Cruchot ? dit-il en apercevant le notaire.

— Je viens vous parler d'affaires.

— Ah ! ah ! avez-vous un peu d'or à me donner contre des écus ?

— Non, non, il ne s'agit pas d'argent, mais de votre fille Eugénie. Tout le monde parle d'elle et de vous.

— De quoi se mêle-t-on ? Charbonnier est maître chez lui.

— D'accord, le charbonnier est maître de se tuer aussi, ou, ce qui est pis, de jeter son argent par les fenêtres.

1. *Sedum* : fleur jaune des vignes.

— Comment cela ?

— Eh ! mais votre femme est très malade, mon ami. Vous devriez même consulter monsieur Bergerin, elle est en danger de mort. Si elle venait à mourir sans avoir été soignée comme il faut, vous ne seriez pas tranquille, je le crois.

— Ta ! ta ! ta ! ta ! vous savez ce qu'a ma femme ! Ces médecins, une fois qu'ils ont mis le pied chez vous, ils viennent des cinq à six fois par jour.

— Enfin, Grandet, vous ferez comme vous l'entendrez. Nous sommes de vieux amis ; il n'y a pas, dans tout Saumur, un homme qui prenne plus que moi d'intérêt à ce qui vous concerne ; j'ai donc dû vous dire cela. Maintenant, arrive qui plante, vous êtes majeur, vous savez vous conduire, allez. Ceci n'est d'ailleurs pas l'affaire qui m'amène. Il s'agit de quelque chose de plus grave pour vous, peut-être. Après tout, vous n'avez pas envie de tuer votre femme, elle vous est trop utile. Songez donc à la situation où vous seriez, vis-à-vis de votre fille, si madame Grandet mourait. Vous devriez des comptes à Eugénie, puisque vous êtes commun en biens avec votre femme. Votre fille sera en droit de réclamer le partage de votre fortune, de faire vendre Froidfond. Enfin, elle succède à sa mère, de qui vous ne pouvez pas hériter.

Ces paroles furent un coup de foudre pour le bonhomme, qui n'était pas aussi fort en législation qu'il pouvait l'être en commerce. Il n'avait jamais pensé à une licitation.

— Ainsi je vous engage à la traiter avec douceur, dit Cruchot en terminant.

— Mais savez-vous ce qu'elle a fait, Cruchot !

— Quoi ? dit le notaire curieux de recevoir une

confidence du père Grandet et de connaître la cause de la querelle.

— Elle a donné son or.

— Eh ! bien, était-il à elle ? demanda le notaire.

— Ils me disent tous cela ! dit le bonhomme en laissant tomber ses bras par un mouvement tragique.

— Allez-vous, pour une misère, reprit Cruchot, mettre des entraves aux concessions que vous lui demanderez de vous faire à la mort de sa mère ?

— Ah ! vous appelez six mille francs d'or une misère ?

— Eh ! mon vieil ami, savez-vous ce que coûteront l'inventaire et le partage de la succession de votre femme si Eugénie l'exige ?

— Quoi ?

— Deux, ou trois, quatre cent mille francs peut-être ! Ne faudra-t-il pas liciter, et vendre pour connaître la véritable valeur ? au lieu qu'en vous entendant...

— Par la serpette de mon père ! s'écria le vigneron qui s'assit en pâlissant, nous verrons ça, Cruchot.

Après un moment de silence ou d'agonie, le bonhomme regarda le notaire en lui disant : « La vie est bien dure ! Il s'y trouve bien des douleurs ». — Cruchot, reprit-il solennellement, vous ne voulez pas me tromper, jurez-moi sur l'honneur que ce que vous me chantez là est fondé en Droit. Montrez-moi le Code, je veux voir le Code !

— Mon pauvre ami, répondit le notaire, ne sais-je pas mon métier ?

— Cela est donc bien vrai. Je serai dépouillé, trahi, tué, dévoré par ma fille.

— Elle hérite de sa mère.

— A quoi servent donc les enfants ! Ah ! ma

femme, je l'aime. Elle est solide heureusement. C'est une La Bertellière.

— Elle n'a pas un mois à vivre.

Le tonnelier se frappa le front, marcha, revint, et, jetant un regard effrayant à Cruchot : « Comment faire ? » lui dit-il.

— Eugénie pourra renoncer purement et simplement à la succession de sa mère. Vous ne voulez pas la déshériter, n'est-ce pas ? Mais, pour obtenir un partage de ce genre, ne la rudoyez pas. Ce que je vous dis là, mon vieux, est contre mon intérêt. Qu'ai-je à faire, moi ? ... des liquidations, des inventaires, des ventes, des partages...

— Nous verrons, nous verrons. Ne parlons plus de cela, Cruchot. Vous me tribouillez[1] les entrailles. Avez-vous reçu de l'or ?

— Non ; mais j'ai quelques vieux louis, une dizaine, je vous les donnerai. Mon bon ami, faites la paix avec Eugénie. Voyez-vous, tout Saumur vous jette la pierre.

— Les drôles !

— Allons, les rentes sont à 99. Soyez donc content une fois dans la vie.

— A 99, Cruchot ?

— Oui.

— Eh ! eh ! 99 ! dit le bonhomme en reconduisant le vieux notaire jusqu'à la porte de la rue. Puis, trop agité par ce qu'il venait d'entendre pour rester au logis, il monta chez sa femme et lui dit : « Allons, la mère, tu peux passer la journée avec ta fille, je vas à Froidfond. Soyez gentilles toutes deux. C'est le jour de notre mariage, ma bonne femme : tiens, voilà dix écus pour ton reposoir de la Fête-Dieu. Il y a assez longtemps que tu veux

_____
1. Tribouiller : terme populaire pour « agiter ».

en faire un, régale-toi ! Amusez-vous, soyez joyeuses, portez-vous bien. Vive la joie ! » Il jeta dix écus de six francs sur le lit de sa femme et lui prit la tête pour la baiser au front. — Bonne femme, tu vas mieux, n'est-ce pas ?

— Comment pouvez-vous penser à recevoir dans votre maison le Dieu qui pardonne en tenant votre fille exilée de votre cœur ? dit-elle avec émotion.

— Ta, ta, ta, ta, ta, dit le père d'une voix caressante, nous verrons cela.

— Bonté du ciel ! Eugénie, cria la mère en rougissant de joie, viens embrasser ton père ! il te pardonne !

Mais le bonhomme avait disparu. Il se sauvait à toutes jambes vers ses closeries en tâchant de mettre en ordre ses idées renversées. Grandet commençait alors sa soixante-seizième année. Depuis deux ans principalement, son avarice s'était accrue comme s'accroissent toutes les passions persistantes de l'homme. Suivant une observation faite sur les avares, sur les ambitieux, sur tous les gens dont la vie a été consacrée à une idée dominante, son sentiment avait affectionné plus particulièrement un symbole de sa passion. La vue de l'or, la possession de l'or était devenue sa monomanie. Son esprit de despotisme avait grandi en proportion de son avarice, et abandonner la direction de la moindre partie de ses biens à la mort de sa femme lui paraissait une chose *contre nature*. Déclarer sa fortune à sa fille, inventorier l'universalité de ses biens meubles et immeubles pour les liciter ?... — Ce serait à se couper la gorge, dit-il tout haut au milieu d'un clos en en examinant les ceps. Enfin il prit son parti, revint à Saumur à l'heure du dîner, résolu de plier devant Eugénie, de la cajoler, de

•◦ Voir *Au fil du texte*, p. X.

l'amadouer afin de pouvoir mourir royalement en tenant jusqu'au dernier soupir les rênes de ses millions. Au moment où le bonhomme, qui par hasard avait pris son passe-partout, montait l'escalier à pas de loup pour venir chez sa femme, Eugénie avait apporté sur le lit de sa mère le beau nécessaire. Toutes deux, en l'absence de Grandet, se donnaient le plaisir de voir le portrait de Charles, en examinant celui de sa mère.

— C'est tout à fait son front et sa bouche ! disait Eugénie au moment où le vigneron ouvrit la porte. Au regard que jeta son mari sur l'or, madame Grandet cria : « Mon Dieu, ayez pitié de nous ! »

Le bonhomme sauta sur le nécessaire comme un tigre fond sur un enfant endormi. — Qu'est-ce que c'est que cela ? dit-il en emportant le trésor et allant se placer à la fenêtre. — Du bon or ! de l'or ! s'écria-t-il. Beaucoup d'or ! ça pèse deux livres. Ah ! ah ! Charles t'a donné cela contre tes belles pièces. Hein ! pourquoi ne me l'avoir pas dit ? C'est une bonne affaire, fifille ! Tu es ma fille, je te reconnais. Eugénie tremblait de tous ses membres. — N'est-ce pas, ceci est à Charles ? reprit le bonhomme.

— Oui, mon père, ce n'est pas à moi. Ce meuble est un dépôt sacré.

— Ta ! ta ! ta ! il a pris ta fortune, faut te rétablir ton petit trésor.

— Mon père ?...

Le bonhomme voulut prendre son couteau pour faire sauter une plaque d'or, et fut obligé de poser le nécessaire sur une chaise. Eugénie s'élança pour le ressaisir ; mais le tonnelier, qui avait tout à la fois l'œil à sa fille et au coffret, la repoussa si violemment en étendant le bras qu'elle alla tomber sur le lit de sa mère.

— Monsieur, monsieur, cria la mère en se dressant sur son lit.

Grandet avait tiré son couteau et s'apprêtait à soulever l'or.

— Mon père, cria Eugénie en se jetant à genoux et marchant ainsi pour arriver plus près du bonhomme et lever les mains vers lui, mon père, au nom de tous les Saints et de la Vierge, au nom du Christ, qui est mort sur la croix ; au nom de votre salut éternel, mon père, au nom de ma vie, ne touchez pas à ceci ! Cette toilette n'est ni à vous ni à moi ; elle est à un malheureux parent qui me l'a confiée, et je dois la lui rendre intacte.

— Pourquoi la regardais-tu, si c'est un dépôt ? Voir, c'est pis que toucher.

— Mon père, ne la détruisez pas, ou vous me déshonorez. Mon père, entendez-vous ?

— Monsieur, grâce ! dit la mère.

— Mon père, cria Eugénie d'une voix si éclatante que Nanon effrayée monta. Eugénie sauta sur un couteau qui était à sa portée et s'en arma.

— Eh bien ? lui dit froidement Grandet en souriant à froid.

— Monsieur, monsieur, vous m'assassinez ! dit la mère.

— Mon père, si votre couteau entame seulement une parcelle de cet or, je me perce de celui-ci. Vous avez déjà rendu ma mère mortellement malade, vous tuerez encore votre fille. Allez maintenant, blessure pour blessure.

Grandet tint son couteau sur le nécessaire, et regarda sa fille en hésitant.

— En serais-tu donc capable, Eugénie ? dit-il.

— Oui, monsieur, dit la mère.

— Elle le ferait comme elle le dit, cria Nanon. Soyez donc raisonnable, monsieur, une fois dans votre vie. Le tonnelier regarda l'or et sa fille alternativement pendant un instant. Madame Grandet s'évanouit. — Là, voyez-vous, mon cher monsieur ? madame se meurt, cria Nanon.

— Tiens, ma fille, ne nous brouillons pas pour un coffre. Prends donc ! s'écria vivement le tonnelier en jetant la toilette sur le lit. — Toi, Nanon, va chercher monsieur Bergerin. — Allons, la mère, dit-il en baisant la main de sa femme, ce n'est rien, va : nous avons fait la paix. Pas vrai, fifille ? Plus de pain sec, tu mangeras tout ce que tu voudras. Ah ! elle ouvre les yeux. Eh ! bien, la mère, mémère, timère, allons donc ! Tiens, vois, j'embrasse Eugénie. Elle aime son cousin, elle l'épousera si elle veut, elle lui gardera le petit coffre. Mais vis longtemps, ma pauvre femme. Allons, remue donc ! Ecoute, tu auras le plus beau reposoir qui se soit jamais fait à Saumur.

— Mon Dieu, pouvez-vous traiter ainsi votre femme et votre enfant ! dit d'une voix faible madame Grandet.

— Je ne le ferai plus, plus, cria le tonnelier. Tu vas voir, ma pauvre femme. Il alla à son cabinet, et revint avec une poignée de louis qu'il éparpilla sur le lit. — Tiens, Eugénie, tiens, ma femme, voilà pour vous, dit-il en maniant les louis. Allons, égaie-toi, ma femme ; porte-toi bien, tu ne manqueras de rien, ni Eugénie non plus. Voilà cent louis d'or pour elle. Tu ne les donneras pas, Eugénie, ceux-là, hein ?

Madame Grandet et sa fille se regardèrent étonnées.

— Reprenez-les, mon père ; nous n'avons besoin que de votre tendresse.

— Eh ! bien, c'est ça, dit-il en empochant les louis, vivons comme de bons amis. Descendons tous dans la salle pour dîner, pour jouer au loto tous les soirs à deux sous. Faites vos farces ! Hein, ma femme ?

— Hélas ! je le voudrais bien, puisque cela peut vous être agréable, dit la mourante ; mais je ne saurais me lever.

— Pauvre mère, dit le tonnelier, tu ne sais pas combien je t'aime. Et toi, ma fille ! Il la serra, l'embrassa. Oh ! comme c'est bon d'embrasser sa fille après une brouille ! ma fifille ! Tiens, vois-tu, mémère, nous ne faisons qu'un maintenant. Va donc serrer cela, dit-il à Eugénie en lui montrant le coffret. Va, ne crains rien. Je ne t'en parlerai plus, jamais.

Monsieur Bergerin, le plus célèbre médecin de Saumur, arriva bientôt. La consultation finie, il déclara positivement à Grandet que sa femme était bien mal, mais qu'un grand calme d'esprit, un régime doux et des soins minutieux pourraient reculer l'époque de sa mort vers la fin de l'automne.

— Ça coûtera-t-il cher ? dit le bonhomme, faut-il des drogues ?

— Peu de drogues, mais beaucoup de soins, répondit le médecin qui ne put retenir un sourire.

— Enfin, monsieur Bergerin, répondit Grandet, vous êtes un homme d'honneur, pas vrai ? Je me fie à vous, venez voir ma femme toutes et quantes fois vous le jugerez convenable. Conservez-moi ma bonne femme ; je l'aime beaucoup, voyez-vous, sans que ça paraisse, parce que, chez moi, tout se passe en dedans et me trifouille l'âme. J'ai du chagrin. Le chagrin est entré chez moi avec la mort de mon frère, pour lequel je dépense, à Paris, des sommes... les yeux de la tête, enfin ! et ça ne finit point. Adieu, monsieur, si l'on peut sauver ma femme, sauvez-la, quand même il faudrait dépenser pour ça cent ou deux cents francs.

Malgré les souhaits fervents que Grandet faisait pour la santé de sa femme, dont la succession ouverte était une première mort pour lui ; malgré la complaisance qu'il manifestait en toute occasion pour les moindres volontés de la mère et de la fille étonnées ; malgré les soins les plus tendres prodigués par Eugénie, madame Grandet marcha rapidement vers la mort. Chaque jour elle s'affaiblissait et dépérissait comme dépérissent la plupart des femmes atteintes, à cet âge, par la maladie. Elle était frêle autant que les feuilles des arbres en automne. Les rayons du ciel la faisaient resplendir comme ces feuilles que le soleil traverse et dore. Ce fut une mort digne de sa vie, une mort toute chrétienne ; n'est-ce pas dire sublime ? Au mois d'octobre 1822 éclatèrent particulièrement ses vertus, sa patience d'ange et son amour pour sa fille ; elle s'éteignit sans avoir laissé échapper la moindre plainte. Agneau sans tache, elle allait au ciel, et ne regrettait ici-bas que la douce compagne de sa froide vie, à laquelle ses derniers regards semblaient prédire mille maux. Elle tremblait de laisser cette brebis, blanche comme elle, seule au milieu d'un monde égoïste qui voulait lui arracher sa toison, ses trésors.

— Mon enfant, lui dit-elle avant d'expirer, il n'y a de bonheur que dans le ciel, tu le sauras un jour.

Le lendemain de cette mort, Eugénie trouva de nouveaux motifs de s'attacher à cette maison où elle était née, où elle avait tant souffert, où sa mère venait de mourir. Elle ne pouvait contempler la croisée et la chaise à patins dans la salle sans verser des pleurs. Elle crut avoir méconnu l'âme de son vieux père en se voyant l'objet de ses soins les plus tendres : il venait lui donner le bras pour descendre au déjeuner ; il la regardait d'un œil presque bon pendant des heures entières ; enfin il la couvait comme si elle eût été d'or. Le vieux tonnelier se ressemblait si peu à lui-même, il tremblait tellement devant sa fille, que Nanon et les Cruchotins, témoins de sa faiblesse, l'attribuèrent à son grand âge, et craignirent ainsi quelque affaiblissement dans ses facultés ; mais le jour où la famille prit le deuil, après le dîner auquel fut convié maître Cruchot, qui seul connaissait le secret de son client, la conduite du bonhomme s'expliqua :

— Ma chère enfant, dit-il à Eugénie lorsque la table fut ôtée et les portes soigneusement closes, te voilà héritière de ta mère, et nous avons de petites affaires à régler entre nous deux. Pas vrai, Cruchot ?

— Oui.

— Est-il donc si nécessaire de s'en occuper aujourd'hui, mon père ?

— Oui, oui, fifille. Je ne pourrais pas durer dans l'incertitude où je suis. Je ne crois pas que tu veuilles me faire de la peine.

— Oh ! mon père.

— Hé ! bien, il faut arranger tout cela ce soir.

— Que voulez-vous donc que je fasse ?

— Mais, fifille, ça ne me regarde pas. Dites-lui donc, Cruchot.

— Mademoiselle, monsieur votre père ne voudrait ni partager, ni vendre ses biens, ni payer des droits énormes pour l'argent comptant qu'il peut posséder. Donc, pour cela, il faudrait se dispenser de faire l'inventaire de toute la fortune qui aujourd'hui se trouve indivise entre vous et monsieur votre père...

— Cruchot, êtes-vous bien sûr de cela, pour en parler ainsi devant un enfant ?

— Laissez-moi dire, Grandet.

— Oui, oui, mon ami. Ni vous ni ma fille ne voulez me dépouiller. N'est-ce pas, fifille ?

— Mais, monsieur Cruchot, que faut-il que je fasse ? demanda Eugénie impatientée.

— Eh ! bien, dit le notaire, il faudrait signer cet acte par lequel vous renonceriez à la succession de madame votre mère, et laisseriez à votre père l'usufruit de tous les biens indivis entre vous, et dont il vous assure la nue-propriété...

— Je ne comprends rien à tout ce que vous me dites, répondit Eugénie, donnez-moi l'acte, et montrez-moi la place où je dois signer.

Le père Grandet regardait alternativement l'acte et sa fille, sa fille et l'acte, en éprouvant de si violentes émotions qu'il s'essuya quelques gouttes de sueur venues sur son front.

— Fifille, dit-il, au lieu de signer cet acte qui coûtera gros à faire enregistrer, si tu voulais renoncer purement et simplement à la succession de ta pauvre mère défunte, et t'en rapporter à moi pour l'avenir, j'aimerais mieux ça. Je te ferais alors tous les mois une bonne grosse rente de cent francs. Vois, tu pourrais payer autant de messes que tu voudrais à ceux pour lesquels tu en fais dire... Hein ! cent francs par mois, en livres ?

— Je ferai tout ce qu'il vous plaira, mon père.

— Mademoiselle, dit le notaire, il est de mon devoir de vous faire observer que vous vous dépouillez...

— Eh ! mon Dieu, dit-elle, qu'est-ce que cela me fait ?

— Tais-toi, Cruchot. C'est dit, c'est dit, s'écria Grandet en prenant la main de sa fille et y frappant avec la sienne. Eugénie, tu ne te dédiras point, tu es une honnête fille, hein ?

— Oh ! mon père !...

Il l'embrassa avec effusion, la serra dans ses bras à l'étouffer.

— Va, mon enfant, tu donnes la vie à ton père ; mais tu lui rends ce qu'il t'a donné : nous sommes quittes. Voilà comment doivent se faire les affaires. La vie est une affaire. Je te bénis ! Tu es une vertueuse fille, qui aime bien son papa. Fais ce que tu voudras maintenant. A demain donc, Cruchot, dit-il en regardant le notaire épouvanté. Vous verrez à bien préparer l'acte de renonciation au greffe du Tribunal.

Le lendemain, vers midi, fut signée la déclaration par laquelle Eugénie accomplissait elle-même sa spoliation. Cependant, malgré sa parole, à la fin de la première année, le vieux tonnelier n'avait pas encore donné un sou des cent francs par mois si solennellement promis à sa fille. Aussi, quand Eugénie lui en parla plaisamment, ne put-il s'empêcher de rougir ; il monta vivement à son cabinet, revint, et lui présenta environ le tiers des bijoux qu'il avait pris à son neveu.

— Tiens, petite, dit-il d'un accent plein d'ironie, veux-tu ça pour tes douze cents francs ?

— O mon père ! vrai, me les donnez-vous ?

— Je t'en rendrai autant l'année prochaine, dit-il en les lui jetant dans son tablier. Ainsi en peu de temps tu auras toutes *ses* breloques, ajouta-t-il en se frottant les mains, heureux de pouvoir spéculer sur le sentiment de sa fille.

Néanmoins le vieillard, quoique robuste encore, sentit la nécessité d'initier sa fille aux secrets du ménage. Pendant deux années consécutives il lui fit ordonner en sa présence le menu de la maison, et recevoir les redevances. Il lui apprit lentement et successivement les noms, la contenance de ses clos, de ses fermes. Vers la troisième année il l'avait si bien accoutumée à toutes ses façons d'avarice, il les avait si visiblement tournées chez elle en habitudes, qu'il lui laissa sans crainte les clefs de la dépense, et l'institua la maîtresse au logis.

Cinq ans se passèrent sans qu'aucun événement marquât dans l'existence monotone d'Eugénie et de son père. Ce fut les mêmes actes constamment accomplis avec la régularité chronométrique des mouvements de la vieille pendule. La profonde mélancolie de mademoiselle Grandet n'était un secret pour personne ; mais, si chacun put en pressentir la cause, jamais un mot prononcé par elle ne justifia les soupçons que toutes les sociétés de Saumur formaient sur l'état du cœur de la riche héritière. Sa seule compagnie se composait des trois Cruchot et de quelques-uns de leurs amis qu'ils avaient insensiblement introduits au logis. Ils lui avaient appris à jouer au whist, et venaient tous les soirs faire la partie. Dans l'année 1827, son père, sentant le poids des infirmités, fut forcé de l'initier aux secrets de sa fortune territoriale, et lui disait, en cas de difficultés, de s'en rapporter à Cruchot le notaire, dont la probité lui était connue. Puis, vers la fin de cette année, le bonhomme fut enfin, à l'âge de quatre-vingt-deux ans, pris par une paralysie qui fit de rapides progrès. Grandet fut condamné par monsieur Bergerin. En pensant qu'elle allait bientôt se trouver seule dans le monde, Eugénie se tint, pour ainsi dire, plus près de son père, et serra plus fortement ce dernier anneau d'affection. Dans sa pensée, comme dans

celle de toutes les femmes aimantes, l'amour était le monde entier, et Charles n'était pas là. Elle fut sublime de soins et d'attentions pour son vieux père, dont les facultés commençaient à baisser, mais dont l'avarice se soutenait instinctivement. Aussi la mort de cet homme ne contrasta-t-elle point avec sa vie. Dès le matin il se faisait rouler entre la cheminée de sa chambre et la porte de son cabinet, sans doute plein d'or. Il restait là sans mouvement, mais il regardait tour à tour avec anxiété ceux qui venaient le voir et la porte dou-blée de fer. Il se faisait rendre compte des moin-dres bruits qu'il entendait ; et, au grand étonne-ment du notaire, il entendait le bâillement de son chien dans la cour. Il se réveillait de sa stupeur apparente au jour et à l'heure où il fallait rece-voir des fermages, faire des comptes avec les clo-siers, ou donner des quittances. Il agitait alors son fauteuil à roulettes jusqu'à ce qu'il se trouvât en face de la porte de son cabinet. Il le faisait ouvrir par sa fille, et veillait à ce qu'elle plaçât en secret elle-même les sacs d'argent les uns sur les autres, à ce qu'elle fermât la porte. Puis il revenait à sa place silencieusement aussitôt qu'elle lui avait rendu la précieuse clef, toujours placée dans la poche de son gilet, et qu'il tâtait de temps en temps. D'ailleurs son vieil ami le notaire, sentant que la riche héritière épouserait nécessairement son neveu, le président, si Charles Grandet ne reve-nait pas, redoubla de soins et d'attentions : il venait tous les jours se mettre aux ordres de Gran-det, allait à son commandement à Froidfond, aux terres, aux prés, aux vignes, vendait les récoltes, et transmutait tout en or et en argent qui venait se réunir secrètement aux sacs empilés dans le cabi-
☞ net. Enfin arrivèrent les jours d'agonie, pendant

☞ Voir *Au fil du texte*, p. XII.

lesquels la forte charpente du bonhomme fut aux prises avec la destruction. Il voulut rester assis au coin de son feu, devant la porte de son cabinet. Il attirait à lui et roulait toutes les couvertures que l'on mettait sur lui, et disait à Nanon : « Serre, serre ça, pour qu'on ne me vole pas. » Quand il pouvait ouvrir les yeux, où toute sa vie s'était réfugiée, il les tournait aussitôt vers la porte du cabinet où gisaient ses trésors en disant à sa fille : « Y sont-ils ? y sont-ils ? » d'un son de voix qui dénotait une sorte de peur panique.

— Oui, mon père.

— Veille à l'or, mets de l'or devant moi.

Eugénie lui étendait des louis sur une table, et il demeurait des heures entières les yeux attachés sur les louis, comme un enfant qui, au moment où il commence à voir, contemple stupidement le même objet ; et, comme à un enfant, il lui échappait un sourire pénible.

— Ça me réchauffe ! disait-il quelquefois en laissant paraître sur sa figure une expression de béatitude.

Lorsque le curé de la paroisse vint l'administrer, ses yeux, morts en apparence depuis quelques heures, se ranimèrent à la vue de la croix, des chandeliers, du bénitier d'argent qu'il regarda fixement, et sa loupe remua pour la dernière fois. Lorsque le prêtre lui approcha des lèvres le crucifix en vermeil pour lui faire baiser le Christ, il fit un épouvantable geste pour le saisir, et ce dernier effort lui coûta la vie, il appela Eugénie, qu'il ne voyait pas quoiqu'elle fût agenouillée devant lui et qu'elle baignât de ses larmes une main déjà froide.

— Mon père, bénissez-moi !... demanda-t-elle.

— Aie bien soin de tout. Tu me rendras compte de ça là-bas, dit-il en prouvant par cette dernière parole que le christianisme doit être la religion des avares.

Eugénie Grandet se trouva donc seule au monde dans cette maison, n'ayant que Nanon à qui elle pût jeter un regard avec la certitude d'être entendue et comprise, Nanon, le seul être qui l'aimât pour elle et avec qui elle pût causer de ses chagrins. La Grande Nanon était une providence pour Eugénie. Aussi ne fut-elle plus une servante, mais une humble amie. Après la mort de son père, Eugénie apprit par maître Cruchot qu'elle possédait trois cent mille livres de rentes en biens-fonds dans l'arrondissement de Saumur, six millions placés en trois pour cent à soixante francs, et il valait alors soixante-dix-sept francs ; plus deux millions en or et cent mille francs en écus, sans compter les arrérages à recevoir. L'estimation totale de ses biens allait à dix-sept millions.

— Où donc est mon cousin ? se dit-elle.

Le jour où maître Cruchot remit à sa cliente l'état de la succession, devenue claire et liquide, Eugénie resta seule avec Nanon, assises l'une et l'autre de chaque côté de la cheminée de cette salle si vide, où tout était souvenir, depuis la chaise à patins sur laquelle s'asseyait sa mère jusqu'au verre dans lequel avait bu son cousin.

— Nanon, nous sommes seules...

— Oui, mademoiselle ; et, si je savais où il est, ce mignon, j'irais de mon pied, le chercher.

— Il y a la mer entre nous, dit-elle.

Pendant que la pauvre héritière pleurait ainsi en compagnie de sa vieille servante, dans cette froide et obscure maison, qui pour elle composait tout l'univers, il n'était question de Nantes à Orléans que des dix-sept millions de mademoiselle Grandet. Un de ses premiers actes fut de donner douze cents francs de rente viagère à Nanon, qui possédant déjà six cents autres francs, devint un riche parti. En moins d'un mois, elle passa de l'état de fille à celui de femme, sous la protection d'Antoine Cornoiller, qui fut nommé garde-général des terres et propriétés de mademoiselle Grandet. Madame Cornoiller eut sur ses contemporaines un immense avantage. Quoiqu'elle eût cinquante-neuf ans, elle ne paraissait pas en avoir plus de quarante. Ses gros traits avaient résisté aux attaques du temps. Grâce au régime de sa vie monastique, elle narguait la vieillesse par un teint coloré, par une santé de fer. Peut-être n'avait-elle jamais été aussi bien qu'elle le fut au jour de son mariage. Elle eut les bénéfices de sa laideur, et apparut grosse, grasse, forte, ayant sur sa figure indestructible un air de bonheur qui fit envier par quelques personnes le sort de Cornoiller. « — Elle est bon teint, disait le drapier. — Elle est capable de faire des enfants, dit le marchand de sel ; elle s'est conservée comme dans de la saumure, sous votre respect. — Elle est riche, et le gars Cornoiller fait un bon coup », disait un autre voisin. En sortant du vieux logis, Nanon, qui était aimée de tout le voisinage, ne reçut que des compliments en descendant la rue tortueuse pour se rendre à la paroisse. Pour présent de noce, Eugénie lui donna trois douzaines de couverts. Cornoiller, surpris d'une telle magnificence, parlait de sa maîtresse les larmes aux yeux : il se serait fait hacher pour elle. Devenue la femme de confiance d'Eugénie, madame Cornoiller eut désormais un bonheur égal pour elle à celui de posséder un mari. Elle avait enfin une dépense à ouvrir, à fermer, des provisions à donner le matin, comme faisait son défunt maître. Puis elle eut à régir deux domestiques, une cuisinière et une femme de chambre chargée de raccommoder le linge de la maison, de faire les robes de mademoiselle. Cornoiller cumula les fonctions de garde et de régisseur. Il est inutile de dire que la cuisinière et la femme de chambre choisies par Nanon étaient de véritables *perles*. Mademoiselle Grandet eut ainsi quatre serviteurs dont le dévouement était sans bornes. Les fermiers ne s'aperçurent donc pas de la mort du bonhomme, tant il avait sévèrement établi les usages et coutumes de son administration, qui fut soigneusement continuée par monsieur et madame Cornoiller.

A trente ans, Eugénie ne connaissait encore aucune des félicités de la vie. Sa pâle et triste enfance s'était écoulée auprès d'une mère dont le cœur méconnu, froissé, avait toujours souffert. En quittant avec joie l'existence, cette mère plaignit sa fille d'avoir à vivre, et lui laissa dans l'âme de légers remords et d'éternels regrets. Le premier, le seul amour d'Eugénie était, pour elle, un principe de mélancolie. Après avoir entrevu son amant pendant quelques jours, elle lui avait donné son cœur entre deux baisers furtivement acceptés et reçus ; puis il était parti, mettant tout un monde entre elle et lui. Cet amour, maudit par son père, lui avait presque coûté sa mère, et ne lui causait que des douleurs mêlées de frêles espérances. Ainsi jusqu'alors elle s'était élancée vers le bonheur en perdant ses forces, sans les échanger. Dans la vie morale, aussi bien que dans la vie physique, il existe une aspiration et une respiration : l'âme a besoin d'absorber les sentiments d'une autre âme, de se les assimiler pour les lui restituer plus riches. Sans ce beau phénomène humain, point de vie au cœur ; l'air lui manque alors, il souffre, et dépérit. Eugénie commençait à souffrir. Pour elle, la fortune n'était ni un pouvoir ni une consolation ; elle ne pouvait exister que par l'amour, par la religion, par sa foi dans l'avenir. L'amour lui expliquait l'éternité. Son cœur et l'Evangile lui signalaient deux mondes à attendre. Elle se plongeait nuit et jour au sein de deux pensées infinies, qui pour elle peut-être n'en faisaient qu'une seule. Elle se retirait en elle-même, aimant et se croyant aimée. Depuis sept ans, sa passion avait tout envahi. Ses trésors n'étaient pas les millions dont les revenus s'entassaient, mais le coffret de Charles, mais les deux portraits suspendus à son lit, mais les bijoux rachetés à son père, étalés orgueilleusement sur une couche de ouate dans un tiroir du bahut ; mais le dé de sa tante, duquel s'était servie sa mère, et que tous les jours elle prenait religieusement pour travailler à une broderie, ouvrage de Pénélope, entrepris seulement pour mettre à son doigt cet or plein de souvenirs. Il ne paraissait pas vraisemblable que mademoiselle Grandet voulût se marier durant son deuil. Sa piété vraie était connue. Aussi la famille Cruchot, dont la politique était sagement dirigée par le vieil abbé, se contenta-t-elle de cerner l'héritière en l'entourant des soins les plus affectueux. Chez elle, tous les soirs, la salle se remplissait d'une société composée des plus chauds et des plus dévoués Cruchotins du pays qui s'efforçaient de chanter les louanges de la maîtresse du logis sur tous les tons. Elle avait le médecin ordinaire de sa chambre, son grand aumônier, son chambellan, sa première dame d'atours, son premier ministre, son chancelier surtout, un chancelier qui voulait lui tout dire. L'héritière eût-elle désiré un porte-queue, on lui en aurait trouvé un. C'était une reine, et la plus habilement adulée de toutes les reines. La flatterie n'émane jamais des grandes âmes, elle est l'apanage des petits esprits, qui réussissent à se rapetisser encore pour mieux entrer dans la sphère vitale de la personne autour de laquelle ils gravitent. La flatterie sous-entend un intérêt. Aussi les personnes qui venaient meubler tous les soirs la salle de mademoiselle Grandet, nommée par elles mademoiselle de Froidfond, réussissaient-elles merveilleusement à l'accabler de louanges. Ce concert d'éloges, nouveaux pour Eugénie, la fit d'abord rougir ; mais insensiblement, et quelque grossiers que fussent les compliments, son oreille s'accoutuma si bien à entendre vanter sa beauté, que si quelque nouveau venu l'eût trouvée laide, ce reproche lui aurait été beaucoup plus sensible alors que huit ans auparavant. Puis elle finit par aimer des douceurs qu'elle mettait secrètement aux pieds de son idole. Elle s'habitua donc par degrés à se laisser traiter en souveraine et à voir sa cour pleine tous les soirs. Monsieur le président de Bonfons était le héros de ce petit cercle, où son esprit, sa personne, son instruction, son amabilité sans cesse étaient vantés. L'un faisait observer que, depuis sept ans, il avait beaucoup augmenté sa fortune ; que Bonfons valait au moins dix mille francs de rente et se trouvait enclavé, comme tous les biens des Cruchot, dans les vastes domaines de l'héritière. — Savez-vous, mademoiselle, disait un habitué, que les Cruchot ont à eux quarante mille livres de rente. — Et leurs économies, reprenait une vieille Cruchotine, mademoiselle de Gribeaucourt. Un monsieur de Paris est venu dernièrement offrir à monsieur Cruchot deux cent mille francs de son étude. Il doit la vendre, s'il peut être nommé juge de paix. — Il veut succéder à monsieur de Bonfons dans la présidence du tribunal, et prend ses précautions, répondit madame d'Orsonval ; car monsieur le président deviendra conseiller, puis président à la Cour, il a trop de moyens pour ne pas arriver. — Oui, c'est un homme bien distingué, disait un autre. Ne trouvez-vous pas, mademoiselle ? Monsieur le président avait tâché de se mettre en harmonie avec le rôle qu'il voulait jouer. Malgré ses quarante ans, malgré sa figure brune et rébarbative, flétrie comme le sont presque toutes les physionomies judiciaires, il se mettait en jeune homme, badinait avec un jonc, ne prenait point de tabac chez mademoiselle de Froidfond, y arrivait toujours en cravate blanche, et en chemise dont le jabot à gros plis lui donnait un air de famille avec les individus du genre dindon. Il parlait familièrement à la belle héritière, et lui disait : Notre chère Eugénie ! Enfin, hormis le nombre des personnages, en remplaçant le loto par le whist, et en supprimant les figures de monsieur et de madame Grandet, la scène par laquelle commence cette histoire était à peu près la même que par le passé. La meute poursuivait toujours Eugénie et ses millions ; mais la meute plus nombreuse aboyait mieux, et cernait sa proie avec ensemble. Si Charles fût arrivé du fond des Indes, il eût donc retrouvé les mêmes personnages et les mêmes intérêts. Madame des Grassins, pour laquelle Eugénie était parfaite de grâce et de bonté, persistait à tourmenter les Cruchot. Mais alors, comme autrefois, la figure d'Eugénie eût dominé le tableau ; comme autrefois, Charles eût encore été là le souverain. Néanmoins il y avait un progrès. Le bouquet présenté jadis à Eugénie aux jours de sa fête par le président était devenu périodique. Tous les soirs il apportait à la riche héritière un gros et magnifique bouquet que madame Cornoiller mettait ostensiblement dans un bocal, et jetait secrètement dans un coin de la cour, aussitôt les visiteurs partis. Au commencement du printemps, madame des Grassins essaya de troubler le bonheur des Cruchotins en parlant à Eugénie du marquis de Froidfond, dont la maison ruinée pouvait se relever si l'héritière voulait lui rendre sa terre par un contrat de mariage. Madame des Grassins faisait sonner haut la pairie, le titre de marquise, et, prenant le sourire de dédain d'Eugénie pour une approbation, elle allait disant que le mariage de monsieur le président Cruchot n'était pas aussi avancé qu'on le croyait. — Quoique monsieur de Froidfond ait cinquante ans, disait-elle, il ne paraît pas plus âgé que ne l'est monsieur Cruchot ; il est veuf, il a des enfants, c'est vrai ; mais il est marquis, il sera pair de France, et par le temps qui court trouvez donc des mariages de cet acabit. Je sais de science certaine que le père Grandet, en réunissant tous ses biens à la terre de Froidfond, avait l'intention de s'enter sur les Froidfond. Il me l'a souvent dit. Il était malin, le bonhomme.

— Comment, Nanon, dit un soir Eugénie en se couchant, il ne m'écrira pas une fois en sept ans ?...

Pendant que ces choses se passaient à Saumur, Charles faisait fortune aux Indes. Sa pacotille s'était d'abord très bien vendue. Il avait réalisé promptement une somme de six mille dollars. Le baptême de la Ligne lui fit perdre beaucoup de préjugés ; il s'aperçut que le meilleur moyen d'arriver à la fortune était, dans les régions intertropicales, aussi bien qu'en Europe, d'acheter et de vendre des hommes. Il vint donc sur les côtes d'Afrique et fit la traite des nègres, en joignant à son commerce d'hommes celui des marchandises les plus avantageuses à échanger sur les divers marchés où l'amenaient ses intérêts. Il porta dans les affaires une activité qui ne lui laissait aucun moment de libre. Il était dominé par l'idée de reparaître à Paris dans tout l'éclat d'une haute fortune, et de ressaisir une position plus brillante encore que celle d'où il était tombé. A force de rouler à travers les hommes et les pays, d'en observer les coutumes contraires, ses idées se modifièrent et il devint sceptique. Il n'eut plus de notions fixes sur le juste et l'injuste, en voyant taxer de crime dans un pays ce qui était vertu dans un autre. Au contact perpétuel des intérêts, son cœur se refroidit, se contracta, se dessécha. Le sang des Grandet ne faillit point à sa destinée. Charles devint dur, âpre à la curée. Il vendit des Chinois, des Nègres, des nids d'hirondelles, des enfants, des artistes ; il fit l'usure en grand. L'habitude de frauder les droits de douane le rendit moins scrupuleux sur les droits de l'homme. Il allait à Saint-Thomas [1] acheter à vil prix les marchandises volées par les pirates, et les portait sur les places où elles manquaient. Si la noble et pure figure d'Eugénie l'accompagna dans son premier voyage comme cette image de Vierge que mettent sur leur vaisseau les marins espagnols, et s'il attribua ses premiers succès à la magique influence des vœux et des prières de cette douce fille ; plus tard, les Négresses, les Mulâtresses, les Blanches, les Javanaises, les Almées, ses orgies de toutes les couleurs, et les aventures qu'il eut en divers pays effacèrent complètement le souvenir de sa cousine, de Saumur, de la maison, du banc, du baiser pris dans le couloir. Il se souvenait seulement du petit jardin encadré de vieux murs, parce que là sa destinée hasardeuse avait commencé ; mais il reniait sa famille : son oncle était un vieux chien qui lui avait filouté ses bijoux ; Eugénie n'occupait ni son cœur ni ses pensées, elle occupait une place dans ses affaires comme créancière d'une somme de six mille francs. Cette conduite et ces idées expliquent le silence de Charles Grandet. Dans les Indes, à Saint-Thomas, à la côte d'Afrique, à Lisbonne et aux Etats-Unis, le spéculateur avait pris, pour ne pas compromettre son nom, le pseudonyme de Sepherd. Carl Sepherd pouvait sans danger se montrer partout infatigable, audacieux, avide, en homme qui, résolu de faire fortune *quibuscumque viis*[1], se dépêche d'en finir avec l'infamie pour rester honnête homme pendant le restant de ses jours. Avec ce système, sa fortune fut rapide et brillante. En 1827 donc, il revenait à Bordeaux, sur le *Marie-Caroline*, joli brick appartenant à une maison de commerce royaliste. Il possédait dix-neuf cent mille francs en trois tonneaux de poudre d'or bien cerclés, desquels il comptait tirer sept ou huit pour cent en les monnayant à Paris. Sur ce brick, se trouvait également un gentilhomme ordinaire de la chambre de S.M. le roi Charles X, monsieur d'Aubrion, bon vieillard qui avait fait la folie d'épouser une femme à la mode, et dont la fortune était aux îles. Pour réparer les prodigalités de madame d'Aubrion, il était allé réaliser ses propriétés. Monsieur et madame d'Aubrion, de la maison d'Aubrion de Buch, dont le dernier Captal mourut avant 1789, réduits à une vingtaine de mille livres de rente, avaient une fille assez laide que la mère voulait

---

1. *Quibuscumque viis :* par tous les moyens.

marier sans dot, sa fortune lui suffisant à peine pour vivre à Paris. C'était une entreprise dont le succès eût semblé problématique à tous les gens du monde malgré l'habileté qu'ils prêtent aux femmes à la mode. Aussi madame d'Aubrion elle-même désespérait-elle presque, en voyant sa fille, d'en embarrasser qui que ce fût, fût-ce même un homme ivre de noblesse. Mademoiselle d'Aubrion était une demoiselle longue comme l'insecte, son homonyme[1] ; maigre, fluette, à bouche dédaigneuse, sur laquelle descendait un nez trop long, gros du bout, flavescent à l'état normal, mais complètement rouge après les repas, espèce de phénomène végétal plus désagréable au milieu d'un visage pâle et ennuyé que dans tout autre. Enfin, elle était telle que pouvait la désirer une mère de trente-huit ans qui, belle encore, avait encore des prétentions. Mais, pour contre-balancer de tels désavantages, la marquise d'Aubrion avait donné à sa fille un air très distingué, l'avait soumise à une hygiène qui maintenait provisoirement le nez à un ton de chair raisonnable, lui avait appris l'art de se mettre avec goût, l'avait dotée de jolies manières, lui avait enseigné ces regards mélancoliques qui intéressent un homme et lui font croire qu'il va rencontrer l'ange si vainement cherché ; elle lui avait montré la manœuvre du pied, pour l'avancer à propos et en faire admirer la petitesse, au moment où le nez avait l'impertinence de rougir ; enfin, elle avait tiré de sa fille un parti très satisfaisant. Au moyen de manches larges, de corsages menteurs, de robes bouffantes et soigneusement garnies, d'un corset à haute pression, elle avait obtenu des produits féminins si curieux que,

1. Demoiselle est l'autre nom de la libellule.

pour l'instruction des mères, elle aurait dû les déposer dans un musée. Charles se lia beaucoup avec madame d'Aubrion, qui voulait précisément se lier avec lui. Plusieurs personnes prétendent même que, pendant la traversée, la belle madame d'Aubrion ne négligea aucun moyen de capturer un gendre si riche. En débarquant à Bordeaux, au mois de juin 1827, monsieur, madame, mademoiselle d'Aubrion et Charles logèrent ensemble dans le même hôtel et partirent ensemble pour Paris. L'hôtel d'Aubrion était criblé d'hypothèques, Charles devait le libérer. La mère avait déjà parlé du bonheur qu'elle aurait de céder son rez-de-chaussée à son gendre et à sa fille. Ne partageant pas les préjugés de monsieur d'Aubrion sur la noblesse, elle avait promis à Charles Grandet d'obtenir du bon Charles X une ordonnance royale qui l'autoriserait, lui Grandet, à porter le nom d'Aubrion, à en prendre les armes, et à succéder, moyennant la constitution d'un majorat de trente-six mille livres de rente, à Aubrion, dans le titre de Captal de Buch et marquis d'Aubrion. En réunissant leurs fortunes, vivant en bonne intelligence, et moyennant des sinécures, on pourrait réunir cent et quelques mille livres de rente à l'hôtel d'Aubrion. — Et quand on a cent mille livres de rente, un nom, une famille, que l'on va à la cour, car je vous ferai nommer gentilhomme de la chambre, on devient tout ce qu'on veut être, disait-elle à Charles. Ainsi vous serez, à votre choix, maître des requêtes au Conseil d'Etat, préfet, secrétaire d'ambassade, ambassadeur. Charles X aime beaucoup d'Aubrion, ils se connaissent depuis l'enfance.

Enivré d'ambition par cette femme, Charles avait caressé, pendant la traversée, toutes ces espérances qui lui furent présentées par une main habile, et sous forme de confidences versées de cœur à cœur. Croyant les affaires de son père arrangées par son oncle, il se voyait ancré tout à coup dans le faubourg Saint-Germain, où tout le monde voulait alors entrer, et où, à l'ombre du nez bleu de mademoiselle Mathilde, il reparaissait en comte d'Aubrion, comme les Dreux reparurent un jour en Brézé. Ebloui par la prospérité de la Restauration qu'il avait laissée chancelante, saisi par l'éclat des idées aristocratiques, son enivrement commencé sur le vaisseau se maintint à Paris où il résolut de tout faire pour arriver à la haute position que son égoïste belle-mère lui faisait entrevoir. Sa cousine n'était donc plus pour lui qu'un point dans l'espace de cette brillante perspective. Il revit Annette. En femme du monde, Annette conseilla vivement à son ancien ami de contracter cette alliance, et lui promit son appui dans toutes ses entreprises ambitieuses. Annette était enchantée de faire épouser une demoiselle laide et ennuyeuse à Charles, que le séjour des Indes avait rendu très séduisant : son teint avait bruni, ses manières étaient devenues décidées, hardies, comme le sont celles des hommes habitués à trancher, à dominer, à réussir. Charles respira plus à l'aise dans Paris, en voyant qu'il pouvait y jouer un rôle. Des Grassins, apprenant son retour, son mariage prochain, sa fortune, le vint voir pour lui parler des trois cent mille francs moyennant lesquels il pouvait acquitter les dettes de son père. Il trouva Charles en conférence avec le joaillier auquel il avait commandé des bijoux pour la corbeille de mademoiselle d'Aubrion, et qui lui en montrait les dessins. Malgré les magnifiques diamants que Charles avait rapportés des Indes, les façons, l'argenterie, la joaillerie solide et futile du jeune ménage allait encore à plus de deux cent mille francs. Charles reçut des Grassins, qu'il ne reconnut pas, avec l'impertinence d'un jeune homme à la mode qui, dans les Indes, avait tué quatre hommes en différents duels. Monsieur des Grassins était déjà venu trois fois, Charles l'écouta froidement : puis il lui répondit, sans l'avoir bien compris : « Les affaires de mon père ne sont pas les miennes. Je vous suis obligé, monsieur, des soins que vous avez bien voulu prendre, et dont je ne saurais profiter. Je n'ai pas ramassé presque deux millions à la sueur de mon front pour aller les flanquer à la tête des créanciers de mon père. »

— Et si monsieur votre père était, d'ici à quelques jours, déclaré en faillite ?

— Monsieur, d'ici à quelques jours, je me nommerai le comte d'Aubrion. Vous entendez bien que ce me sera parfaitement indifférent. D'ailleurs, vous savez mieux que moi que quand un homme a cent mille livres de rente, son père n'a jamais fait faillite, ajouta-t-il en poussant poliment le sieur des Grassins vers la porte.

Au commencement du mois d'août de cette année, Eugénie était assise sur le petit banc de bois où son cousin lui avait juré un éternel amour, et où elle venait déjeuner quand il faisait beau. La pauvre fille se complaisait en ce moment, par la plus fraîche, la plus joyeuse matinée, à repasser dans sa mémoire les grands, les petits événements de son amour et les catastrophes dont il avait été suivi. Le soleil éclairait le joli pan de mur tout fendillé, presque en ruines, auquel il était défendu de toucher, de par la fantasque héritière, quoique Cornoiller répétât souvent à sa femme qu'on serait écrasé dessous quelque jour. En ce moment, le facteur de poste frappa, remit une lettre à madame Cornoiller, qui vint au jardin en criant : « Mademoiselle, une lettre ! » Elle la donna à sa maîtresse en lui disant : « C'est-y celle que vous attendez ? »

Ces mots retentirent aussi fortement au cœur d'Eugénie qu'ils retentirent réellement entre les murailles de la cour et du jardin.

— Paris ! C'est de lui. Il est revenu.

Eugénie pâlit, et garda la lettre pendant un moment. Elle palpitait trop vivement pour pouvoir la décacheter et la lire. La Grande Nanon resta debout, les deux mains sur les hanches, et la joie semblait s'échapper comme une fumée par les crevasses de son brun visage.

— Lisez donc, mademoiselle...

— Ah ! Nanon, pourquoi revient-il par Paris, quand il s'en est allé par Saumur ?

— Lisez, vous le saurez.

Eugénie décacheta la lettre en tremblant. Il en tomba un mandat sur la maison *madame des Grassins et Corret* de Saumur. Nanon le ramassa.

« Ma chère cousine... »

— Je ne suis plus Eugénie, pensa-t-elle. Et son cœur se serra.

« Vous... »

— Il me disait *tu* !

Elle se croisa les bras, n'osa plus lire la lettre, et de grosses larmes lui vinrent aux yeux.

— Est-il mort ? demanda Nanon.

— Il n'écrirait pas, dit Eugénie.

Elle lut toute la lettre que voici.

« Ma chère cousine, vous apprendrez, je le crois, avec plaisir, le succès de mes entreprises. Vous m'avez porté bonheur, je suis revenu riche, et j'ai suivi les conseils de mon oncle, dont la mort et celle de ma tante viennent de m'être apprises par monsieur des Grassins. La mort de nos parents est dans la nature, et nous devons leur succéder. J'espère que vous êtes aujourd'hui consolée. Rien ne résiste au temps, je l'éprouve. Oui, ma chère cousine, malheureusement pour moi, le moment des illusions est passé. Que voulez-vous ! En voyageant à travers de nombreux pays, j'ai réfléchi sur la vie. D'enfant que j'étais au départ, je suis devenu homme au retour. Aujourd'hui, je pense à bien des choses auxquelles je ne songeais pas autrefois. Vous êtes libre, ma cousine, et je suis libre encore ; rien n'empêche, en apparence, la réalisation de nos petits projets ; mais j'ai trop de loyauté dans le caractère pour vous cacher la situation de mes affaires. Je n'ai point oublié que je ne m'appartiens pas ; je me suis toujours souvenu dans mes longues traversées du petit banc de bois... »

Eugénie se leva comme si elle eût été sur des charbons ardents, et alla s'asseoir sur une des marches de la cour.

« ...du petit banc de bois où nous nous sommes juré de nous aimer toujours, du couloir, de la salle grise, de ma chambre en mansarde, et de la nuit où vous m'avez rendu, par votre délicate obligeance, mon avenir plus facile. Oui, ces souvenirs ont soutenu mon courage, et je me suis dit que vous pensiez toujours à moi comme je pensais souvent à vous, à l'heure convenue entre nous. Avez-vous bien regardé les nuages à neuf heures ? Oui, n'est-ce pas ? Aussi, ne veux-je pas trahir une amitié sacrée pour moi ; non, je ne dois point vous tromper. Il s'agit, en ce moment, pour moi, d'une alliance qui satisfait à toutes les idées que je me suis formées sur le mariage. L'amour, dans le mariage, est une chimère. Aujourd'hui mon expérience me dit qu'il faut obéir à toutes les lois sociales et réunir toutes les convenances voulues par le monde en se mariant. Or, déjà se trouve entre nous une différence d'âge qui, peut-être, influerait plus sur votre avenir, ma chère cousine, que sur le mien. Je ne vous parlerai ni de vos mœurs, ni de votre éducation, ni de vos habitudes, qui ne sont nullement en rapport avec la vie de Paris, et ne cadreraient sans doute point avec mes projets ultérieurs. Il entre dans mes plans de tenir un grand état de maison, de recevoir beaucoup de monde, et je crois me souvenir que vous aimez une vie douce et tranquille. Non, je serai plus franc, et veux vous faire arbitre de ma situation ; il vous appartient de la connaître, et vous avez le droit de la juger. Aujourd'hui je possède quatre-vingt mille livres de rente. Cette fortune me permet de m'unir à la famille d'Aubrion, dont l'héritière, jeune personne de dix-neuf ans, m'apporte en mariage son nom, un titre, la place de gentilhomme honoraire de la chambre de Sa Majesté, et une position des plus brillantes. Je vous avouerai, ma chère cousine, que je n'aime pas le moins du monde mademoiselle d'Aubrion, mais, par son alliance, j'assure à mes enfants une situation sociale dont un jour les avantages seront incalculables : de jour en jour, les idées monarchiques reprennent faveur. Donc, quelques années plus tard, mon fils, devenu marquis d'Aubrion, ayant un majorat de quarante mille livres de rente, pourra prendre dans l'Etat telle place qu'il lui conviendra de choisir. Nous nous devons à nos enfants. Vous voyez, ma chère cousine, avec quelle bonne foi je vous expose l'état de mon cœur, de mes espérances et de ma fortune. Il est possible que de votre côté vous ayez oublié nos enfantillages après sept années d'absence ; mais moi, je n'ai oublié ni votre indulgence, ni mes paroles ; je me souviens de toutes, même des plus légèrement données, et auxquelles un jeune homme moins consciencieux que je ne le suis, ayant un cœur moins jeune et moins probe, ne songerait même pas. En vous disant que je ne pense qu'à faire un mariage de convenance, et que je me souviens encore de nos amours d'enfant, n'est-ce pas me mettre entièrement à votre discrétion, vous rendre maîtresse de mon sort, et vous dire que, s'il faut renoncer à mes ambitions sociales, je me contenterai volontiers de ce simple et pur bonheur duquel vous m'avez offert de si touchantes images... »

— Tan, ta, ta. — Tan, ta, ti. — Tinn, ta, ta. — Toûn ! — Toûn, ta, ti. — Tinn, ta, ta..., etc., avait chanté Charles Grandet sur l'air de *Non più andrai*[1], en signant :

Votre dévoué cousin,

« CHARLES. »

— Tonnerre de Dieu ! c'est y mettre des procédés, se dit-il. Et il avait cherché le mandat, et il avait ajouté ceci :

« *P.S.* Je joins à ma lettre un mandat sur la maison des Grassins de huit mille francs à votre ordre, et payable en or, comprenant intérêts et capital de la somme que vous avez eu la bonté de me prêter. J'attends de Bordeaux une caisse où se trouvent quelques objets que vous me permettrez de vous offrir en témoignage de mon éternelle reconnaissance. Vous pouvez renvoyer par la diligence ma toilette à l'hôtel d'Aubrion, rue Hillerin-Bertin. »

1. *Non più andrai :* air chanté par Figaro dans *Les Noces de Figaro*, de Mozart.

— Par la diligence ! dit Eugénie. Une chose pour laquelle j'aurais donné mille fois ma vie !

Epouvantable et complet désastre. Le vaisseau sombrait sans laisser ni un cordage, ni une planche sur le vaste océan des espérances. En se voyant abandonnées, certaines femmes vont arracher leur amant aux bras d'une rivale, la tuent et s'enfuient au bout du monde, sur l'échafaud ou dans la tombe. Cela, sans doute, est beau ; le mobile de ce crime est une sublime passion qui impose à la Justice humaine. D'autres femmes baissent la tête et souffrent en silence : elles vont mourantes et résignées, pleurant et pardonnant, priant et se souvenant jusqu'au dernier soupir. Ceci est de l'amour, l'amour vrai, l'amour des anges, l'amour fier qui vit de sa douleur et qui en meurt. Ce fut le sentiment d'Eugénie après avoir lu cette horrible lettre. Elle jeta ses regards au ciel, en pensant aux dernières paroles de sa mère, qui, semblable à quelques mourants, avait projeté sur l'avenir un coup d'œil pénétrant, lucide ; puis, Eugénie se souvenant de cette mort et de cette vie prophétique, mesura d'un regard toute sa destinée. Elle n'avait plus qu'à déployer ses ailes, tendre au ciel, et vivre en prières jusqu'au jour de la délivrance.

— Ma mère avait raison, dit-elle en pleurant. Souffrir et mourir.

Elle vint à pas lents de son jardin dans la salle. Contre son habitude, elle ne passa point par le couloir ; mais elle retrouva le souvenir de son cousin dans ce vieux salon gris, sur la cheminée duquel était toujours une certaine soucoupe dont elle se servait tous les matins à son déjeuner, ainsi que du sucrier de vieux Sèvres. Cette matinée devait être solennelle et pleine d'événements pour elle. Nanon lui annonça le curé de la paroisse. Ce curé, parent des Cruchot, était dans les intérêts du président de Bonfons. Depuis quelques jours, le vieil abbé l'avait déterminé à parler à mademoiselle Grandet, dans un sens purement religieux, de l'obligation où elle était de contracter mariage. En voyant son pasteur, Eugénie crut qu'il venait chercher les mille francs qu'elle donnait mensuellement aux pauvres, et dit à Nanon de les aller chercher ; mais le curé se prit à sourire.

— Aujourd'hui, mademoiselle, je viens vous parler d'une pauvre fille à laquelle toute la ville de Saumur s'intéresse, et qui, faute de charité pour elle-même, ne vit pas chrétiennement.

— Mon Dieu ! monsieur le curé, vous me trouvez dans un moment où il m'est impossible de songer à mon prochain, je suis tout occupée de moi. Je suis bien malheureuse, je n'ai d'autre refuge que l'Eglise; elle a un sein assez large pour contenir toutes nos douleurs, et des sentiments assez féconds pour que nous puissions y puiser sans crainte de les tarir.

— Eh ! bien, mademoiselle, en nous occupant de cette fille, nous nous occuperons de vous. Ecoutez. Si vous voulez faire votre salut, vous n'avez que deux voies à suivre, ou quitter le monde ou en suivre les lois. Obéir à votre destinée terrestre ou à votre destinée céleste.

— Ah ! votre voix me parle au moment où je voulais entendre une voix. Oui, Dieu vous adresse ici, monsieur. Je vais dire adieu au monde et vivre pour Dieu seul dans le silence et la retraite.

— Il est nécessaire, ma fille, de longtemps réfléchir à ce violent parti. Le mariage est une vie, le voile est une mort.

— Eh ! bien, la mort, la mort promptement, monsieur le curé, dit-elle avec une effrayante vivacité.

— La mort ! mais vous avez de grandes obligations à remplir envers la Société, mademoiselle. N'êtes-vous donc pas la mère des pauvres auxquels vous donnez des vêtements, du bois en hiver et du travail en été ? Votre grande fortune est un prêt qu'il faut rendre, et vous l'avez saintement acceptée ainsi. Vous ensevelir dans un couvent, ce serait de l'égoïsme ; quant à rester vieille fille, vous ne le devez pas. D'abord, pourriez-vous gérer seule votre immense fortune ? vous la perdriez peut-être. Vous auriez bientôt mille procès, et vous seriez engarriée [1] en d'inextricables difficultés. Croyez votre pasteur : un époux vous est utile, vous devez conserver ce que Dieu vous a donné. Je vous parle comme à une ouaille chérie. Vous aimez trop sincèrement Dieu pour ne pas faire votre salut au milieu du monde, dont vous êtes un des plus beaux ornements, et auquel vous donnez de saints exemples.

En ce moment, madame des Grassins se fit annoncer. Elle venait amenée par la vengeance et par un grand désespoir.

— Mademoiselle, dit-elle. Ah ! voici monsieur le curé. Je me tais, je venais vous parler d'affaires, et je vois que vous êtes en grande conférence.

— Madame, dit le curé, je vous laisse le champ libre.

— Oh ! monsieur le curé, dit Eugénie, revenez dans quelques instants, votre appui m'est en ce moment bien nécessaire.

— Oui, ma pauvre enfant, fit madame des Grassins.

— Que voulez-vous dire ? demandèrent mademoiselle Grandet et le curé.

1. Engarriée ou angariée : astreinte, asservie.

— Ne sais-je pas le retour de votre cousin, son mariage avec mademoiselle d'Aubrion ?... Une femme n'a jamais son esprit dans sa poche.

Eugénie rougit et resta muette ; mais elle prit le parti d'affecter à l'avenir l'impassible contenance qu'avait su prendre son père.

— Eh ! bien, madame, répondit-elle avec ironie, j'ai sans doute l'esprit dans ma poche, je ne comprends pas. Parlez, parlez devant monsieur le curé, vous savez qu'il est mon directeur.

— Eh ! bien, mademoiselle, voici ce que des Grassins m'écrit. Lisez.

Eugénie lut la lettre suivante :

« Ma chère femme, Charles Grandet arrive des Indes, il est à Paris depuis un mois...

— Un mois ! se dit Eugénie en laissant tomber sa main.

Après une pause, elle reprit la lettre.

« ...Il m'a fallu faire antichambre deux fois avant de pouvoir parler à ce futur vicomte d'Aubrion. Quoique tout Paris parle de son mariage, et que tous les bans soient publiés... »

— Il m'écrivait donc au moment où..., se dit Eugénie. Elle n'acheva pas, elle ne s'écria pas comme une Parisienne : « Le polisson ! » Mais pour ne pas être exprimé, le mépris n'en fut pas moins complet.

« ... Ce mariage est loin de se faire ; le marquis d'Aubrion ne donnera pas sa fille au fils d'un banqueroutier. Je suis venu lui faire part des soins que son oncle et moi nous avons donnés aux affaires de son père, et des habiles manœuvres par lesquelles nous avons su faire tenir les créanciers tranquilles jusqu'aujourd'hui. Ce petit impertinent n'at-il pas eu le front de me répondre, à moi qui, pendant cinq ans, me suis dévoué nuit et jour à ses intérêts et à son honneur, que *les affaires de son père n'étaient pas les siennes*. Un agréé serait en droit de lui demander trente à quarante mille francs d'honoraires, à un pour cent sur la somme des créances. Mais, patience, il est bien légitimement dû douze cent mille francs aux créanciers, et je vais faire déclarer son père en faillite. Je me suis embarqué dans cette affaire sur la parole de ce vieux caïman de Grandet, et j'ai fait des promesses au nom de la famille. Si monsieur le vicomte d'Aubrion se soucie peu de son honneur, le mien m'intéresse fort. Aussi vais-je expliquer ma position aux créanciers. Néanmoins, j'ai trop de respect pour mademoiselle Eugénie, à l'alliance de laquelle, en des temps plus heureux, nous avions pensé, pour agir sans que tu lui aies parlé de cette affaire... »

Là, Eugénie rendit froidement la lettre sans l'achever.

— Je vous remercie, dit-elle à madame des Grassins, *nous verrons cela...*

— En ce moment, vous avez toute la voix de défunt votre père, dit madame des Grassins.

— Madame, vous avez huit mille cent francs d'or à nous compter, lui dit Nanon.

— Cela est vrai ; faites-moi l'avantage de venir avec moi, madame Cornoiller.

— Monsieur le curé, dit Eugénie avec un noble sang-froid que lui donna la pensée qu'elle allait exprimer, serait-ce pécher que de demeurer en état de virginité dans le mariage ?

— Ceci est un cas de conscience dont la solution m'est inconnue. Si vous voulez savoir ce qu'en pense en sa Somme *de Matrimonio* le célèbre Sanchez, je pourrai vous le dire demain.

Le curé partit, mademoiselle Grandet monta

dans le cabinet de son père et y passa la journée seule, sans vouloir descendre à l'heure du dîner, malgré les instances de Nanon. Elle parut le soir, à l'heure où les habitués de son cercle arrivèrent. Jamais le salon des Grandet n'avait été aussi plein qu'il le fut pendant cette soirée. La nouvelle du retour et de la sotte trahison de Charles avait été répandue dans toute la ville. Mais quelque attentive que fût la curiosité des visiteurs, elle ne fut point satisfaite. Eugénie, qui s'y était attendue, ne laissa percer sur son visage calme aucune des cruelles émotions qui l'agitaient. Elle sut prendre une figure riante pour répondre à ceux qui voulurent lui témoigner de l'intérêt par des regards ou des paroles mélancoliques. Elle sut enfin couvrir son malheur sous les voiles de la politesse. Vers neuf heures, les parties finissaient, et les joueurs quittaient leurs tables, se payaient et discutaient les derniers coups de whist en venant se joindre au cercle des causeurs. Au moment où l'assemblée se leva en masse pour quitter le salon, il y eut un coup de théâtre qui retentit dans Saumur, de là dans l'arrondissement et dans les quatre préfectures environnantes.

— Restez, monsieur le président, dit Eugénie à monsieur de Bonfons en lui voyant prendre sa canne.

A cette parole, il n'y eut personne dans cette nombreuse assemblée qui ne se sentît ému. Le président pâlit et fut obligé de s'asseoir.

— Au président les millions, dit mademoiselle de Gribeaucourt.

— C'est clair, le président de Bonfons épouse mademoiselle Grandet, s'écria madame d'Orsonval.

— Voilà le meilleur coup de la partie, dit l'abbé.

— C'est un beau *schleem* [1], dit le notaire.

Chacun dit son mot, chacun fit son calembour, tous voyaient l'héritière montée sur ses millions, comme sur un piédestal. Le drame commencé depuis neuf ans se dénouait. Dire, en face de tout Saumur, au président de rester, n'était-ce pas annoncer qu'elle voulait faire de lui son mari ? Dans les petites villes, les convenances sont si sévèrement observées, qu'une infraction de ce genre y constitue la plus solennelle des promesses.

— Monsieur le président, lui dit Eugénie d'une voix émue quand ils furent seuls, je sais ce qui vous plaît en moi. Jurez de me laisser libre pendant toute ma vie, de ne me rappeler aucun des droits que le mariage vous donne sur moi, et ma main est à vous. Oh ! reprit-elle en le voyant se mettre à ses genoux, je n'ai pas tout dit. Je ne dois pas vous tromper, monsieur. J'ai dans le cœur un sentiment inextinguible. L'amitié sera le seul sentiment que je puisse accorder à mon mari : je ne veux ni l'offenser, ni contrevenir aux lois de mon cœur. Mais vous ne posséderez ma main et ma fortune qu'au prix d'un immense service.

— Vous me voyez prêt à tout, dit le président.

— Voici quinze cent mille francs, monsieur le président, dit-elle en tirant de son sein une reconnaissance de cent actions de la Banque de France, partez pour Paris, non pas demain, non pas cette nuit, mais à l'instant même. Rendez-vous chez monsieur des Grassins, sachez-y le nom de tous les créanciers de mon oncle, rassemblez-les, payez tout ce que sa succession peut devoir, capital et intérêts à cinq pour cent depuis le jour de la dette jusqu'à celui du remboursement, enfin veillez à

1. *Schleem* : de l'anglais *slam*, s'écrit plus couramment *chelem*.

faire faire une quittance générale et notariée, bien en forme. Vous êtes magistrat, je ne me fie qu'à vous en cette affaire. Vous êtes un homme loyal, un galant homme ; je m'embarquerai sur la foi de votre parole pour traverser les dangers de la vie à l'abri de votre nom. Nous aurons l'un pour l'autre une mutuelle indulgence. Nous nous connaissons depuis si longtemps, nous sommes presque parents, vous ne voudriez pas me rendre malheureuse.

Le président tomba aux pieds de la riche héritière en palpitant de joie et d'angoisse.

— Je serai votre esclave ! lui dit-il.

— Quand vous aurez la quittance, monsieur, reprit-elle en lui jetant un regard froid, vous la porterez avec tous les titres à mon cousin Grandet et vous lui remettrez cette lettre. A votre retour, je tiendrai ma parole.

Le président comprit, lui, qu'il devait mademoiselle Grandet à un dépit amoureux, aussi s'empressa-t-il d'exécuter ses ordres avec la plus grande promptitude, afin qu'il n'arrivât aucune réconciliation entre les deux amants.

Quand monsieur de Bonfons fut parti, Eugénie tomba sur son fauteuil et fondit en larmes. Tout était consommé. Le président prit la poste, et se trouvait à Paris le lendemain soir. Dans la matinée du jour qui suivit son arrivée, il alla chez des Grassins. Le magistrat convoqua les créanciers en l'Etude du notaire où étaient déposés les titres, et chez lequel pas un ne faillit à l'appel. Quoique ce fussent des créanciers, il faut leur rendre justice : ils furent exacts. Là, le président de Bonfons, au nom de mademoiselle Grandet, leur paya le capital et les intérêts dus. Le paiement des intérêts fut pour le commerce parisien un des événements les plus étonnants de l'époque. Quand la quittance fut enregistrée et des Grassins payé de ses soins par le don d'une somme de cinquante mille francs que lui avait allouée Eugénie, le président se rendit à l'hôtel d'Aubrion, et y trouva Charles au moment où il rentrait dans son appartement, accablé par son beau-père. Le vieux marquis venait de lui déclarer que sa fille ne lui appartiendrait qu'autant que tous les créanciers de Guillaume Grandet seraient soldés.

Le président lui remit d'abord la lettre suivante :

« MON COUSIN, monsieur le président de Bonfons s'est chargé de vous remettre la quittance de toutes les sommes dues par mon oncle et celle par laquelle je reconnais les avoir reçues de vous. On m'a parlé de faillite !... J'ai pensé que le fils d'un failli ne pouvait peut-être pas épouser mademoiselle d'Aubrion. Oui, mon cousin, vous avez bien jugé de mon esprit et de mes manières : je n'ai sans doute rien du monde, je n'en connais ni les calculs ni les mœurs, et ne saurais vous y donner les plaisirs que vous voulez y trouver. Soyez heureux, selon les conventions sociales auxquelles vous sacrifiez nos premières amours. Pour rendre votre bonheur complet, je ne puis donc plus vous offrir que l'honneur de votre père. Adieu, vous aurez toujours une fidèle amie dans votre cousine.

EUGÉNIE. »

Le président sourit de l'exclamation que ne put réprimer cet ambitieux au moment où il reçut l'acte authentique.

— Nous nous annoncerons réciproquement nos mariages, lui dit-il.

— Ah ! vous épousez Eugénie. Eh ! bien, j'en

suis content, c'est une bonne fille. Mais, reprit-il frappé tout à coup par une réflexion lumineuse, elle est donc riche ?

— Elle avait, répondit le président d'un air goguenard, près de dix-neuf millions, il y a quatre jours ; mais elle n'en a plus que dix-sept aujourd'hui.

Charles regarda le président d'un air hébété.

— Dix-sept... mil...

— Dix-sept millions, oui, monsieur. Nous réunissons, mademoiselle Grandet et moi, sept cent cinquante mille livres de rente, en nous mariant.

— Mon cher cousin, dit Charles en retrouvant un peu d'assurance, nous pourrons nous pousser l'un l'autre.

— D'accord, dit le président. Voici, de plus, une petite caisse que je dois aussi ne remettre qu'à vous, ajouta-t-il en déposant sur une table le coffret dans lequel était la toilette.

— Hé ! bien, mon cher ami, dit madame la marquise d'Aubrion en entrant sans faire attention à Cruchot, ne prenez nul souci de ce que vient de vous dire ce pauvre monsieur d'Aubrion, à qui la duchesse de Chaulieu vient de tourner la tête. Je vous le répète, rien n'empêchera votre mariage...

— Rien, madame, répondit Charles. Les trois millions autrefois dus par mon père ont été soldés hier.

— En argent ? dit-elle.

— Intégralement, intérêts et capital, et je vais faire réhabiliter sa mémoire.

— Quelle bêtise ! s'écria la belle-mère. — Quel est ce monsieur ? dit-elle à l'oreille de son gendre, en apercevant le Cruchot.

— Mon homme d'affaires, lui répondit-il à voix basse.

La marquise salua dédaigneusement monsieur de Bonfons et sortit.

— Nous nous poussons déjà, dit le président en prenant son chapeau. Adieu, mon cousin.

— Il se moque de moi, ce catacouas[1] de Saumur. J'ai envie de lui donner six pouces de fer dans le ventre.

Le président était parti. Trois jours après, monsieur de Bonfons, de retour à Saumur, publia son mariage avec Eugénie. Six mois après, il était nommé conseiller à la Cour royale d'Angers. Avant de quitter Saumur, Eugénie fit fondre l'or des joyaux si longtemps précieux à son cœur, et les consacra, ainsi que les huit mille francs de son cousin, à un ostensoir d'or et en fit présent à la paroisse où elle avait tant prié Dieu pour *lui* ! Elle partagea d'ailleurs son temps entre Angers et Saumur. Son mari, qui montra du dévouement dans une circonstance politique, devint président de chambre, et enfin premier président au bout de quelques années. Il attendit impatiemment la réélection générale afin d'avoir un siège à la Chambre. Il convoitait déjà la Pairie, et alors...

— Alors le roi sera donc son cousin, disait Nanon, la Grande Nanon, madame Cornoiller, bourgeoise de Saumur, à qui sa maîtresse annonçait les grandeurs auxquelles elle était appelée. Néanmoins monsieur le président de Bonfons (il avait enfin aboli le nom patronymique de Cruchot) ne parvint à réaliser aucune de ses idées ambitieuses. Il mourut huit jours après avoir été nommé député de Saumur. Dieu, qui voit tout et ne frappe jamais à faux, le punissait sans doute de ses calculs et de l'habileté juridique avec laquelle il avait

1. Catacouas : se dit plus couramment « cacatoès ».

minuté, *accurante Cruchot* [1], son contrat de mariage où les deux futurs époux se donnaient l'un à l'autre, *au cas où ils n'auraient pas d'enfants, l'universalité de leurs biens, meubles et immeubles sans en rien excepter ni réserver, en toute propriété, se dispensant même de la formalité de l'inventaire, sans que l'omission dudit inventaire puisse être opposée à leurs héritiers ou ayants cause, entendant que ladite donation soit, etc.* Cette clause peut expliquer le profond respect que le président eut constamment pour la volonté, pour la solitude de madame de Bonfons. Les femmes citaient monsieur le premier président comme un des hommes les plus délicats, le plaignaient et allaient jusqu'à souvent accuser la douleur, la passion d'Eugénie, mais comme elles savent accuser une femme, avec les plus cruels ménagements.

— Il faut que madame la présidente de Bonfons soit bien souffrante pour laisser son mari seul. Pauvre petite femme ! Guérira-t-elle bientôt ? Qu'a-t-elle donc, une gastrite, un cancer ? Pourquoi ne voit-elle pas des médecins ? Elle devient jaune depuis quelque temps ; elle devrait aller consulter les célébrités de Paris. Comment peut-elle ne pas désirer un enfant ? Elle aime beaucoup son mari, dit-on, comment ne pas lui donner d'héritier, dans sa position ? Savez-vous que cela est affreux ; et si c'était par l'effet d'un caprice, il serait bien condamnable. Pauvre président !

Douée de ce tact fin que le solitaire exerce par ses perpétuelles méditations et par la vue exquise avec laquelle il saisit les choses qui tombent dans sa sphère, Eugénie, habituée par le malheur et par sa dernière éducation à tout deviner, savait que

1. *Accurante Cruchot* : grâce à l'entremise de Cruchot.

le président désirait sa mort pour se trouver en possession de cette immense fortune, encore augmentée par les successions de son oncle le notaire, et de son oncle l'abbé, que Dieu eut la fantaisie d'appeler à lui. La pauvre recluse avait pitié du président. La Providence la vengea des calculs et de l'infâme indifférence d'un époux, qui respectait, comme la plus forte des garanties, la passion sans espoir dont se nourrissait Eugénie. Donner la vie à un enfant, n'était-ce pas tuer les espérances de l'égoïsme, les joies de l'ambition caressées par le premier président ? Dieu jeta donc des masses d'or à sa prisonnière pour qui l'or était indifférent et qui aspirait au ciel, qui vivait, pieuse et bonne, en de saintes pensées, qui secourait incessamment les malheureux en secret. Madame de ◆◆ Bonfons fut veuve à trente-trois ans, riche de huit cent mille livres de rente, encore belle, mais comme une femme est belle à près de quarante ans. Son visage est blanc, reposé, calme. Sa voix est douce et recueillie, ses manières sont simples. Elle a toutes les noblesses de la douleur, la sainteté d'une personne qui n'a pas souillé son âme au contact du monde, mais aussi la roideur de la vieille fille et les habitudes mesquines que donne l'existence étroite de la province. Malgré ses huit cent mille livres de rente, elle vit comme avait vécu la pauvre Eugénie Grandet, n'allume le feu de sa chambre qu'aux jours où jadis son père lui permettait d'allumer le foyer de la salle, et l'éteint conformément au programme en vigueur dans ses jeunes années. Elle est toujours vêtue comme l'était sa mère. La maison de Saumur, maison sans soleil, sans chaleur, sans cesse ombragée, mélancolique, est l'image de sa vie. Elle accumule soigneusement ses revenus, et peut-être semblerait-elle parcimonieuse

◆◆ Voir *Au fil du texte*, p. X.

si elle ne démentait la médisance par un noble emploi de sa fortune. De pieuses et charitables fondations, un hospice pour la vieillesse et des écoles chrétiennes pour les enfants, une bibliothèque publique richement dotée, témoignent chaque année contre l'avarice que lui reprochent certaines personnes. Les églises de Saumur lui doivent quelques embellissements. Madame de Bonfons que, par raillerie, on appelle *mademoiselle*, inspire généralement un religieux respect. Ce noble cœur, qui ne battait que pour les sentiments les plus tendres, devait donc être soumis aux calculs de l'intérêt humain. L'argent devait communiquer ses teintes froides à cette vie céleste, et donner de la défiance pour les sentiments à une femme qui était tout sentiment.

— Il n'y a que toi qui m'aimes, disait-elle à Nanon.

La main de cette femme panse les plaies secrètes de toutes les familles. Eugénie marche au ciel accompagnée d'un cortège de bienfaits. La grandeur de son âme amoindrit les petitesses de son éducation et les coutumes de sa vie première. Telle est l'histoire de cette femme qui n'est pas du monde au milieu du monde, qui, faite pour être magnifiquement épouse et mère, n'a ni mari, ni enfants, ni famille. Depuis quelques jours, il est question d'un nouveau mariage pour elle. Les gens de Saumur s'occupent d'elle et de monsieur le marquis de Froidfond dont la famille commence à cerner la riche veuve comme jadis avaient fait les Cruchot. Nanon et Cornoiller sont, dit-on, dans les intérêts du marquis, mais rien n'est plus faux. Ni la Grande Nanon, ni Cornoiller n'ont assez d'esprit pour comprendre les corruptions du monde.

Paris, septembre 1833.

LES CLÉS DE L'ŒUVRE

I - AU FIL DU TEXTE

II - DOSSIER HISTORIQUE ET LITTÉRAIRE

Pour approfondir votre lecture, LIRE vous propose une sélection commentée :
• de morceaux « classiques » devenus incontournables, signalés par ●◆ (droit au but).
• d'extraits représentatifs de l'œuvre, signalés par ◌◆ (en flânant).

AU FIL DU TEXTE

Par Gérard Gengembre,
professeur de littérature française à l'université de Caen.

AU FIL DU TEXTE

I - DÉCOUVRIR

> *La phrase clé*
>
> « Ma fille, lui dit Grandet, vous allez me dire où est votre trésor » (p. 189).

• LA DATE

Le roman date de 1833. Le Napoléon du roman est au sommet de sa gloire. Après avoir publié en 1829 *Le Dernier Chouan ou la Bretagne en 1799*, qui deviendra *Les Chouans* (Pocket Classiques, n° 6064) et la *Physiologie du mariage*, ouvrage qui fait scandale, puis les premières *Scènes de la vie privée* (1830) et en 1831 *La Peau de chagrin* (Pocket Classiques, n° 6017), après s'être converti au légitimisme, Balzac écrit d'arrache-pied : huit romans en 1832, tout en donnant chronique sur chronique aux journaux à succès.

Le succès se confirme avec *Eugénie Grandet*, initialement confié à *L'Europe littéraire*. Au départ, Balzac voulait écrire une nouvelle, annoncée le 19 août 1833 dans une de ses premières lettres à Mᵐᵉ Hanska. Il écrit entre août et décembre 1833 et le premier chapitre paraît dans un périodique, *L'Europe littéraire*, le 19 septembre 1833, sous le titre *Eugénie Grandet, Histoire de province*. Le livre paraît vers Noël chez Mᵐᵉ Veuve Béchet, bien qu'il soit daté de 1834. La suite est annoncée, mais ne sera jamais publiée en raison d'un différend éditorial.

Accompagné d'une préface et d'un épilogue (ou postface), mais sans dédicace, *Eugénie Grandet* forme dans la série des *Études de mœurs au XIXᵉ siècle* le premier volume des *Scènes de la vie de province*. Le roman est réédité séparément en 1839 chez Charpentier, avec la dédicace à Maria, mais perd la division en chapitres, sauf la conclusion. La préface et la postface disparaissent dans l'édition Furne de 1843, quand le roman est intégré à *La Comédie humaine* (tome V, 1ᵉʳ volume des *Scènes de la vie de province*).

L'histoire se passe sous la Restauration, à Saumur. L'origine de la fortune du père Grandet remonte à la Révolution : il a acheté des vignobles, des fermes et une abbaye confisqués au clergé et vendus comme biens nationaux. L'intrigue principale proprement dite commence en novembre 1819 avec l'anniversaire d'Eugénie et se termine en août 1827 quand cette dernière reçoit une lettre de son cousin Charles, qui oublie la promesse qu'il lui avait faite de l'épouser. Eugénie va donc contracter un mariage blanc et se consacrer à la charité.

• LE TITRE

Il désigne le personnage féminin principal. C'est une stratégie fréquemment utilisée par Balzac : *Modeste Mignon, Madame Firmiani, La Cousine Bette*, etc. C'est donc bien l'histoire d'une jeune femme qui nous est proposée. Mais son père joue un rôle considérable et le thème de l'argent est essentiel. En effet, il est lié à celui de la passion amoureuse, à laquelle il s'oppose avant de s'y combiner à la fin du roman, lorsque Eugénie va convertir son amour déçu en dévotion, offrandes à l'Église et œuvres charitables.

• COMPOSITION

Le point de vue de l'auteur

Le pacte de lecture

Le roman est écrit du point de vue d'un narrateur omniscient.

Les objectifs d'écriture

Représenter et donner à comprendre la réalité, dynamisée par une intrigue comportant peu de protagonistes.

Eugénie Grandet, souvent présenté comme l'un des modèles du roman réaliste balzacien, développe une vision pessimiste. Le monde semble déshumanisé par l'implacable loi des intérêts, et l'amour s'y étiole.

Le rôle de la passion est fondamental. L'amour d'Eugénie pour Charles détermine son destin. La passion du père Grandet pour l'or fait le malheur de sa fille, mais, paradoxalement, lui assure une immense fortune.

Structure de l'œuvre

La structure d'*Eugénie Grandet* s'organise selon l'un des schémas les plus courants de la composition balzacienne : une lente exposition, une importante partie centrale, une phase dramatique plus rapide.

L'exposition commence par la description de Saumur, qui situe l'action et la place dans l'atmosphère provinciale. Elle procède aussi par retour en arrière, et permet de confronter passé et présent, tout en expliquant l'ascension du père Grandet.

La partie centrale organise la montée d'un drame. Maurice Bardèche a montré le système d'oppositions qui régit esthétiquement la matière romanesque : entre les demandes d'Eugénie et la loi de distribution des provisions instaurée par son père ; entre la conversation de Félix Grandet avec son notaire et les attentions d'Eugénie agençant le repas ; entre l'appétit de Charles et la frugalité de son oncle. Tout conduit à l'implacable conflit entre le père et la fille, paroxysme qui ne dure pas quelques semaines. Après, Eugénie sera tout entière à son amour attachée.

Le dénouement qui va suivre la crise et conclure l'attente d'Eugénie ne nécessite pas un long développement. Il correspond à la logique d'un caractère et aux effets d'une passion.

Nous sommes à Saumur en novembre 1819. Dans la maison Grandet, où vivent un vieillard économe jusqu'à l'avarice et dont toute la ville célèbre la richesse, sa femme, sa fille Eugénie et une servante, la grande Nanon, on fête l'anniversaire d'Eugénie, et l'on a invité des habitués. Deux familles, les Cruchot et les des Grassins, ont chacune leur prétendant à la main de la jeune fille. Mais un événement va venir tout bouleverser : l'arrivée inopinée du cousin Charles, venant de Paris (chapitre « Physionomies bourgeoises » dans l'édition originale).

Le jeune dandy est envoyé par son père, qu'une faillite récente va pousser au suicide. Eugénie, séduite par sa beauté et ses manières raffinées, est aux petits soins pour son cousin (chapitre « Le cousin de Paris » dans l'édition originale).

Alors que sa fille tombe décidément amoureuse de Charles, le père Grandet décourage ses espoirs : le père de Charles n'est-il pas un failli ? (chapitre « Amours de province » dans l'édition originale).

Après avoir vu son père quitter mystérieusement la maison (nous apprendrons qu'il s'agit d'une opération spéculative), Eugénie lit deux lettres que Charles vient d'écrire. Elle apprend ainsi qu'il a une maîtresse, Annette, et qu'il est dans la misère. Elle lui donne alors son trésor, constitué des pièces d'or que son père lui offre chaque année pour son anniversaire. En retour, Charles lui confie un coffret ayant appartenu à sa mère. Il doit en effet partir pour les Indes afin de faire fortune. Pendant ce temps, le père Grandet réussit magnifiquement dans ses affaires financières, notamment la liquidation des affaires de son frère (chapitre « Promesses d'avare, serments d'amour » dans l'édition originale).

Nous voici au jour de l'an. Grandet entre dans une violente colère, Eugénie n'ayant pu lui montrer son or. Il l'enferme dans sa chambre, au désespoir de Mme Grandet, qui doit s'aliter et meurt en octobre 1822. Eugénie renonce à sa succession au bénéfice de son père, dont la monomanie s'accroît sans cesse. Il meurt à son tour en 1827, après avoir initié sa fille aux affaires. Fidèle à son amour, elle attend le retour de Charles (chapitre « Chagrins de famille » dans l'édition originale).

Revenu en France fortune faite, Charles écrit à Eugénie et lui annonce son mariage. Eugénie règle généreusement la dette du père de Charles, et, devenue indifférente, elle épouse cependant Cruchot à condition que le mariage reste blanc (chapitre « Ainsi va le monde » dans l'édition originale).

Veuve à trente-trois ans, Eugénie revient dans la maison familiale, où elle continue les habitudes imposées par son père. Elle se consacre à la charité (« Conclusion » de l'édition originale).

II - LIRE

Pour approfondir votre lecture, LIRE vous propose une sélection commentée :
- *de morceaux « classiques » devenus incontournables, signalés par* ➡➡ *(droit au but).*
- *d'extraits représentatifs de l'œuvre, signalés par* ↪➡ *(en flânant).*

➡➡ **1 - *Eugénie et la naissance de l'amour*** de « Dans la pure et monotone vie des jeunes filles… » à « … la fuite des heures ».	pp. 81-84

Le roman commence par la description d'une petite ville de province, aux maisons fermées et mélancoliques. Dans ce cadre clos, le drame va éclater, né de la rencontre entre Eugénie Grandet et son cousin Charles. Cet événement fait révolution chez la fille de l'avare, dont nous connaissons depuis les premières pages l'origine de la fortune et les principaux traits de caractère liés à sa passion de l'or.

Le lever d'Eugénie commence comme à l'ordinaire, mais tout est placé sous le signe de l'« heure délicieuse ». Elle accède à une nouvelle connaissance, liée à une émotion neuve. Son regard sur elle-même en est métamorphosé, de même que celui qu'elle jette sur son environnement. On peut comparer Eugénie à la Belle au bois dormant.

Les soins apportés à sa toilette, conditionnés par son désir de plaire et séduire, définissent une matinée extraordinaire, celle de la révélation à soi-même, d'une nouvelle naissance. On se souviendra que la première scène du roman était la fête d'anniversaire. On peut établir un rapport symbolique entre ces deux événements.

On sera attentif à la poésie de ce passage, sous les auspices de l'harmonie, moment de pause dans l'action du roman, mais éclat du romanesque. Nous sommes à l'aube de l'intrigue amoureuse, dont les conséquences seront dramatiques.

2 - *La révolte d'Eugénie*
de « Grandet commençait alors... » à   pp. 206-210
« ... Je ne t'en parlerai plus jamais ».

Le drame s'est noué, la crise éclate. Dans l'édition originale, ce passage figurait dans un chapitre intitulé « Chagrins de famille ». Nous avons bien affaire à un drame de la vie privée, comme Balzac en met en scène dans ses romans depuis 1830.

Nous assistons à une scène qui s'apparente à une tragédie, avec l'épisode du couteau, alors que la monomanie de Grandet atteint presque son sommet, avant sa terrible agonie. Tout ramène à l'or, qui obsède le père, devenu un odieux tyran domestique. Responsable en grande partie de la mort de sa femme, il la réduit à une affaire d'héritage, dans laquelle il spolie sa propre fille. L'avarice a tué le père en lui.

Eugénie, quant à elle, devient un personnage héroïque, transfiguré par l'amour. Elle ose se rebeller contre l'autorité d'un père absolu. L'on voit comment derrière les murs clos des maisons de province se déroulent des drames dignes de la scène théâtrale.

3 - *L'accomplissement d'un destin féminin*
de « Madame de Bonfons fut veuve... »   pp. 247-248
à la fin.

Eugénie Grandet combine plusieurs destins : celui du père Grandet, avec l'histoire de sa fortune et celle de sa dégradation monomaniaque ; celui de Charles, qui réussit un beau mariage ; celui d'Eugénie, devenue immensément riche à la mort de son père, mais qui meurt au monde.

Elle va désormais remplacer l'enfermement dans un amour sans espoir par l'enfermement dans la religion, refuge de son cœur meurtri. Se consacrant à la charité, elle redistribue une partie de l'argent accumulé par le père Grandet, mais elle fait preuve d'une parcimonie telle dans sa vie quotidienne qu'elle apparaît bien comme la fille de son père. C'est pourquoi on l'appelle Mlle Grandet, et non Mme de Bonfons. C'est souligner le caractère purement fictif et conventionnel de son mariage et la prééminence de la filiation. Se justifie ainsi, s'il en était besoin, le titre du roman. Le dernier chapitre s'intitulait « Ainsi va le monde » dans l'édition originale. On notera la portée pessimiste d'un tel constat.

La Grande Nanon figure parmi les plus célèbres servantes de la littérature. On pourra par exemple la comparer à Félicité dans *Un cœur simple*, l'un des *Trois contes* de Flaubert (Pocket Classiques, n° 6009).

Hommasse, laide, forte comme un homme, elle se trouve dépouillée de sa féminité. Plus largement, elle est aliénée, totalement vouée à son maître. Elle est la providence de l'avare, qui l'exploite sans vergogne, sûr de son éternelle reconnaissance. La comparaison finale avec un chien achève ce portrait, qui présente, comme le dit le narrateur, « je ne sais quoi d'horrible ».

On sera sensible à l'agencement des traits physiques, à l'énumération des multiples tâches de Nanon, à l'insistance sur sa fidélité, à la présence du narrateur.

Débarquant en province, Charles Grandet apparaît comme le type du jeune homme élégant, évoluant dans les milieux huppés de Paris. Il est évidemment déplacé dans ce nouveau contexte, mais il va éblouir Eugénie.

Sa mise est soigneusement calculée afin de produire le meilleur effet. On remarquera le souci du détail : vêtements, accessoires, soins du corps, etc. Accéder à l'élégance supérieure requiert du goût, de l'expérience, du travail.

Le processus conduit à la féminisation du personnage. On notera la répétition de l'adjectif « joli », les superlatifs et les détails qui conviendraient parfaitement à la description d'une toilette et d'une apparence féminines. On a ainsi la mise en scène d'une ambiguïté.

Une telle description est faite du point de vue d'un narrateur qui pratique l'humour et la dérision, le plus souvent implicite.

On pourra rechercher dans *La Comédie humaine* des portraits d'autres dandies, en particulier dans *Illusions perdues* : Henry de Marsay ou Lucien de Rubempré, par exemple (Pocket Classiques, n° 6070).

La mort du père Grandet est l'une des plus célèbres de *La Comédie humaine*. Elle parachève la vie du personnage, dont la monomanie est parvenue à son terme. L'or est devenu pour lui une matière vivante, source de vie, unique objet de ses préoccupations et de sa passion.

Tous les symboles de la religion chrétienne se trouvent réduits à ses yeux à leur présence matérielle, au métal argent dont ils sont faits. Sa dernière parole, son ultime recommandation fait d'Eugénie un comptable de la fortune. On notera l'opposition entre la douleur filiale d'Eugénie et la logique obsessionnelle du père, entre la demande de bénédiction paternelle émise par la fille et le discours du père. On sera sensible enfin à l'humour presque noir de la formule finale.

• LES THÈMES CLÉS

Un roman sur l'argent et surtout sur l'or

Pour bien comprendre le rôle joué par l'or dans le roman, on se reportera à cette citation de *Gobseck*, une nouvelle de Balzac (1830) : « Si vous aviez vécu autant que moi vous sauriez qu'il n'est qu'une seule chose matérielle dont la valeur soit assez certaine pour qu'un homme s'en occupe. Cette chose… c'est l'OR. L'or représente toutes les forces humaines. [...] La vanité ne se satisfait que par des flots d'or. Eh bien ! l'or contient tout en germe, et donne tout en réalité. »

Un roman d'amour

Au départ, tout se passe comme si Balzac réutilisait la formule du conte, avec l'arrivée d'un prince charmant. Mais si la naissance de l'amour, puis l'épreuve de la séparation semblent confirmer cette structure, l'on s'aperçoit vite qu'*Eugénie Grandet* est un anti-conte de fées.

Un roman de mœurs

Eugénie Grandet présente à la fois un tableau de mœurs provinciales et de mœurs familiales. Saumur, emblème de la province, est une ville où chacun épie chacun. Mais cette constante inquisition bute sur l'opacité des secrets, le mystère des affaires privées. « Toute ville a son secret, toute maison a son odeur, toute vie privée a sa teinte : c'est à elle seule un pays » (M. Bardèche).

III - POURSUIVRE

• LECTURES CROISÉES

Le personnage de l'avare chez Balzac

Dans sa correspondance, Balzac déclare que son roman avait été pour lui « une lutte insensée avec l'Harpagon de Molière » (*Correspondance*, Garnier, Tome IV, 1966, p. 665). Le héros de Molière s'impose en effet comme le type absolu de l'Avare, qui réunit tous les traits de l'Avarice, l'un des sept péchés capitaux de la religion chrétienne. Grandet serait alors après Harpagon l'avare le plus illustre de la littérature française.

Cependant, M. Bardèche montre bien qu'« Harpagon est un caractère, une image presque allégorique de l'avare, qui se détache sur un fond imprécis. [...] Grandet, au contraire, est fortement dessiné dans sa réalité sociale ». Ainsi, Grandet est « très précisément une forme d'avarice du dix-neuvième siècle », « l'œuvre de ce grand rassembleur de terres reste attachée à une notion de la propriété et de la richesse propre au dix-neuvième siècle ». Si Harpagon conserve jalousement ce qu'il possède, Grandet l'investit pour acquérir plus encore. Il est un conquérant pour qui l'or doit vivre. Le roman met en scène cette dynamique, et le personnage se définit par son permanent appétit de posséder.

D'autres personnages balzaciens figurent cet appétit. Ainsi l'on trouve dans *Les Chouans* (1829, Pocket Classiques, n° 6064) un acheteur des bâtiments d'une abbaye, nommé d'Orgemont, banquier à Fougères. C'est le premier personnage d'avare de *La Comédie humaine*, et déjà il est provincial. Les chouans, qui l'ont rançonné pour cet achat impie, l'ont capturé et veulent lui faire dire où il a caché son trésor.

Dans *Maître Cornélius*, un conte philosophique publié en 1831, Balzac veut mettre en scène « l'idée avarice tuant l'avare ». Sous Louis XI, messire Hoogsworth, argentier du roi, surnommé maître Cornélius, est d'une avarice sordide. Il accuse de vol Georges d'Estouteville, qui a logé chez lui pour rejoindre nuitamment une voisine, Marie de Sassenage, fille du roi, épouse du jaloux Aymar de Poitiers. Le mari l'a surpris et fait arrêter. Marie déclare au roi que

Georges est innocent, puisqu'il a passé la nuit avec elle. L'enquête démontre que maître Cornélius est somnambule et se vole lui-même. Ce dernier se suicide.

Avec Hochon, personnage de *La Rabouilleuse* (1841-1842, Pocket Classiques, n° 6106), dont l'intrigue se déroule à Issoudun, nous avons un beau type d'avare provincial. On y joindra La Baudraye, avare par esprit de famille (*La Muse du département*, 1843).

Provincial également, le père de David Séchard, imprimeur à Angoulême, se retire des affaires et revend à son fils une entreprise déjà ruinée par la concurrence. Mais il est suffisamment riche pour boire jusqu'à la fin de ses jours… (*Illusions perdues*, Pocket Classiques, n° 6070).

À la campagne, on trouve un Rigou, au nom emblématique (proche de Grigou), surtout si on l'assortit de l'initiale de son prénom, Grégoire (*Les Paysans*, 1844). Moine défroqué, maire de sa commune, c'est un usurier des campagnes, mais, jouisseur, il recherche les petites filles au-dessous de quinze ans.

Autre type, urbain cette fois, Gobseck est un usurier brasseur d'affaires, maître du marché. Comme Grandet, c'est une figure du capitalisme familial et thésaurisateur. Personnage reparaissant, il donne son nom à une nouvelle parue en 1830. Avec la vieillesse, Gobseck devient de plus en plus avare. Sa mort est un des épisodes les plus extraordinaires de *La Comédie humaine*.

D'autres détenteurs de capitaux jouent un rôle analogue : Palma, Werbrust, Claparon… Le plus intéressant est peut-être Gigonnet, lui aussi usurier avare, menant une vie quasi monastique. On trouve son portrait dans *César Birotteau* (1837, Pocket Classiques, n° 6119).

Gobseck a pour ami le marchand de tableaux Magus. Avare, celui-ci n'a qu'une seule passion, la peinture. Son portrait figure dans *Le Cousin Pons* (1847, Pocket Classiques, n° 6121).

• PISTES DE RECHERCHES

L'action dans le roman

On a trop souvent affirmé qu'*Eugénie Grandet* est un roman où rien ne bouge, un « roman sans événement » (M. Bardèche). S'il est vrai que l'essentiel du roman semble résider dans l'attente d'Eugénie, vouée au culte d'un absent, cette apparente immobilité est le résultat d'un événement majeur, l'arrivée de Charles, complété par le suicide de son père. Après ce bouleversement, l'attente fidèle se transforme en une autre immobilité à la suite de cet autre événement, catastrophique pour Eugénie, que représente la lettre de Charles.

La matière du roman est donc l'ébranlement fondamental causé par ces deux circonstances. Tout bouge, mais en profondeur. À ce mouvement intime doit s'ajouter la suite des aventures dont se tisse la vie du père Grandet, autrement dit ses spéculations et l'aggravation de sa manie. Eugénie, quant à elle, passe « de la résurrection à l'insurrection » (J. Gale).

La description dans le roman

On peut étudier les descriptions dans *Eugénie Grandet* en fonction de cette phrase écrite dès 1830 dans *Une double famille* : « S'il est vrai, d'après un adage, qu'on puisse juger une femme en voyant la porte de sa maison, les appartements doivent traduire son esprit avec encore plus de fidélité », et de celle-ci, à propos de Mme Vauquer, qui tient une pension dans *Le Père Goriot* : « Toute sa personne explique la pension comme la pension implique sa personne. »

La religion dans le roman

On constate qu'*Eugénie Grandet* comporte de nombreuses références religieuses.

Eugénie est décrite comme une Vierge de Raphaël. L'amour va la faire rayonner. Est-ce que le sentiment qu'elle éprouve s'oppose à sa profonde foi catholique ? Peut-on dire qu'elle croit en Charles parce qu'elle croit en Dieu, et que l'amour humain conforte chez elle l'amour divin ? Ou bien confond-elle Dieu et Éros ? C'est une des ambiguïtés du roman, avec cette étonnante conversion de l'or en croix pour l'autel.

Au culte catholique et à sa fusion avec l'amour s'ajoute le culte de l'or célébré par le père Grandet, d'ailleurs farouchement opposé à l'Église, et grand prêtre de ce dieu païen. On relèvera les procédés et les images par lesquels Balzac présente et met en scène cet aspect du personnage.

La province chez Balzac

« J'ai tâché de donner une idée des différentes contrées de notre beau pays. Mon ouvrage a sa géographie comme il a sa généalogie et ses familles, ses lieux et ses choses, ses personnages et ses faits » (Avant-propos de *La Comédie humaine*, 1842) : Balzac dresse le tableau d'une France nouvelle, née de 1789, ce que l'on appelle la France révolutionnée, car elle a été modelée par la Révolution. Cette France, si elle n'est pas totalement inconnue des Français du temps, n'a pas encore accédé à la dignité littéraire. Balzac va lui donner ses lettres de noblesse. Grâce à lui, le roman trouve de nouveaux sujets d'inspiration, à tel point qu'on pourra dire qu'en France, le roman, c'est la province.

• PARCOURS CRITIQUE

« *Eugénie Grandet* a imprimé le cachet à la révolution que M. de Balzac a portée dans le roman. Là s'est accompli la conquête de la vérité absolue dans l'art ; là est le drame appliqué aux choses les plus simples de la vie privée. C'est une succession de petites causes qui produit des effets puissants, c'est la fusion terrible du trivial et du sublime, du pathétique et du grotesque ; enfin c'est la vie telle qu'elle est, et le roman tel qu'il doit être » (Félix Davin, préface aux *Études de mœurs*, 1835).

« Il s'en faut de bien peu que cette charmante histoire ne soit un chef-d'œuvre – oui, un chef-d'œuvre – qui se classerait à côté de ce qu'il y a de mieux, et de plus délicat parmi les romans en un volume. Il ne faudrait pour cela que des suppressions en lieu opportun, quelques allégements de description, diminuer un peu vers la fin l'or du père Grandet et les millions qu'il déplace et remue dans la liquidation des affaires de son frère : quand ce désastre de famille l'appauvrirait un peu, la vraisemblance générale ne ferait qu'y gagner. La conclusion et la solution fréquente des embarras romanesques où M. de Balzac place ses personnages, c'est cette mine d'or dont il a la faculté de les enrichir » (Sainte-Beuve, *Revue des Deux-Mondes*, novembre 1834).

« Relu d'un trait *Eugénie Grandet* que je n'avais pas repris depuis le jour où je le dévorai, à seize ans, dans une grange de la Roque. C'est le premier Balzac que j'aie lu. Il ne me paraît pas des meilleurs, ni mériter du tout la faveur insigne qu'on lui accorde. L'écriture en est des plus médiocres ; les caractères on ne peut plus sommairement dessinés ; les dialogues conventionnels et souvent inadmissibles, ou mécaniquement motivés par les caractères » (André Gide, *Journal*, 22 mars 1931).

• UN LIVRE / UN FILM

Eugénie Grandet, Armand Numes, France, 1910 (?).
The Conquering Power, Rex Ingram, États-Unis, 1921, avec Rudolph Valentino.
Eugenia Grandet, Mario Soldati, Italie, 1946, avec Alida Valli.

Adaptations pour la télévision

Jean Cazenave, France, 1956.

Alain Boudet, France, 1968, avec René Dary, Bérangère Dautun, Germaine Delbat.

La version la plus récente, la plus disponible (auprès de l'I.N.A.) et probablement la meilleure, est celle de Jean-Daniel Verhaeghe, sur une adaptation de Pierre Moustiers, avec Jean Carmet dans le rôle de Grandet, Alexandra London dans le rôle d'Eugénie et Dominique Labourier dans celui de Nanon (1993).

DOSSIER HISTORIQUE ET LITTÉRAIRE

REPÈRES BIOGRAPHIQUES

1799 :   Naissance le 20 mai (1er prairial an VII), à Tours, d'Honoré, fils de Bernard-François Balzac et de sa femme, née Sallambier. Bernard-François deviendra trois ans plus tard M. de Balzac.

1800 :   Naissance de Laure, sœur d'Honoré.

1802 :   Naissance de Laurence, seconde sœur d'Honoré.

1807 :   Balzac entre au collège de Vendôme.

1814 :   Externe au collège de Tours. A l'automne, installation de la famille à Paris.

1816 :   Inscription à la Faculté de droit.

1817-1819 : Clerc d'avoué et de notaire, bachelier en droit.

1820 :   Commence *Sténie* et *Falthurne*.

1822 :   Début de son amour pour Mme de Berny. Premières œuvres en collaboration.

1824 :   *Annette et le criminel,* sous le pseudonyme d'Horace de Saint-Aubin.

1825 :   Première *Physiologie du mariage*.

1829 :   Publication du *Dernier Chouan* (*Les Chouans*), premier roman paru sous son nom, et de la *Physiologie du mariage*.

1830 :   Devient un auteur à succès. Articles dans *La Mode, La Silhouette. Traité de la vie élégante.* Premiers contes (*L'Elixir de longue vie, Sarrasine...*). « Scènes de la vie privée », 2 vol.

1831 :   *La Peau de chagrin.* Contrats avec plusieurs éditeurs.

1832 :   Séjours à Saché, à Angoulême (chez les Carraud), à Aix-les-Bains avec la marquise de Castries. *Louis Lambert.* Le 9 septembre : première lettre à « L'Etrangère » (Mᵐᵉ Hanska).

1833 : Nouveau séjour à Angoulême. Travaille à l'*Histoire des Treize,* puis au *Médecin de campagne* et, sans doute pendant l'été, commence *Eugénie Grandet.* Rencontre enfin Mᵐᵉ Hanska à Neuchâtel (25 septembre). Mise en vente par Mᵐᵉ Vve Béchet des deux premiers tomes des « Scènes de la vie de province ».

1834 : Séjour à Genève avec Mᵐᵉ Hanska. Début de *Séraphita.* Liaison avec la comtesse Guidoboni-Visconti. Séjour à Saché et début du *Père Goriot*, qui commencera à paraître fin décembre dans la *Revue de Paris.* Balzac a, cette année, pour la première fois, l'idée de reprendre des personnages utilisés dans des romans antérieurs (ainsi Rastignac, qui apparaissait dans *La Peau de chagrin,* est réutilisé dans *Le Père Goriot*).

1835 : Séjour à La Bouleaunière chez Mᵐᵉ de Berny, puis à Vienne avec Mᵐᵉ Hanska. *Le Lys dans la vallée,* début de publication.

1836 : Mise en vente du *Lys dans la vallée.* Mort de Mᵐᵉ de Berny. *La Vieille fille.*

1837 : Voyage en Italie. *Les Employés.* Commence *Massimilla Doni. César Birotteau.*

1838 : Séjour dans le Berry, nouveau voyage en Italie. Début de *Splendeurs et misères des courtisanes* et de *La Maison Nucingen. Le Cabinet des antiques, Une fille d'Eve.*

1839 : *Le Curé de village, Un grand homme de province à Paris* (seconde partie d'*Illusions perdues*), *Les Secrets de la princesse de Cadignan, Petites Misères de la vie conjugale.* Pour la première fois, semble-t-il, Balzac mentionne le nom de « Comédie humaine », qui intitulera la plus grande partie de son œuvre romanesque.

1840 : *Pierrette.* Saisie de sa propriété des Jardies, à Sèvres. S'installe à Passy, dans l'actuelle rue Raynouard (aujourd'hui « Maison de Balzac », transformée en musée). Nombreuses publications, souvent fragmentaires, de titres de *La Comédie humaine*.

1841 : *Une ténébreuse affaire.* Fragment de *Sur Catherine de Médicis. Ursule Mirouët, La Fausse Maîtresse, Mémoires de deux jeunes mariées.*

1842 : Balzac apprend la mort du comte Hanski. Début de la publication de l'édition Furne de *La Comédie humaine. Albert Savarus, La Rabouilleuse.*

1843 : *Honorine,* deuxième partie de *Splendeurs et misères des courtisanes.*

1844 : *Modeste Mignon,* début des *Paysans.*

1845 : Séjour à Dresde auprès de Mme Hanska et de ses enfants. Il installe Mme Hanska et sa fille rue de la Tour, à Passy.

1846 : *Les Comédiens sans le savoir.* Début du *Cousin Pons. La Cousine Bette.* Achète la maison de la rue Fortunée (près des Champs-Elysées).

1847 : Publication du *Cousin Pons,* puis du dernier épisode de *Splendeurs et misères des courtisanes.* Départ de Mme Hanska. Balzac s'installe rue Fortunée. Début de *L'Envers de l'histoire contemporaine.* Séjour à Wierzschownia.

1848 : Séjour à Saché, puis en Ukraine où il passera l'hiver.

1849 : Deux fois refusé à l'Académie française. Voyage à Kiev en mai. Souffre d'une hypertrophie du cœur, d'étouffements et de palpitations.

1850 : Second séjour à Kiev. Epouse Evelyne Hanska en mars à Berditcheff. Retour à Paris le 20 mai. Meurt le 18 août 1850.

LA PRÉFACE DE 1833

*Cette préface de Balzac figurait en tête de l'édition origi-
nale de 1833, publiée par Mme Vve Béchet, et de l'édition de
1839, chez Charpentier. Elle a disparu de l'édition Furne de
1843.*

Il se rencontre au fond des provinces quelques têtes dignes
d'une étude sérieuse, des caractères pleins d'originalité, des
existences tranquilles à la superficie, et que ravagent secrètement de tumultueuses passions ; mais les aspérités les plus
tranchées des caractères, mais les exaltations les plus passion-
nées finissent par s'y abolir dans la constante monotonie des
mœurs. Aucun poète n'a tenté de décrire les phénomènes de
cette vie qui s'en va, s'adoucissant toujours. Pourquoi non ?
S'il y a de la poésie dans l'atmosphère de Paris, où tourbil-
lonne un *simoun* qui enlève les fortunes et brise les cœurs,
n'y en a-t-il donc pas aussi dans la lente action du *sirocco*
de l'atmosphère provinciale qui détend les plus fiers coura-
ges, relâche les fibres, et désarme les passions de leur
acutesse ? Si tout arrive à Paris, tout passe en province : là,
ni relief ni saillie ; mais là, des drames dans le silence ; là,
des mystères habilement dissimulés ; là, des dénouements
dans un seul mot ; là, d'énormes valeurs prêtées par le calcul
et l'analyse aux actions les plus indifférentes. On y vit en
public.

Si les peintres littéraires ont abandonné les admirables scènes de la vie de province, ce n'est ni par dédain ni faute
d'observation ; peut-être y a-t-il impuissance. En effet, pour
initier à un intérêt presque muet, qui gît moins dans l'action
que dans la pensée ; pour rendre des figures, au premier aspect
peu colorées, mais dont les détails et les demi-teintes sollici-
tent les plus savantes touches du pinceau ; pour restituer à
ces tableaux leurs ombres grises et leur clair-obscur ; pour
sonder une nature creuse en apparence, mais que l'examen

254

trouve pleine et riche sous une écorce unie, ne faut-il pas une multitude de préparations, des soins inouïs, et, pour de tels portraits, les finesses de la miniature antique ?

La superbe littérature de Paris, économe de ses heures, qu'au détriment de l'art, elle emploie en haines et en plaisirs, veut son drame tout fait ; quant à le chercher, elle n'en a le loisir à une époque où le temps manque aux événements ; quant à le créer, si quelque auteur en émettait la prétention, cet acte viril exciterait des émeutes dans une république où, depuis longtemps, il est défendu, de par la critique des eunuques, d'inventer une forme, un genre, une action quelconques.

Ces observations étaient nécessaires, et pour faire connaître la modeste intention de l'auteur, qui ne veut être ici que le plus humble des copistes, et pour établir incontestablement son droit à prodiguer les longueurs exigées par le cercle de minuties dans lequel il est obligé de se mouvoir. Enfin, au moment où l'on donne aux œuvres les plus éphémères le glorieux nom de *conte*, qui ne doit appartenir qu'aux créations les plus vivaces de l'art, il lui sera sans doute pardonné de descendre aux mesquines proportions de l'histoire, l'histoire vulgaire, le récit pur et simple de ce qui se voit tous les jours en province.

Plus tard, il apportera son grain de sable au tas élevé par les manœuvres de l'époque ; aujourd'hui, le pauvre artiste n'a saisi qu'un de ces fils blancs promenés dans les airs par la brise, et dont s'amusent les enfants, les jeunes filles, les poètes ; dont les savants ne se soucient guère ; mais que, dit-on, laisse tomber de sa quenouille, une céleste fileuse. Prenez garde ! Il y a des *moralités* dans cette tradition champêtre ! Aussi l'auteur en fait-il son épigraphe. Il vous montrera comment, durant la belle saison de la vie, certaines illusions de blanches espérances, des fils argentés descendent des cieux et y retournent sans avoir touché terre.

L'ÉPILOGUE DE 1833

*Cet épilogue faisait immédiatement suite au texte d'*Eugénie Grandet *dans les éditions de 1833-1834 et de 1839. Il a été, comme la préface, supprimé de l'édition Furne de 1843.*

Ce dénouement trompe nécessairement la curiosité. Peut-être en est-il ainsi de tous les dénouements vrais. Les tragédies, les drames, pour parler le langage de ce temps, sont rares dans la nature. Souvenez-vous du préambule. Cette histoire est une traduction imparfaite de quelques pages oubliées par les copistes dans le grand livre du monde. Ici, nulle invention. L'œuvre est une humble miniature pour laquelle il fallait plus de patience que d'art. Chaque département a son Grandet. Seulement le Grandet de Mayenne ou de Lille est moins riche que ne l'était l'ancien maire de Saumur. L'auteur a pu forcer un trait, mal esquisser ses anges terrestres, mettre un peu trop ou pas assez de couleur sur son vélin. Peut-être a-t-il trop chargé d'or le contour de la tête de sa Maria ; peut-être n'a-t-il pas distribué la lumière selon les règles de l'art ; enfin, peut-être a-t-il trop rembruni les teintes déjà noires de son vieillard, image toute matérielle. Mais ne refusez pas votre indulgence au moine patient, vivant au fond de sa cellule ; humble auteur de la *Rosa Mundi,* de Marie, belle image de tout le sexe, la femme du moine, la seconde Eva des chrétiens.

S'il continue d'accorder, malgré les critiques, tant de perfections à la femme, il pense encore, lui jeune, que la femme est l'être le plus parfait entre les créatures. Sortie la dernière des mains qui façonnaient les mondes, elle doit exprimer plus purement que toute autre la pensée divine. Aussi n'est-elle pas, ainsi que l'homme, prise dans le granit primordial, devenu mol argile sous les doigts de Dieu ; non, tirée des flancs de l'homme, matière souple et ductile, elle est une création transitoire entre l'homme et l'ange. Aussi la voyez-vous forte autant que l'homme est fort, et délicatement intelligente par le sentiment, comme est l'ange. Ne fallait-il pas unir en elle ces deux natures pour la charger de toujours porter l'espèce en son cœur ? Un enfant, pour elle, n'est-il pas toute l'humanité ?

Parmi les femmes, Eugénie Grandet sera peut-être un type, celui des dévouements jetés à travers les orages du monde et qui s'y engloutissent comme une noble statue enlevée à la Grèce et qui, pendant le transport, tombe à la mer où elle demeurera toujours ignorée.

L'ÉPARGNE SOUS LA RESTAURATION
ET LA MONARCHIE DE JUILLET

« Les placements les plus courants restent les achats de terres, d'immeubles, les prêts sur garantie hypothécaire — parfois sans garantie [...].

Toutefois, l'épargne s'oriente aussi, mais timidement encore, vers la rente. Les fonds d'Etat ont pour eux leur sûreté parfaite — la Restauration a accepté la charge, assez légère d'ailleurs, que lui laissait l'Empire — et leur totale immunité fiscale : Cambon, — "bourreau des rentiers" — créant, en 1793, le Grand Livre de la Dette Publique, avait soumis le coupon de rente à une retenue de même taux que l'impôt foncier, mais le Directoire, en 1797, comme pour faire passer la banqueroute des deux tiers, a promis à la rente consolidée une perpétuelle exemption de taxe — bientôt assortie de l'insaisissabilité. [...] Il y a, en 1830, quelque 130 000 porteurs de rentes. Une bonne partie des titres sont détenus par la Banque de France, les Caisses d'Epargne (et la Caisse des Dépôts et Consignations qui gère leurs deniers), les Compagnies d'Assurances. Une autre constitue une masse de manœuvre pour la spéculation. Restent les placements individuels, très stables pour la plupart : la rente est une valeur incluse dans le patrimoine familial, conservée et transmise avec lui [...].

La fortune du père Grandet peut passer pour exemplaire, tant Balzac a su pour la décrire rassembler de caractères réels de la richesse provinciale, souvent dispersés dans nos sources.

[*Suit un résumé d'*Eugénie Grandet *assorti d'une analyse des mécanismes qui ont autorisé la fortune de Grandet. Nous y renvoyons pour une information plus complète.*]

Le père Grandet n'eût certes pas acheté d'autres valeurs mobilières que la rente. Actions et obligations sont encore fort rares, quoique se multipliant : la Cote de la Bourse de Paris comprend 7 valeurs en 1816, 38 en 1830, 260 en 1841, encore compte-t-on sur cette liste les effets publics, ceux des villes et depuis 1823 les emprunts d'Etat étrangers (Naples, Espagne, Haïti). Les Compagnies d'assurances, celles qui se constituent pour construire et exploiter les canaux, celles qui amorcent, après 1835, un mouvement de concentration des mines de charbon, les sociétés métallurgiques commencent à répandre dans le public l'habitude des actions ; mais à cet égard le rôle décisif appartiendra aux chemins de fer. »

Guy P. PALMADE,
Capitalisme et capitalistes français au XIXᵉ siècle,
A. Colin, 1961, p. 84-88.

LES FEMMES ET LE CODE CIVIL

« VOTRE SEXE N'EST LÀ QUE POUR LA DÉPENDANCE »

Ce vers fameux est prononcé par Arnolphe, dans L'Ecole des femmes *de Molière, à l'adresse d'Agnès. Près de deux siècles plus tard, la situation juridique de la femme dans la société française ne s'est guère améliorée ; à certains égards, elle s'est aggravée.*

Citons Marie-Françoise Hans : « Alors que, sous l'Ancien Régime, refuser "les aliments" à l'épouse équivalait à un homicide, désormais le mari peut, selon le répertoire Dalloz, "être autorisé à faire saisir les revenus et à en faire séquestre lorsque la femme refuse de cohabiter avec lui [...]". La jurisprudence décide même que le juge peut déclarer que ces revenus seront acquis au mari pendant tout le temps que la femme demeurera éloignée du domicile conjugal. » (Les Femmes et l'argent, Grasset, 1988, p. 53).

Dans La Femme et le Code civil dans « La Comédie humaine » *d'Honoré de Balzac (Didier, 1968), Marie-Henriette Faillie montre comment la dépendance où se trouvent* Mme *Grandet et sa fille Eugénie par rapport au père Grandet est due, certes, à l'avarice et au caractère tyrannique du vieillard, mais aussi aux lois qui régissent la société française et qui n'ont connu que dans un passé récent quelques atténuations.*

Extrait du *Code civil*, Livre III : « Des différentes manières dont on acquiert la propriété », Titre V : « Du contrat de mariage et des droits respectifs des époux » :

CHAPITRE PREMIER

Dispositions générales

Art. 1391

Ils [les époux] peuvent cependant déclarer, d'une manière générale, qu'ils entendent se marier ou sous le régime de la communauté, ou sous le régime dotal. — Au premier cas, et sous le régime de la communauté, les droits des époux et de leurs héritiers seront réglés par les dispositions du chapitre II du présent titre. — Au deuxième cas, et sous le régime dotal, leurs droits seront réglés par les dispositions du chapitre III.

[Inchangé. L. 10 juillet 1850 ajoutée.]

Toutefois, si l'acte de célébration du mariage porte que les époux se sont mariés sans contrat, la femme sera réputée, à l'égard des tiers, capable de contracter dans les termes du droit commun, à moins que, dans l'acte qui contiendra son engagement, elle n'ait déclaré avoir fait un contrat de mariage.

CHAPITRE II

Du régime en communauté

Première Partie. — De la Communauté légale.

Section Première. — De ce qui compose la communauté activement et passivement.

Art. 1427

La femme ne peut s'obliger ni engager les biens de la communauté, même pour tirer son mari de prison, ou pour l'établissement de ses enfants, en cas d'absence du mari, qu'après y avoir été autorisée par justice.

(L. 22 septembre 1942 et Ord. 9 octobre 1945). Si le mari est hors d'état de manifester sa volonté, la femme peut, dans les conditions prévues à l'article 219, être habilitée par justice à le représenter dans l'exercice des pouvoirs qu'il tient des articles 1421 et 1428.

[Inchangé.]

Art. 1428

Le mari a l'administration de tous les biens personnels de la femme. — Il peut exercer seul toutes les actions mobilières et possessoires qui appartiennent à la femme. — Il ne peut aliéner les immeubles personnels de sa femme sans son consentement. — Il est responsable de tout dépérissement des biens personnels de sa femme, causé par défaut d'actes conservatoires.

Section III. — De la Dissolution de la Communauté, et de quelques-unes de ses suites.

Art. 1441

La communauté se dissout, 1° par la mort naturelle ; 2° par la mort civile ; 3° par le divorce ; 4° par la séparation de corps ; 5° par la séparation de biens.

... 2° ... (abolie, L. 31 mai 1854.)

Art. 1442

Le défaut d'inventaire, après la mort naturelle ou civile de l'un des deux époux, ne donne pas lieu à la continuation de la communauté, sauf les poursuites des parties intéressées, relativement à la consistance des biens et effets communs, dont la preuve pourra être faite, tant par titre que par la commune renommée. — S'il y a des enfants mineurs, le défaut d'inventaire fait perdre en outre à l'époux survivant la jouissance de leurs revenus ; et le subrogé-tuteur qui ne l'a point obligé à faire inventaire, est solidairement tenu avec lui de toutes les condamnations qui peuvent être prononcées au profit des mineurs.

... ou civile (abolie, 31 mai 1854)...

Art. 1443

La séparation de biens ne peut être poursuivie qu'en justice par la femme dont la dot est mise en péril, et lorsque le désordre des affaires du mari donne lieu de craindre que les biens de celui-ci ne soient point suffisants pour remplir les droits et reprises de la femme. — Toute séparation volontaire est nulle.

[Inchangé.]

Art. 1447

Les créanciers du mari peuvent se pourvoir contre la séparation de biens prononcée et même exécutée en fraude de leurs droits ; ils peuvent même intervenir dans l'instance sur la demande en séparation pour la contester.

[Inchangé.]

CHAPITRE III

Du Régime dotal.

Art. 1540

La dot sous ce régime, comme sous celui du chapitre II, est le bien que la femme apporte au mari pour supporter les charges du mariage.

[Inchangé.]

Section II. — Des droits du mari sur les biens dotaux, et de l'inaliénabilité du fonds dotal.

Art. 1549

Le mari seul a l'administration des biens dotaux pendant le mariage. — Il a seul le droit d'en poursuivre les débiteurs et détenteurs, d'en percevoir les fruits et les intérêts, et de recevoir le remboursement des capitaux. — Cependant il peut être convenu, par le contrat de mariage, que la femme touchera annuellement, sur ses seules quittances, une partie de ses revenus pour son entretien et ses besoins personnels.

[Inchangé.]

Art. 1554

Les immeubles constitués en dot ne peuvent être aliénés ou hypothéqués pendant le mariage, ni par le mari, ni par la femme, ni par les deux conjointement, [...]

[Inchangé.]

Section III. — De la Restitution de la dot.

Art. 1567

Si la dot comprend des obligations ou constitutions de rente qui ont péri, ou souffert des retranchements qu'on ne puisse imputer à la négligence du mari, il n'en sera point tenu, et il en sera quitte en restituant les contrats.
[Inchangé.]

Art. 1569

Si le mariage a duré dix ans depuis l'échéance des termes pris pour le paiement de la dot, la femme ou ses héritiers pourront la répéter contre le mari après la dissolution du mariage, sans être tenus de prouver qu'il l'a reçue, à moins qu'il ne justifiât de diligences inutilement par lui faites pour s'en procurer le paiement.
[Inchangé.]

(Cité d'après Marie-Henriette Faillie, *La Femme et le Code civil dans « La Comédie humaine » d'Honoré de Balzac*, Didier, 1968, p. 216-219).

ÉCONOMIE ET ÉLÉGANCE

La grâce et les atours du jeune Charles Grandet détonnent, dès son arrivée à Saumur, avec le cadre sordide de la maison où il va être hébergé. Le conflit entre « économie » et « élégance » est commenté par le Traité de la vie élégante, *donné par Balzac à* La Mode *des 2, 9, 16, 23 octobre et 6 novembre 1830.*

XXIV

Tout ce qui révèle une économie est inélégant.

En effet, l'économie est un moyen. Elle est le nerf d'une bonne administration, mais elle ressemble à l'huile qui donne de la souplesse et de la douceur aux roues d'une machine : il ne faut ni la voir ni la sentir.

Ces inconvénients ne sont pas les seuls châtiments dont les gens parcimonieux soient punis. En restreignant le développement de leur existence, ils descendent de leur sphère, et, malgré leur pouvoir, se mettent au niveau de ceux que la vanité précipite vers l'écueil opposé. Qui ne frémirait pas de cette épouvantable fraternité ?

Que de fois n'avez-vous pas rencontré, à la ville ou à la campagne, des bourgeois semi-aristocrates qui, parés outre mesure, sont obligés, faute d'un équipage, de calculer leurs visites, leurs plaisirs et leurs devoirs d'après Mathieu-Laensberg ? Esclave de son chapeau, madame redoute la pluie, et monsieur craint le soleil ou la poussière. Impressibles comme des baromètres, ils devinent le temps, quittent tout et disparaissent à l'aspect d'un nuage. Mouillés et crottés, ils s'accusent réciproquement, au logis, de leurs misères ; gênés partout, ils ne jouissent de rien.

Cette doctrine a été résumée par un aphorisme applicable à toutes les existences, depuis celle de la femme forcée de retrousser sa robe pour s'asseoir en voiture, jusqu'au petit prince d'Allemagne qui veut avoir des bouffes :

XXV

De l'accord entre la vie extérieure et la fortune résulte l'aisance.

L'observation religieuse de ce principe permet seule à un homme de déployer, jusques dans ses moindres actes, une liberté sans laquelle la grâce ne saurait exister. S'il mesure ses désirs sur sa puissance, il reste dans sa sphère sans avoir peur d'en déchoir. Cette sécurité d'action, qu'on pourrait nommer la *conscience du bien-être,* nous préserve de tous les orages occasionnés par une vanité mal entendue.

Ainsi les experts de la vie élégante ne tracent pas de longs chemins en toile verte sur leurs tapis, et ne redoutent pas, pour eux, les visites d'un vieil oncle asthmatique. Ils ne consultent par le thermomètre pour sortir avec leurs chevaux. Egalement soumis aux charges de la fortune comme à ses bénéfices, ils ne paraissent jamais contrariés d'un dommage ; car, chez eux, tout se répare avec de l'argent, ou se résout par le plus ou moins de peine que prennent leurs gens. Mettre un vase, une pendule en cage, couvrir ses divans de housses, ensacher un lustre, n'est-ce pas ressembler à ces bonnes gens qui, après avoir fait des tire-lires pour s'acheter des candélabres, les habillent aussitôt d'une gaze épaisse ? L'homme de goût doit jouir de tout ce qu'il possède. Comme Fontenelle, *il n'aime pas les choses qui veulent être trop respectées*. A l'exemple de la Nature, il ne craint pas d'étaler tous les jours sa splendeur ; il peut la reproduire. Aussi n'attend-il pas que, semblables aux vétérans du Luxembourg, ses meubles lui attestent leurs services par de nombreux chevrons, pour en changer la destination, et ne se plaint-il jamais du prix excessif des choses, car il a tout prévu. Pour l'homme *de la vie occupée,* les réceptions sont des solennités ; il a ses *sacres* périodiques pour lesquels il fait ses déballages, vide ses armoires et décapuchonne ses bronzes ; mais l'homme de *la vie élégante* sait recevoir à toute heure, sans se laisser surprendre. Sa devise est celle d'une famille dont la gloire s'associe à la découverte du nouveau monde ; il est *semper paratus,* toujours prêt, toujours semblable à lui-même. Sa maison, ses gens, ses voitures, son luxe, ignorent le préjugé du dimanche.

Tous les jours sont des jours de fête. Enfin, *si magna licet componere parvis,* il est comme le fameux *Dessein,* qui répondait, sans se déranger, en apprenant l'arrivée du duc d'York :
— Mettez-le au numéro quatre.

Ou comme la duchesse d'Abrantès, qui, priée la veille par Napoléon de recevoir la princesse de Westphalie au Raincy, donne le lendemain les plaisirs d'une chasse royale, d'opulents festins et un bal somptueux à des souverains.

Tout fashionable doit imiter, dans sa sphère, cette large entente de l'existence : il obtiendra facilement ces merveilleux résultats par une constante recherche, par une exquise fraîcheur dans les détails. Le soin perpétue la bonne grâce de l'ensemble, et de là vient cet axiome anglais :

XXVI

L'entretien est le *sine qua non* de l'élégance.

Balzac, *Traité de la vie élégante,* dans *Œuvres diverses,*
tome II, Louis Conard, 1938, p. 171-173.

« PAR LA CRAVATE ON PEUT JUGER CELUI QUI LA PORTE »

La vestignomonie est, si l'on veut, une « science » qui permet de connaître l'homme d'après ses vêtements. Dans la description du père Grandet, Balzac passe rapidement sur sa « cravate noire » (il avait écrit « blanche » dans un premier état du manuscrit). De Charles Grandet, il souligne au contraire qu'il avait « mis une cravate de satin noir combinée avec un col rond de manière à encadrer agréablement sa blanche et rieuse figure ». Le premier chapitre de la Physiologie de la toilette, *donnée par Balzac à la revue* La Silhouette *des 3 juin, 8 et 15 juillet 1830, commente longuement l'attention portée à ces détails.*

DE LA CRAVATE, CONSIDÉRÉE EN ELLE-MÊME ET DANS SES RAPPORTS AVEC LA SOCIÉTÉ ET LES INDIVIDUS

> Une cravate bien mise répand comme un parfum exquis dans toute la toilette ; elle est à la toilette ce que la truffe est à un dîner.

La Révolution fut pour la toilette, comme pour l'ordre civil et politique, un temps de crise et d'anarchie ; elle amena pour la cravate en particulier un de ces changements organiques qui viennent, à des siècles d'intervalles, renouveler la face des choses. Sous l'ancien régime, chaque classe de la société avait son costume ; on reconnaissait à l'habit le seigneur, le bourgeois, l'artisan. Alors, la cravate (si l'on peut donner ce nom au col de mousseline et au morceau de dentelle dont nos pères enveloppaient leurs cous) n'était rien qu'un vêtement nécessaire, d'étoffe plus ou moins riche, mais sans considération, comme sans importance personnelle. Enfin les Français devinrent tous égaux dans leurs droits, et aussi dans leur toilette, et la différence dans l'étoffe ou la coupe des habits ne distingua plus les conditions. Comment alors se reconnaître au milieu de cette uniformité ? Par quel signe extérieur distinguer le rang de chaque individu ? Dès lors était réservée à la cravate une destinée nouvelle : de ce jour, elle est née à la vie publique, elle a acquis une importance sociale ; car elle fut appelée à rétablir les nuances entièrement effacées dans la toilette, elle devint le critérium auquel on reconnaîtrait l'homme comme il faut et l'homme sans éducation.

En effet, de toutes les parties de la toilette, la cravate est la seule qui appartienne à l'homme, la seule où se trouve l'individualité. De votre chapeau, de votre habit, de vos bottes, tout le mérite revient au chapelier, au tailleur, au bottier, qui vous les ont livrés dans tout leur éclat ; vous n'y avez rien mis du vôtre. Mais, pour la cravate, vous n'avez ni aide ni appui ; vous êtes abandonné à vous-même ; c'est en vous qu'il faut trouver toutes vos ressources. La blanchisseuse vous livre un morceau de batiste empesé ; selon ce que vous savez faire, vous en tirerez parti : c'est le bloc de marbre entre les mains de Phidias ou d'un tailleur de pierres. Tant vaut l'homme, tant vaut la cravate. Et, à vrai dire, la cravate, c'est l'homme ; c'est par elle que l'homme se révèle et se manifeste.

Aussi est-ce une chose reconnue aujourd'hui de tous les esprits qui réfléchissent, que par la cravate on peut juger celui qui la porte, et que, pour connaître un homme, il suffit de jeter un coup-d'œil sur cette partie de lui-même qui unit la tête à la poitrine.

Ainsi, cette cravate empesée, raide, droite, sans un pli, au nœud plat, carré, symétrique, comme si le compas du géomètre y avait passé, vous annonce un homme exact, sec, égoïste.

Cette cravate en mousseline claire, sans empois, onduleuse, avec une rosette bouffante et prétentieuse..., c'est un parleur élégant, diffus, fade ; un noticier.

Cette cravate en batiste, ni trop élevée, ni trop basse, assez lâche pour laisser au cou et à la tête toute la liberté de leurs mouvements, avec un nœud gracieux, mais naïf et simple..., c'est un poëte élégiaque.

Je m'arrête, pour ne pas déflorer en quelques lignes un sujet digne d'inspirer des volumes, tant il a d'intérêt, d'étendue et d'importance.

Considérés sous le rapport de la cravate, les hommes se divisent naturellement en trois grandes catégories.

D'abord, pour commencer par celle qui mérite le moins notre attention, se présente cette classe nombreuse d'hommes qui portent la cravate sans la sentir, ni la comprendre, qui chaque matin tournent un morceau d'étoffe autour de leur cou, comme on fait d'une corde ; puis, tout le jour, se promènent, mangent, vaquent à leurs affaires, et, le soir, se couchent et s'endorment, sans scrupule, sans remords, parfaitement satisfaits d'eux-mêmes, comme si leur cravate eût été mise le mieux du monde. Gens sans actualité, continuant le XVIIIe siècle au milieu du XIXe ; anachronismes vivants, trop nombreux, hélas ! à la honte du siècle de lumière, et que nous ne mentionnons ici que pour mémoire ; car, relativement à la cravate, ce sont des êtres négatifs.

Au-dessus d'eux immédiatement viennent ceux qui entrevoient ce qu'il y a de bien dans la cravate et ce qu'on en peut faire, mais qui, n'en pouvant tirer aucun parti par eux-mêmes, sont réduits à copier autrui. Esprits étroits, stériles, sans imagination, sans une seule idée à eux, ils étudient chaque jour le nœud qu'ils reproduiront le lendemain. Quelle estime faire de ce *servum pecus* de la cravate ? Je les comparerai à ces hommes frivoles qui cherchent chaque matin, dans les gazettes, les idées qu'ils auront toute la journée, ou aux mendiants qui vivent des charités d'autrui.

Au premier rang, enfin, se placent ces hommes forts et solides par eux-mêmes, qui sentent et comprennent la cravate, qui la comprennent dans ce qu'elle a d'essentiel et d'intime, avec cette énergie d'intelligence, cette puissance de génie, départies à ces mortels privilégiés *quos aequus amavit Jupiter.* Ceux-là n'ont ni maîtres ni modèles, ils trouvent en eux de grandes, de nobles ressources ; ils n'écoutent qu'eux-mêmes, ils sont véritablement créateurs.

Car la cravate ne vit que d'originalité et de naïveté ; l'imitation, l'assujettissement aux règles la décolorent, la glacent, la tuent. Ce n'est ni par étude ni par travail qu'on arrive à bien ; c'est spontanément, c'est d'instinct, d'inspiration que se met la cravate. Une cravate bien mise, c'est un de ces traits de génie qui se sentent, s'admirent, mais ne s'analysent ni ne s'enseignent. Aussi, j'ose le dire avec toute la force de la conviction, la cravate est romantique dans son essence ; du jour où elle subira des règles générales, des principes fixes, elle aura cessé d'exister.

Et cependant, il s'est trouvé de par le monde un baron de l'Empesé qui a publié *l'Art de mettre sa cravate ! Art* et *cravate,* voilà de ces mots qui hurlent de se voir accouplés. Quelle confusion d'idées, et comme on juge un homme par un pareil trait ! Aussi faut-il le voir, ce baron de l'Empesé, avec son col en pointe, sa cravate droite comme un carton, son nœud sec et plat, les bouts ramassés en avant et attachés avec une épingle ; enfin tout ce qui se peut imaginer de plus *rococo*. Et son livre ! c'est à faire naître un ris inextinguible. Des divisions, des séparations de genres, des classifications, des prohibitions, toute une législation aristotélique, un véritable Code à la Boileau... Voilà comme on prépare des entraves au génie ; comme on l'emmaillote des langes de la routine ; comme on fournit des arguments et des textes à la médiocrité ; comme on pervertirait le goût public, s'il ne se trouvait des esprits fermes pour braver de ridicules obstacles, pour marcher en avant d'un pas assuré, et maintenir la cravate dans sa liberté native et dans son éclat.

Parmi eux, nous citerons un seul exemple, qui est des plus illustres, et qu'il sera toujours honorable de suivre. M. le prince de R..., aujourd'hui archevêque et cardinal, fut longtemps la gloire de la cravate. Vous ne l'eussiez pas vu défaire, essayer, recommencer à plusieurs reprises le nœud d'une même cravate. Il mettait dans cette partie de la toilette une ampleur, un grandiose qu'un petit esprit ne saurait comprendre. Vingt cravates étaient préparées devant lui ; il en prenait une, la mettait à son cou et la nouait d'une main sûre qui ne connaissait pas l'hésitation. Le nœud lui déplaisait-il ? il jetait la première cravate, en prenait une autre. Quelquefois, il en essayait jusqu'à dix, quinze, avant d'être satisfait de son œuvre ; car la cravate, expression de la pensée comme le style, est souvent rebelle comme lui. Mais, quand il était parvenu à reproduire dans sa cravate ce type sans pareil qu'il avait dans l'esprit, on admirait, on s'extasiait. Son âme était passée dans le tissu léger, et s'y manifestait tout entière. On y voyait cette aisance, cette liberté d'esprit, sans laquelle il n'est pas d'originalité, et surtout cette chaleur d'âme, ce feu brûlant qui se développa plus tard en zèle religieux, et devint une vocation au cardinalat.

Balzac, *Physiologie de la toilette,*
dans *Œuvres diverses,*
tome II, Louis Conard, 1938, p. 47-49.

PORTRAIT D'UN USURIER : GOBSECK

Zulma Carraud jugeait que pour dépeindre l'avarice de Grandet, Balzac n'avait pas suffisamment forcé le trait (voir notre Préface). Gobseck, l'usurier, figure dans La Comédie humaine *un avare assurément plus caricatural. Son nom même signifie l'avarice. Avec Grandet, il a en commun la rareté du débit, mais chez lui, cette difficulté d'élocution traduit moins la méfiance de qui se donne le temps de réfléchir que le souci d'économiser jusqu'à ses paroles. Et tandis que l'activité de Grandet s'élargit à de judicieux investissements, celle de Gobseck est tout entière enfermée dans l'obsession d'accumuler des pièces d'or.*

— Cette aventure, dit Derville après une pause, me rappelle les seules circonstances romanesques de ma vie. Vous riez déjà, reprit-il, en entendant un avoué vous parler d'un roman dans sa vie ! Mais j'ai eu vingt-cinq ans comme tout le monde, et à cet âge j'avais déjà vu d'étranges choses. Je dois commencer par vous parler d'un personnage que vous ne pouvez pas connaître. Il s'agit d'un usurier. Saisirez-vous bien cette figure pâle et blafarde, à laquelle je voudrais que l'académie me permît de donner le nom de face *lunaire,* elle ressemblait à du vermeil dédoré ? Les cheveux de mon usurier étaient plats, soigneusement peignés et d'un gris cendré. Les traits de son visage, impassible autant que celui de Talleyrand, paraissaient avoir été coulés en bronze. Jaunes comme ceux d'une fouine, ses petits yeux n'avaient presque point de cils et craignaient la lumière ; mais l'abat-jour d'une vieille casquette les en garantissait. Son nez pointu était si grêlé dans le bout que vous l'eussiez comparé à une vrille. Il avait les lèvres minces de ces alchimistes et de ces petits vieillards peints par Rembrandt ou par Metzu. Cet homme parlait bas, d'un ton doux, et ne s'emportait jamais. Son âge était un problème : on ne pouvait pas savoir s'il était vieux avant le temps, ou s'il avait ménagé sa jeunesse afin qu'elle lui servît toujours. Tout était propre et râpé dans sa chambre, pareille, depuis le drap vert du bureau jusqu'au tapis du lit, au froid sanctuaire de ces vieilles filles qui passent la journée à frotter leurs meubles. En hiver les tisons de son foyer, toujours enterrés dans un talus de cendres, y fumaient sans flamber. Ses actions, depuis l'heure de son lever jusqu'à ses accès de toux le soir, étaient soumises à la régularité d'une pendule. C'était en quelque sorte un *homme-modèle* que le sommeil remontait. Si vous touchez un cloporte cheminant sur un papier, il s'arrête et fait le mort ; de même, cet homme s'interrompait au milieu de son discours et se taisait au passage d'une voiture, afin de ne pas forcer sa voix. A l'imitation de Fontenelle, il économisait le mouvement vital, et concentrait tous les sentiments humains dans le moi. Aussi sa vie s'écoulait-elle sans faire plus de bruit que le sable d'une horloge antique. Quelquefois ses victimes criaient beaucoup, s'emportaient ; puis après il se faisait un grand silence, comme dans une cuisine où l'on égorge un canard. Vers le soir l'homme-billet se changeait en un homme ordinaire, et ses métaux se métamorphosaient en cœur humain. S'il était content de sa journée, il se frottait les mains en laissant échapper par les rides crevassées de son visage une fumée de gaieté, car il est impossible d'exprimer autrement le jeu muet de ses muscles, où se peignait une sensation comparable au rire à vide de *Bas-de-Cuir*. Enfin, dans ses plus grands accès de joie, sa conversation restait monosyllabique, et sa contenance était toujours négative. Tel est le voisin que le hasard m'avait donné dans la maison que j'habitais rue des Grès, quand je n'étais encore que second clerc et que j'achevais ma troisième année de Droit. Cette maison, qui n'a pas de cour, est humide et sombre. Les appartements n'y tirent leur jour que de la rue. La distribution claustrale qui divise le bâtiment en chambres d'égale grandeur, en ne leur laissant d'autre issue qu'un long corridor éclairé par des jours de souffrance, annonce que la maison a jadis fait partie d'un couvent. A ce triste aspect, la gaieté d'un fils de famille expirait avant qu'il n'entrât chez mon voisin : sa maison et lui se ressemblaient. Vous eussiez dit de l'huître et son rocher. Le seul être avec lequel il communiquait, socialement parlant, était moi ; il venait me demander du feu, m'empruntait un livre, un journal, et me permettait le soir d'entrer dans sa cellule, où nous causions quand il était de bonne humeur. Ces marques de confiance étaient le fruit d'un voisinage de quatre années et de ma sage conduite, qui, faute d'argent, ressemblait beaucoup à la sienne. Avait-il des parents, des amis ? Etait-il riche ou pauvre ? Personne n'aurait pu répondre à ces questions. Je ne voyais jamais d'argent chez lui. Sa fortune se trouvait sans doute dans les caves de la Banque. Il recevait lui-même ses billets en courant dans Paris d'une jambe sèche comme celle d'un cerf. Il était d'ailleurs martyr de sa prudence. Un jour, par hasard, il portait de l'or ; un double napoléon se fit jour, on ne sait comment, à travers son gousset ; un locataire qui le suivait dans l'escalier ramassa la pièce et la lui présenta. — Cela ne m'appartient pas, répondit-il avec un geste de surprise. A moi de l'or ! Vivrais-je comme je vis si j'étais riche ? Le matin il apprêtait lui-même son café sur un réchaud de tôle, qui restait toujours dans l'angle noir de sa cheminée ; un rôtisseur lui apportait à dîner. Notre vieille portière montait à une heure fixe pour approprier la chambre. Enfin, par une singularité que Sterne appellerait une prédestination, cet homme se nommait Gobseck.

Balzac, *Gobseck*, 1830.

LA SPÉCULATION AU TEMPS DE ZOLA

*Eugénie Grandet constitue un témoignage sur la spécula-
tion financière à l'époque de la Restauration et à l'échelle de
la province. Sous la monarchie de Juillet et plus encore sous
le Second Empire, l'essor du capitalisme va transformer les
structures économiques et sociales du pays ; la Bourse deviendra, sous Napoléon III, le cœur des activités financières de
la France entière. Au père Grandet, spéculateur obscur et
tranquille, on peut opposer Saccard, héros de La Curée et
de L'Argent, d'Emile Zola, personnage théâtral et ambitieux,
cupide plutôt qu'avare, qui connaîtra, comme beaucoup de
financiers du Second Empire, une ascension et une chute
retentissantes.*

*Dans le roman de Balzac, mais plus généralement à son
époque, il paraît admis que les femmes n'ont aucune partici-
pation aux questions d'argent. Dans* L'Argent, *Zola présente
le portrait d'une bourgeoise informée des mécanismes de la
Bourse, mais dont l'honnêteté prudente s'oppose aux entreprises téméraires de Saccard.*

Mme Caroline elle-même s'était remise à rire. Et la conversation continua sur un ton de familière bienveillance.

— C'est que j'aime beaucoup mon frère, c'est que je vous
aime vous-même plus que vous ne pensez, et cela me ferait
un gros chagrin de vous voir vous engager dans des trafics
louches, où il n'y a, au bout que désastre et tristesse... Ainsi,
tenez ! puisque nous en sommes là-dessus, la spéculation, le
jeu à la Bourse, eh bien ! j'en ai une terreur folle. J'étais si
heureuse, dans le projet de statuts, que vous m'avez fait reco-
pier, d'avoir lu, à l'article 8, que la société s'interdisait rigoureusement toute opération à terme. C'était s'interdire le jeu,
n'est-ce pas ? Et puis, vous m'avez désenchantée, en vous
moquant de moi, en m'expliquant que c'était là un simple
article d'apparat, une formule de style que toutes les sociétés tenaient à honneur d'inscrire et que pas une n'observait...
Vous ne savez pas ce que je voudrais, moi ? ce serait qu'à

275

la place de ces actions, ces cinquante mille actions que vous allez lancer, vous n'émettiez que des obligations [1]. Oh ! vous voyez que je suis très forte, depuis que je lis le Code, je n'ignore plus qu'on ne joue pas sur une obligation, qu'un obligataire est un simple prêteur qui touche tant pour cent sur son prêt, sans être intéressé dans les bénéfices, tandis que l'actionnaire est un associé courant la chance des bénéfices et des pertes... Dites, pourquoi pas des obligations, ça me rassurerait tant, je serais si heureuse !

Elle outrait plaisamment la supplication de sa requête, pour cacher sa réelle inquiétude. Et Saccard répondit sur le même ton, avec un emportement comique.

— Des obligations, des obligations ! mais jamais !... Que voulez-vous fiche avec des obligations ? C'est de la matière morte... Comprenez donc que la spéculation, le jeu est le rouage central, le cœur même, dans une vaste affaire comme la nôtre. Oui ! il appelle le sang, il le prend partout par petits ruisseaux, l'amasse, le renvoie en fleuves dans tous les sens, établit une énorme circulation d'argent, qui est la vie même des grandes affaires. Sans lui, les grands mouvements de capitaux, les grands travaux civilisateurs qui en résultent, sont radicalement impossibles... C'est comme pour les sociétés anonymes, a-t-on assez crié contre elles, a-t-on assez répété qu'elles étaient des tripots et des coupe-gorge ! La vérité est que, sans elles, nous n'aurions ni les chemins de fer, ni aucune des énormes entreprises modernes, qui ont renouvelé le monde ; car pas une fortune n'aurait suffi à les mener à bien, de même que pas un individu, ni même un groupe d'individus, n'aurait voulu en courir les risques. Les risques, tout est là, et la grandeur du but aussi. Il faut un projet vaste, dont l'ampleur saisisse l'imagination ; il faut l'espoir d'un gain considérable, d'un coup de loterie qui décuple la mise de fonds, quand elle ne l'emporte pas ; et alors les passions s'allument, la vie afflue, chacun apporte son argent, vous pouvez repétrir la terre. Quel mal voyez-vous là ? Les risques courus sont volontaires, répartis sur un nombre infini de personnes, inégaux et limités selon la fortune et l'audace de chacun. On perd, mais on gagne, on espère un bon numéro, mais on doit s'attendre toujours à en tirer un mauvais et l'humanité n'a pas de rêve plus entêté ni plus ardent, tenter le hasard, obtenir tout de son caprice, être roi, être dieu !

1. Sur les actions et les obligations à l'époque d'*Eugénie Grandet,* voir G. P. Palmade, p. 258 de la présente édition.

Peu à peu, Saccard ne riait plus, se redressait sur ses petites jambes, s'enflammait d'une ardeur lyrique, avec des gestes qui jetaient ses paroles aux quatre coins du ciel.

— Tenez ! nous autres, avec notre Banque Universelle, n'allons-nous pas ouvrir l'horizon le plus large, toute une trouée sur le vieux monde de l'Asie, un champ sans limite à la pioche du progrès et à la rêverie des chercheurs d'or. Certes, jamais ambition n'a été plus colossale, et, je l'accorde, jamais non plus conditions de succès ou d'insuccès n'ont été plus obscures. Mais c'est justement pour cela que nous sommes dans les termes mêmes du problème, et que nous déterminerons, j'en ai la conviction, un engouement extraordinaire dans le public, dès que nous serons connus... Notre Banque Universelle, mon Dieu ! elle va être d'abord la maison classique qui traitera de toutes les affaires de banque, de crédit et d'escompte, recevra des fonds en comptes courants, contractera, négociera ou émettra des emprunts. Seulement, l'outil que j'en veux faire surtout, c'est une machine à lancer les grands projets de votre frère : là sera son véritable rôle, ses bénéfices croissants, sa puissance peu à peu dominatrice. Elle est fondée, en somme, pour prêter son concours à des sociétés financières et industrielles, que nous établirons dans les pays étrangers, dont nous placerons les actions, qui nous devront la vie et nous assureront la souveraineté... Et, devant cet avenir aveuglant de conquêtes, vous venez me demander s'il est permis de se syndiquer et d'avantager d'une prime les syndicataires, quitte à la porter au compte de premier établissement ; vous vous inquiétez des petites irrégularités fatales, des actions non souscrites, que la société fera bien de garder, sous le couvert d'un prête-nom ; enfin, vous partez en guerre contre le jeu, contre le jeu, Seigneur ! qui est l'âme même, le foyer, la flamme de cette géante mécanique que je rêve !... Sachez donc que ce n'est rien encore, tout ça ! que ce pauvre petit capital de vingt-cinq millions est un simple fagot jeté sous la machine, pour le premier coup de feu ! que j'espère bien le doubler, le quadrupler, le quintupler, à mesure que nos opérations s'élargiront ! qu'il nous faut la grêle des pièces d'or, la danse des millions, si nous voulons, là-bas, accomplir les prodiges annoncés !... Ah ! dame ! je ne réponds pas de la casse, on ne remue pas le monde sans écraser les pieds de quelques passants.

E. Zola, *L'Argent,* chapitre IV.

BIBLIOGRAPHIE

Œuvres de Balzac

La Comédie humaine. La meilleure édition est actuellement la nouvelle édition de la Bibliothèque de la Pléiade, Gallimard, publiée en 12 volumes sous la direction de P.-G. Castex. *Eugénie Grandet* figure dans le tome 3 (texte présenté, établi et annoté par Nicole Mozet).
Correspondance, édition de R. Pierrot, Garnier, 5 volumes.
Lettres à madame Hanska, édition de R. Pierrot, éditions du Delta et Les Bibliophiles de l'Originale, 4 volumes.

Etudes sur Balzac

P. BARBÉRIS, *Balzac, une mythologie réaliste,* coll. « Thèmes et textes », Larousse, 1971.
P. BARBÉRIS, *Le Monde de Balzac,* Arthaud, 1971.
M. BARDÈCHE, *Balzac romancier. La formation de l'art du roman chez Balzac jusqu'à la publication du « Père Goriot » (1820-1835),* Plon, 1940 ; réimpression, Slatkine, 1967.
M. BARDÈCHE, *Balzac,* coll. « Les Vivants », Julliard, 1980.
J.-H. DONNARD, *Balzac, les réalités économiques et sociales dans « La Comédie humaine »,* Armand Colin, 1961.
B. GUYON, *La Pensée politique et sociale de Balzac,* Armand Colin, 1947 ; réimpression, 1968.
G. LUKACS, *Balzac et le réalisme français,* Maspero, 1967.
F. MARCEAU, *Balzac et son monde,* Gallimard, 1955 ; réimpression, 1970.
N. MOZET, *La Ville de province dans l'œuvre de Balzac,* S.E.D.E.S., 1982.
G. PICON, *Balzac par lui-même,* coll. « Ecrivains de toujours », Le Seuil, 1956.
P.-L. REY, *La Comédie humaine,* coll. « Profil d'une œuvre », Hatier, 1979.

279

A. WURMSER, *La Comédie inhumaine,* Gallimard, 1964 ;
réimpression, 1970.

Etudes sur « Eugénie Grandet » [ordre chronologique]

P.-G. CASTEX, « Aux sources d'*Eugénie Grandet* : légende
et réalité », *Revue d'Histoire littéraire de la France,*
janvier-mars 1964.
P.-G. CASTEX, « L'Ascension de M. Grandet », *Europe,*
janvier-février 1964.
R. BUTLER, « Les acquéreurs de biens nationaux dans *La
Comédie humaine* », *L'Année balzacienne,* Garnier, 1977.
J.-L. SEYLAZ, « Une scène de Balzac : le transport de l'or
dans *Eugénie Grandet* », *L'Année balzacienne,* nouvelle
série, n° 1, Garnier, 1980.

Autres ouvrages cités

G. P. PALMADE, *Capitalisme et capitalistes français au XIXe
siècle,* Armand Colin, 1961.
M.-H. FAILLIE, *La Femme et le Code civil dans « La Comédie humaine » d'Honoré de Balzac,* Didier, 1968.
M.-F. HANS, *Les Femmes et l'argent,* Grasset, 1988.

FILMOGRAPHIE

The Conquering Power (Eugénie Grandet), Rex Ingram, EU,
1921 (avec Alice Terry et Rudolph Valentino).
Eugenia Grandet, Mario Soldati, IT, 1946 (avec Alida Valli).

On compte, en outre, de nombreuses adaptations pour la télé-
vision, dont une russe en 1960, et deux françaises, en 1956
(Jean Cazenave, RTF) et 1968 (M. Bourdet, ORTF).

TABLE DES MATIÈRES

II - DOSSIER HISTORIQUE ET LITTÉRAIRE

LE PÈRE GORIOT

Honoré de Balzac

Un amour universel et tragique

La grande saga de la *Comédie humaine* commence ici, avec le martyre d'un père éperdu d'amour pour ses deux filles qui le bafouent, le torturent et le ruinent. Témoins de cette tragédie, le jeune Rastignac, qui va défier Paris, et le fabuleux Vautrin, ancien forçat, que l'on retrouvera dans d'autres œuvres.

POCKET N° 6023

LE COLONEL CHABERT

Honoré de Balzac

Revenu de la mort

Après avoir aidé Napoléon à conquérir l'Égypte, le colonel Chabert est porté disparu lors d'une bataille, enseveli sous un monceau de cadavres. Dix ans plus tard, ce revenant n'est plus qu'un misérable fantôme, un déchu de la société. Sa réapparition gêne trop de monde. La trahison et l'infamie entraînent le héros vaincu vers l'hospice et la folie.

POCKET N° 6052

LA PEAU DE CHAGRIN

Honoré de Balzac

Les Mille et une nuits parisiennes

Ruiné au jeu, au bord du suicide, le jeune Raphaël de Valentin achète à un vieil antiquaire une peau magique aux pouvoirs fabuleux. Ce talisman assurera la réalisation de tous ses vœux mais, symbole de la vie, elle rétrécira après chaque désir comblé. En scellant le pacte, Raphaël signe sa perte...

POCKET N °6017

THÉRÈSE RAQUIN

Émile Zola

Un amour destructeur

Par la volonté de sa tante, Thérèse épouse son cousin, homme médiocre et maladif. Bientôt, elle ne supporte plus sa vie de cloîtrée. Toute sa sensualité refoulée va alors s'éveiller au contact de Laurent, peintre raté dont elle devient la maîtresse. Et les amants de décider de noyer le mari...

POCKET N° 6060

AU BONHEUR DES DAMES

Émile Zola

L'avènement des grands magasins

Mouret règne en maître sur le Bonheur des Dames, un grand magasin. Seule Denise Baudu, une jeune vendeuse venue de sa campagne, ose lui résister. Mais ni le séducteur chevronné ni la naïve employée ne comprennent qu'ils sont tombés amoureux l'un de l'autre...

POCKET N° 6032

L'ARGENT

Émile Zola

L'argent, source de dépravation

À quoi bon donner trente ans de sa vie pour gagner un pauvre million quand une simple opération de bourse vous l'offre en moins d'une heure ? C'est la loi et la conviction d'Aristide Saccard, qui règne sur la « Banque Universelle » de la rue Saint-Lazare. Une première fois ruiné, il entend redevenir le maître du monde...

POCKET N° 6113

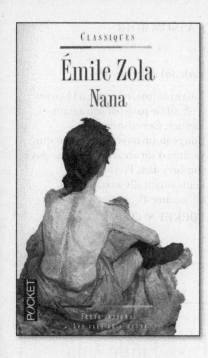

NANA

Émile Zola

Luxure et vengeance

La vie de Nana n'est que vengeance, défi et déchéance. Elle s'établit dans la prostitution, humilie et exploite des amants de plus en plus riches. La fille des rues s'acharne à débaucher et ruiner une aristocratie hypocrite. « Rentière de la bêtise et de l'ordure des mâles », elle règne bientôt en maîtresse toute-puissante sur le Tout-Paris du second Empire...

POCKET N °6054

L'ŒUVRE

Émile Zola

Les tourments de l'art

Pierre Sandoz, un écrivain, pose pour son camarade Claude Lantier, un artiste maudit. Les tableaux de Claude déchaînent les rires. Il s'obstine pourtant, fou d'absolu, rongé d'incertitudes, damné, courant après un génie introuvable et un chef-d'œuvre gigantesque et inachevé.

POCKET N° 6077

L'ASSOMMOIR

Émile Zola

L'alcool et la misère

Enfant battue, enceinte à 14 ans et jetée sur le pavé par son amant Lantier, Gervaise épouse Coupeau, un ouvrier zingueur qui, victime d'un accident, ne tarde pas à sombrer dans l'ivrognerie, l'entraînant elle aussi dans la déchéance alcoolique.

POCKET N° 6039

GERMINAL

Émile Zola

Luttes prolétariennes

Mineur à la fosse du Voreux, Étienne prend pension chez les Maheu. À leurs côtés, il lutte pour leur émancipation et, lorsque la grève éclate, il tente d'organiser la lutte sociale. Mais la faim entraîne bientôt les mineurs dans la violence et la troupe tire sur les émeutiers. Les conséquences seront sanglantes.

POCKET N° 6029

LA CURÉE

Émile Zola

« L'or et la chair »

Aristide Saccard est le spéculateur véreux par excellence. Renée, sa femme, est la parvenue dans toute sa splendeur, affolée de luxe, protectrice et amante de son gendre Maxime, incarnation du vice. Le mari ferme les yeux... un scandale peut toujours se révéler bon à monnayer.

POCKET N° 6035

LE COMTE DE MONTE-CRISTO

Alexandre Dumas

Disponible en deux volumes chez Pocket

Le marin Edmond Dantès se retrouve emprisonné durant dix ans par des ennemis dont il ignore tout. Sa rencontre avec l'abbé Faria, détenteur d'un fabuleux trésor, lui donne les moyens de sa vengeance. Il s'évade, disposant d'une fortune démesurée. Il est au-dessus des lois...

POCKET N° 6216

L'ÉDUCATION SENTIMENTALE

Gustave Flaubert

Amour et désamour de jeunesse

Frédéric Moreau, jeune bachelier provincial, « tourne dans son désir comme un prisonnier dans son cachot ». Il se croit destiné aux plus grandes passions et aux succès littéraires et artistiques. En 1840, sur le pont d'un bateau, il est troublé par le charme de Mme Arnoux...

POCKET N° 6014

TROIS CONTES

Gustave Flaubert

Trois modèles de perfection littéraire

De l'onirisme et du tragique à la vie vécue dans sa vieille Normandie, Flaubert dépeint trois tableaux. Il nous conte les charmes d'Hérodias au temps de Jésus-Christ, l'humilité d'une servante au XIXe siècle et les exploits d'un chevalier du Moyen Âge.

POCKET N° 6158

HERNANI

Victor Hugo

La querelle des Classiques et des Modernes

En Espagne, Hernani, seigneur castillan devenu chef de bande et proscrit, dispute au roi Don Carlos l'amour de Doña Sol, qui doit épouser son vieil oncle Don Ruy Gomez. Hernani ne recule devant aucun défi, aucune vengeance, aucune trahison. Il est « cette force qui va », prêt à mourir pour sa belle.

POCKET N° 6009

RUY BLAS

Victor Hugo

Un drame étincelant

XVIIe siècle, à la cour d'Espagne. Pour se venger de sa disgrâce, un ministre incite son valet à séduire la reine. Et nul n'ignore que le « ver de terre » va tomber amoureux de « l'étoile », que celle-ci va l'aimer follement et faire de lui un premier ministre qui se prendra au jeu avec un courage et une droiture exemplaires.

POCKET N° 6154

CONTES DE LA BÉCASSE

Guy de Maupassant

Au pays de l'argent et de la bêtise

À la table du baron des Ravots, on célèbre la chasse et l'art d'offrir aux convives les récits les plus surprenants. Toute la Normandie de Maupassant se dépeint dans ces tableaux plaisants ou cruels, une province où règne une lâche bourgeoisie et une misère presque médiévale.

POCKET N° 6096

UNE VIE

Guy de Maupassant

« La vie, ça n'est jamais si bon ni si mauvais qu'on croit. »

Conduite par son père au sortir du couvent, la jeune Jeanne traverse la campagne normande et découvre le château dans lequel elle va vivre, aimer, avoir un enfant et connaître le plus banal et le plus exemplaire des destins.

POCKET N° 6026

Faites de nouvelles rencontres sur pocket.fr

- Toute l'actualité des auteurs : rencontres, dédicaces, conférences...
- Les dernières parutions
- Des 1ers chapitres à télécharger
- Des jeux-concours sur les différentes collections du catalogue pour gagner des livres et des places de cinéma

Imprimé en France par **CPI**
en septembre 2016

POCKET - 12, avenue d'Italie - 75627 Paris Cedex 13

N° d'impression : 2025006
Dépôt légal : mai 1998
Suite du premier tirage : septembre 2016
S19927/05